Edgar Rice Burroughs

TARZAN am Mittelpunkt der Erde

Edgar Rice Burroughs ist einer der populärsten Autoren der Welt. Ohne vorherige Erfahrung als Autor schrieb er im Jahre 1912 seinen ersten Roman „Die Prinzessin vom Mars". In den folgenden 38 Jahren bis zu seinem Tode im Jahre 1950 schrieb Burroughs 91 Bücher und eine Unmenge Kurzgeschichten und Artikel. Obwohl am besten bekannt als Schöpfer des klassischen „Tarzan von den Affen" und „John Carter vom Mars", waren seiner rastlosen Vorstellungskraft keine Grenzen gesetzt. Burroughs produktive Feder bewegte sich vom Amerikanischen Westen zum primitiven Afrika und weiter zu romantischen Abenteuern auf dem Mond, den Planeten und sogar jenseits der fernsten Sterne.

Niemand weiß, wieviele Exemplare von Burroughs' Büchern in der ganzen Welt veröffentlicht wurden. Vorsichtig geschätzt muß diese Anzahl, in über 50 bekannte Sprachen übersetzt, in hunderte Millionen gehen.

Hinzuzählen muß man noch die Vielzahl von Comics, Kino- und Fernsehfilmen, deren Grundlage die Romane Burroughs' bilden.

Edgar Rice Burroughs

TARZAN am Mittelpunkt der Erde

KRANICHBORN VERLAG LEIPZIG

Aus dem Amerikanischen übersetzt von Ruprecht Willnow
Titel der Originalausgabe: TARZAN AT THE EARTH'S CORE

DEUTSCHE ERSTVERÖFFENTLICHUNG

1. Auflage

COVER ART by JOE JUSKO
LAYOUT by FRANK NEUBAUER
ISBN 3-930040-27-1

Vorwort

Wie jeder Schuljunge weiß, ist Pellucidar eine Welt in einer Welt und befindet sich auf der Innenfläche der hohlen Sphäre, die die Erde darstellt.

Sie wurde von David Innes und Abner Perry auf ihrer Testfahrt mit dem von Perry erfundenen mechanischen Erkundungsgerät entdeckt, mit dem sie hofften, neue Lagerstätten von Anthrazitkohle ausfindig zu machen. Da sie jedoch nicht in der Lage waren, dem Bohrer eine andere Richtung zu geben, nachdem er mit rasanter Geschwindigkeit ins Erdinnere trieb, drangen sie geradenwegs fünfhundert Meilen ein. Am dritten Tag, als Perry bereits ohnmächtig war, weil ihr Sauerstoffvorrat aufgebraucht war, und David das Bewußtsein verlor, durchstieß der Bug des Erkundungsfahrzeuges die Rinde der Innenwelt, und frische Luft drang in das Cockpit.

In den nachfolgenden Jahren hatten die zwei Forscher unheimliche Abenteuer zu bestehen. Perry kehrte niemals zur Außenrinde zurück, und Innes nur einmal, als er die schwierige und gefährliche Rückreise im Erkundungsfahrzeug zu dem alleinigen Zweck unternahm, dem Weltreich, das er in der Innenwelt gegründet hatte, die Mittel zu beschaffen, die seinem primitiven Volk aus dem Steinzeitalter zur Zivilisation des zwanzigsten Jahrhunderts verhelfen sollten.

Bei den ständigen Kämpfen mit primitiven Menschen und noch primitiveren Raubtieren und Reptilien erfolgte der Fortschritt des Reiches von Pellucidar in Richtung der Zivilisation indes sehr langsam, und insoweit das riesige Gebiet der inneren Welt oder die unzähligen Millionen überströmenden Lebens eines anderen Zeitalters als des unseren betroffen sind, haben David Innes und Abner Perry so gut wie nie existiert.

Berücksichtigt man, daß die Land- und Wasserflächen auf der Oberfläche von Pellucidar in entgegengesetztem Verhältnis zu denselben Flächen auf der Außenrinde stehen, kann man sich in etwa eine Vorstellung von der riesigen Ausdehnung dieser gewaltigen Welt innerhalb einer Welt machen.

Die von Land bedeckte Fläche der Außenwelt umfaßt etwa dreiundfünfzig Millionen Quadratmeilen oder ein Viertel der gesamten Erdoberfläche, wohingegen im Falle von Pellucidar drei Viertel der Oberfläche Land sind, so daß Dschungel, Gebirge, Wald und

Ebenen sich endlos über 123.110.000 Quadratmeilen erstrecken. Andererseits sind die Ozeane mit ihrer Ausdehnung von 41.370.000 Quadratmeilen keineswegs als armselig anzusehen.

Zieht man nur die Landflächen in Betracht, haben wir es mit der seltsamen Anomalie einer größeren Welt in einer kleineren zu tun, aber schließlich ist Pellucidar eine Welt, die von allem abweicht, was wir aus der Außenrinde als unveränderliche Naturgesetze zu akzeptieren gewohnt sind.

Genau im Mittelpunkt der Erde hängt Pellucidars Sonne, ein winziger Himmelskörper, verglichen mit unserem, doch ausreichend, um es zu beleuchten und ihre üppigen Dschungel mit Wärme und lebensspendenden Strahlen zu erfüllen. Diese Sonne hängt absolut senkrecht im Zenit, es gibt keine Nacht in Pellucidar, sondern eine endlose Ewigkeit von Mittag.

Da keine Sterne vorhanden sind und die Sonne an Ort und Stelle verharrt, hat Pellucidar auch keine Kompaßpunkte. Auch fehlt eine Horizontlinie, da sich seine Oberfläche vom Betrachter aus gesehen stets nach allen Richtungen aufwärts wölbt, bis sie sich in der fernen Dunstschicht verliert. Gleichermaßen ist auf eine Welt ohne Sonne, Sterne und Mond, wie wir sie kennen, auch der Begriff Zeit nicht anwendbar, wie wir ihn verwenden. Demnach haben wir in Pellucidar eine zeitlose Welt vor uns, die zwangsläufig frei sein muß von solchen krankhaften Vorstellungen, welche unsere Aufmerksamkeit ständig auf die „geschäftige kleine Biene“ und die „Essenz jeglicher Verträge“ richtet - in dem glückseligen Dasein von Pellucidar ist Zeit ein Nichts und weniger als das.

In der Vergangenheit haben wir in der Außenwelt dreimal eine Nachricht aus Pellucidar aufgenommen. Wir wissen, daß Perrys erstes großes Geschenk der Zivilisation an das Steinzeitalter das Schießpulver war. Wir wissen, daß er diesem Repetiergewehre und kleine Kriegsschiffe nachfolgen ließ, auf die kleinkalibrige Geschütze montiert worden waren. Und schließlich wissen wir, daß er ein Funkgerät vervollkommnete.

Da Perry als empirischer Charakter gelten kann, hat es uns nicht überrascht zu erfahren, daß sein Gerät auf keine Welle oder Wellenlänge der Außenwelt eingestellt werden konnte, und es blieb dem jungen Jason Gridley von Tarzana überlassen, der mit seiner neu entdeckten Gridley-Welle experimentierte, die erste Botschaft aus Pellucidar aufzufangen.

Die letzte Nachricht von Perry, die uns erreichte, ehe seine Nachrichten stockten und schließlich ganz abbrachen, vermittelte uns Kunde, daß David Innes, erster Kaiser von Pellucidar, in einem finsteren Kerker im Land der Korsaren dahinsiechte, durch einen ganzen Kontinent und einen Ozean von seinem geliebten Land Sari getrennt, das auf einer riesigen Ebene nicht weit landeinwärts von dem Land Lural Az liegt.

Die O - 220

Tarzan von den Affen hielt inne, um zu lauschen und die Luft einzuziehen. Wäre unsereins dort gewesen, wir hätten nicht hören können, was er hörte, oder wenn, so hätten wir es nicht deuten können. Wir hätten nichts anderes gerochen als den Modergeruch faulender Vegetation, der sich mit dem Duft wachsender Pflanzen vermischte.

Der Lärm, den Tarzan hörte, kam aus weiter Ferne und klang selbst in seinen Ohren sehr schwach. Auch konnte er ihn zunächst nicht seiner richtigen Quelle zuordnen, obwohl er den Eindruck hatte, als kündigte er den Anmarsch einer Gruppe von Menschen an.

Buto, das Nashorn, Tantor, der Elefant, oder Numa, der Löwe, konnten durch den Wald gehen und kommen und höchstens das gleichgültige Interesse des Herrn des Dschungels wecken. Doch wenn ein Mensch auftauchte, forschte er nach, weil dieser als einziger aller Geschöpfe Veränderung, Mißklang und Zwist hervorbringt, wo immer er den Fuß hinsetzt.

Aufgewachsen unter den großen Affen, ohne Kenntnis von der Existenz irgendwelcher anderen Geschöpfe außer ihm, hatte Tarzan seither gelernt, jedes erneute Eindringen dieser zweibeinigen Vorboten des Zwists in den Dschungel mit Besorgnis zu verfolgen. Er hatte unter vielen Menschenrassen Freunde, gleichwohl hinderte dies ihn nicht daran, die Ziele und Motive eines jeden zu ergründen, der in seinen Herrschaftsbereich eindrang. So bewegte er sich auch heute lautlos auf blätterumsäumtem Weg in mittlerer Höhe der Baumwipfel auf den Lärm zu, den er vernommen hatte.

Als sich die Entfernung zwischen ihm und jenen anderen verringerte, die er sich ansehen wollte, unterschieden seine scharfen Ohren das Geräusch patschender, nackter Füße und den Gesang eingeborener Träger, die unter ihrer schweren Last dahinschritten. Dann drang die Duftspur von Schwarzen in seine Nase und damit vermischt ganz schwach die eines anderen Wesens. Tarzan wußte sofort, daß sich hier ein Weißer auf Safari befand, noch ehe die Spitze der Kolonne auf dem breiten, gut erkennbaren Wildpfad auftauchte, über dem der Herr des Dschungels wartete.

Unter den vordersten Leuten marschierte ein junger Weißer, und als Tarzans Augen sich einen Moment auf ihn hefteten, wie er den Weg entlangschritt, weckte der Anblick bei dem Affenmenschen beifällige Zustimmung, denn gleich vielen wilden Tieren und primitiven Menschen besaß er einen untrüglichen Instinkt, die Charaktere von Fremden, denen er begegnete, zu beurteilen.

Er wandte sich um und bewegte sich schnell und geräuschlos durch die Bäume, bis er sich ein kleines Stück vor der anmarschierenden Safari befand. Dann ließ er sich auf dem Pfad zu Boden fallen und erwartete ihr Auftauchen.

Die die Spitze bildenden Askaris kamen um eine Wegbiegung, machten bei seinem Anblick sofort halt und begannen, aufgeregt zu schnattern, denn man hatte sie in einem anderen Distrikt angeworben. Es waren Leute, die Tarzan von den Affen noch nicht von Angesicht zu Angesicht gesehen hatten.

„Ich bin Tarzan", verkündete der Affenmensch. „Was sucht ihr in Tarzans Land?"

Sofort trat der junge Mann, der auf gleicher Höhe mit den Askaris stehengeblieben war, auf den Affenmenschen zu, blickte ihn interessiert an und lächelte. „Sie sind Lord Greystoke?" fragte er.

„Hier bin ich Tarzan von den Affen", erwiderte der Stiefsohn von Kala.

„Dann habe ich wirklich großes Glück, denn ich bin den ganzen Weg von Südkalifornien hergekommen, um Sie zu treffen."

„Wer sind Sie, und was wünschen Sie von Tarzan von den Affen?"

„Mein Name ist Jason Gridley", erwiderte der andere. „Doch was ich Ihnen erzählen möchte, ist eine lange Geschichte. Ich hoffe, Sie finden die Zeit, mich bis zu unserem nächsten Nachtlager zu begleiten, und die Geduld, mich dort anzuhören, bis ich Ihnen den Zweck meiner Mission erläutert habe."

Tarzan nickte. „Im Dschungel stehen wir höchst selten unter Zeitdruck", sagte er. „Wo beabsichtigen Sie, Ihr Lager aufzuschlagen?"

„Der Führer, den ich im letzten Dorf auftreiben konnte, klagte über Übelkeit und ist vor einer Stunde umgekehrt, und da keiner meiner Leute sich in diesem Land auskennt, wissen wir nicht, ob ein geeigneter Lagerplatz eine oder zehn Meilen entfernt zu finden ist."

„Es gibt einen eine halbe Meile von hier, und mit gutem Wasser", erwiderte Tarzan.

„Gut", sagte Gridley, und die Safari setzte ihren Weg fort, nur lachten und sangen die Träger jetzt angesichts des baldigen Lagers.

Erst als Jason und Tarzan am Abend ihren Kaffee genossen, kam der Affenmensch auf den Zweck des Besuchs dieses Amerikaners zu sprechen.

„Und nun sagen Sie mir: Was hat Sie den weiten Weg von Südkalifornien ins Innere von Afrika geführt?“

Gridley lächelte. „Da ich nun tatsächlich hier bin und Ihnen von Angesicht zu Angesicht gegenüber sitze, bin ich mir mit einmal ziemlich sicher, daß Sie mich nach Anhören meiner Geschichte bestimmt für verrückt halten und es mir schwer fallen wird, Sie vom Gegenteil zu überzeugen. Dennoch bin ich selbst so felsenfest von der Richtigkeit dessen überzeugt, was ich Ihnen erzählen will, daß ich bereits eine beträchtliche Geldsumme und viel Zeit investiert habe, um Ihnen meinen Plan zu unterbreiten, mit dem Hintergedanken, Ihre persönliche und finanzielle Unterstützung zu erlangen. Ich bin auch bereit und willens, noch mehr Geld und meine ganze Zeit zu investieren. Unglücklicherweise kann ich die ins Auge gefaßte Expedition nicht gänzlich aus eigenen Kräften finanzieren, aber das ist nicht der Hauptgrund, daß ich Sie aufsuche. Ich hätte das erforderliche Geld zweifellos anderswo auftreiben können, doch ich meine, daß Sie besonders geeignet sind, ein solches Unternehmen, wie es mir vorschwebt, anzuführen.“

„Was für eine Expedition Sie auch ins Auge gefaßt haben mögen, der potentielle Profit muß in der Tat beträchtlich sein, wenn Sie gewillt sind, so viel von Ihrem eigenen Geld aufs Spiel zu setzen.“

„Im Gegenteil“, erwiderte Gridley. „Wie ich die Dinge sehe, wird für keinen der Betroffenen irgendwelcher finanzieller Nutzen herausspringen.“

„Und Sie sind Amerikaner?“ fragte Tarzan lächelnd.

„Wir sind nicht alle nur aufs Geld aus“, erwiderte Gridley.

„Was ist dann die Triebkraft? Erklären Sie mir das ganze Vorhaben.“

„Haben Sie je von der Theorie gehört, wonach die Erde eine hohle Sphäre ist und in ihrem Inneren eine bewohnbare Welt enthält?“

„Diese Theorie ist durch wissenschaftliche Untersuchungen eindeutig widerlegt worden“, erwiderte der Affenmensch.

„Ist sie aber auch befriedigend widerlegt worden?“ fragte Gridley zurück.

„Jedenfalls zur Zufriedenheit der Wissenschaftler“, erwiderte Tarzan.

„Und auch zu meiner“, erwiderte der Amerikaner. „Bis vor kurzem, als ich direkt aus der inneren Welt eine Nachricht erhielt.“

„Sie überraschen mich“, sagte der Affenmensch.

„Das war ich nicht minder, doch die Tatsache bleibt, daß ich mit Abner Perry in der inneren Welt von Pellucidar Funkkontakt hatte. Ich habe eine Kopie der Nachricht mitgebracht, einschließlich einer Bestätigung ihrer Authentizität seitens eines Mannes, dessen Name Ihnen vertraut ist und der bei mir war, als ich die Nachricht empfing. Er hörte sie wirklich zur gleichen Zeit wie ich. Hier sind die Unterlagen."

Er entnahm seiner Aktentasche einen Brief, den er Tarzan aushändigte, und ein dickes Manuskript, das in einen Pappdeckel eingebunden war.

„Ich will Ihnen nicht die ganze Geschichte des Tanar von Pellucidar vorlesen, das wäre zu zeitaufwendig, zumal ein großer Teil davon für die Darlegung meines Vorhabens unwesentlich ist", erklärte Gridley.

„Wie Sie wollen", sagte Tarzan. „Ich höre zu."

Jason Gridley trug ihm nun eine halbe Stunde lang Auszüge aus dem vor ihm liegenden Manuskript vor. Als er damit fertig war, sagte er: „Genau das hat mich von der Existenz Pellucidars überzeugt, und die unglückselige Lage David Innes' hat mich veranlaßt, Ihnen den Vorschlag zu unterbreiten, daß wir eine Expedition unternehmen sollten, deren vornehmste Aufgabe sein wird, ihn aus dem Verlies der Korsaren zu retten."

„Und wie glauben Sie, daß das bewerkstelligt werden könnte?" fragte der Affenmensch. „Sind Sie von der Richtigkeit von Innes' Theorie überzeugt, daß es an jedem Pol einen Zugang zur inneren Welt gibt?"

„Ich sage offen, daß ich nicht weiß, was ich glauben soll", erwiderte der Amerikaner. „Aber nach Erhalt dieser Nachricht von Perry begann ich mit Nachforschungen. Dabei entdeckte ich, daß die Theorie einer bewohnbaren Welt am Mittelpunkt der Erde mit Zugangsmöglichkeiten an den beiden Polen nicht neu ist, und daß viel dafür spricht. Ich fand eine vollständige Darstellung der Theorie in einem etwa 1830 verfaßten Buch und in einem weiteren Werk jüngerer Zeit. Darin stieß ich auf eine, wie mir schien, vernünftige Darstellung vieler wohlbekannter Phänomene, die durch keine von der Wissenschaft bekräftigte Hypothese zur Zufriedenheit erklärt wurde."

„Was zum Beispiel?" fragte Tarzan.

„Nun, zum Beispiel berichten praktisch alle Erforscher der Arktis von warmen ozeanischen Strömungen, die aus dem Norden kommen. Sie trafen auf grünbelaubte Zweige, die aus dem hohen Norden südwärts trieben, weit jenseits der Breiten, wo man solche Bäume auf der äußeren Erdrinde findet. Dann wäre da noch das Phänomen des Nordlichts, das im Sinne von David Innes' Theorie leicht als Lichtstrahlen der zentralen Sonne der inneren Welt erklärt werden könnte, die gelegentlich den Nebel und die Wolkenbänke über der Polaröffnung durchbrechen. Erinnert sei ferner an die Pollen, die in gewissen Teilen der Polarregionen Schnee und Eis in dicken Schichten bedecken. Sie können nur aus der inneren Welt kommen. Zu guter Letzt sei darauf verwiesen, wie beharrlich die nördlichen Eskimostämme darauf verweisen, daß ihre Vorväter aus einem Land im Norden kamen."

„Haben Amundsen und Ellsworth bei der Expedition mit der Norge* die Theorie einer nördlichen Polaröffnung in der Erdrinde nicht definitiv abgelehnt, und sind keine Flüge über beträchtliche Teile der bislang unerforschten Regionen um den Pol unternommen worden?" wandte der Affenmensch ein.

„Die Antwort darauf lautet, daß die Polaröffnung so gewaltig ist, daß ein lenkbares Luftschiff oder ein Flugzeug ein kurzes Stück über den Rand hinabstoßen und zurückkehren kann, ohne sich dieser Tatsache bewußt zu sein. Die einleuchtendste Theorie ist jedoch, daß die Forscher in den meisten Fällen nur den äußeren Rand der Öffnung umrundeten. Dies würde weitgehend auch das eigentümliche und unerklärliche Verhalten der Kompasse und anderer wissenschaftlicher Geräte an Punkten erklären, die dem sogenannten Nordpol nahe liegen - Dinge, die sämtliche Erkunder der Arktis bislang vor ein großes Rätsel stellten."

„Demnach sind Sie überzeugt, daß es nicht nur eine innere Welt gibt, sondern am Nordpol auch einen Zugang dazu?"

„Ich bin überzeugt, daß es eine innere Welt gibt, bezweifle jedoch das Vorhandensein einer Öffnung am Pol", erwiderte Gridley. „Ich kann nur sagen, es liegen genügend Beweise vor, die die Durchführung einer Expedition, wie ich sie vorgeschlagen habe, rechtfertigen."

„Angenommen, der Polarzugang zu einer inneren Welt existiert, mit welchen Mitteln gedenken Sie denn, sie ausfindig zu machen und zu erkunden?"

„Das praktischste Transportmittel, das heutzutage für die Verwirk-

* Name von Amundsens Polarluftschiff

lichung meines Planes zur Verfügung steht, wäre ein speziell konstruiertes lenkbares Luftschiff, das nach den Richtlinien des modernen Zeppelins gebaut ist. Bei Verwendung von Heliumgas würde ein solches Schiff einen höheren Sicherheitsfaktor bieten als jedes andere Transportmittel, das uns zur Verfügung steht. Ich habe mir darüber sehr viele Gedanken gemacht und bin überzeugt: Gäbe es eine solche Polaröffnung, so würden die Hindernisse, die sich uns bei dem Versuch, in die innere Welt einzudringen, bei weitem geringer sein als die, die die Norweger bei ihrem berühmten Vorstoß über den Pol nach Alaska zu bestehen hatten, denn für mich gibt es keine Frage, daß sie einen weiten Umweg machten, weil sie dem Rand der Polaröffnung folgten und eine viel größere Entfernung zurücklegten, als wir zu bewältigen haben werden, um einen einigermaßen sicheren Ankerplatz unterhalb der kalten Polarsee zu finden, die David Innes nördlich des Landes der Korsaren entdeckte, ehe sie ihn gefangennahmen.

Das größte Wagnis, dem wir ins Auge zu sehen hätten, wäre, daß uns die Rückkehr zur Außenrinde unmöglich gemacht wird, weil die Heliumvorräte zur Neige gegangen sind. Dies könnte durch das Manövrieren des Schiffes verursacht werden. Dennoch besteht hier die gleiche Chance, zu überleben oder den Tod zu finden, der jeder Forscher oder Wissenschaftler ins Auge sehen muß, wenn er seine Arbeiten durchführt. Wäre es möglich, eine genügend leichte und gleichzeitig ausreichend starke Außenhaut zu schaffen, die dem atmosphärischen Druck widersteht, könnten wir sowohl auf den gefährlichen Wasserstoff als auch das seltene und teure Helium verzichten und dennoch gewiß sein, daß ein völlig von Vakuumtanks gestütztes Schiff äußerste Sicherheit und maximale Tragfähigkeit gewährleistet."

„Vielleicht ist selbst das möglich", sagte Tarzan, der nun wachsendes Interesse an Gridleys Vorschlag bekundete.

Der Amerikaner schüttelte den Kopf. „Eines Tages läßt sich so etwas vielleicht machen, doch nicht derzeit mit irgendeinem uns bekannten Material. Jeder Behälter, der stark genug sein soll, dem atmosphärischen Druck auf ein Vakuum zu widerstehen, hätte ein viel zu großes Gewicht, als daß er das Vakuum anheben könnte."

„Vielleicht, vielleicht aber auch nicht", sagte Tarzan.

„Was meinen Sie damit?" fragte Gridley.

„Was Sie jetzt eben gesagt haben, erinnert mich an etwas, das ein junger Freund von mir kürzlich berichtete. Erich von Harben ist so etwas wie Wissenschaftler und Forscher in einer Person. Als ich ihn das letzte Mal sah, war er gerade von einer zweiten Expedition ins Wiramwazigebirge zurückgekehrt. Nach seinen Worten hatte er dort einen am Wasser lebenden Stamm entdeckt, der Kanus aus einem Metall verwendete, das offensichtlich so leicht wie Kork war und stärker als Stahl. Er hatte einige Proben dieses Metalls mitgebracht. Das letzte, was ich von ihm sah, war, wie er in einem kleinen Labor, das er auf der Mission seines Vaters errichtet hatte, einige Experiment durchführte."

„Wo ist dieser Mann?" fragte Gridley.

„Dr. von Harbens Mission liegt im Urambiland, etwa vier Tagesmärsche westlich von hier", erwiderte der Affenmensch.

Bis weit in die Nacht hinein erörterten die zwei Männer Pläne für das Projekt, denn Tarzan war nun äußerst interessiert. Am nächsten Tag bogen sie zum Urambiland und von Harbens Mission ab, wo sie am vierten Tag anlangten und von Dr. von Harben und seinem Sohn Erich sowie von der Gattin des letzteren, der schönen Favonia von Castrum Mare, willkommen geheißen wurden.

Ich beabsichtige nicht, Sie mit einer Aufzählung von Einzelheiten über die Organisation und Ausrüstung der Expedition nach Pellucidar zu ermüden, obwohl jener Teil, der auf die Suche nach der Eingeborenenmine Bezug nimmt, wert wäre, einen ganzen Band zu füllen. Sie enthielt das bemerkenswerte, heute als Harbenit bekannte Metall, und die Umstände ihrer Entdeckung boten Abenteuer und Aufregung genug.

Während Tarzan und Erich von Harben die Mine ausfindig machten und das Metall zur Küste transportierten, befand sich Jason Gridley in Friedrichshafen und beriet sich mit den Ingenieuren jener Gesellschaft, die er für die Konstruktion des speziell entworfenen Luftschiffs auserwählt hatte, mit dem versucht werden sollte, die innere Welt zu erreichen.

Mit den Harbenitproben, die Jason Gridley nach Friedrichshafen mitgebracht hatte, wurden umfangreiche Tests durchgeführt. Pläne wurden entworfen, und als der Erzfrachter ankam, war alles bereit, sofort mit der Konstruktion zu beginnen, die geheim durchgeführt wurde. Als die O-220, wie das Luftschiff offiziell genannt wurde, bereit war, sich in die Lüfte zu erheben, sah man im allgemeinen darin nichts anderes als eine neue Konstruktion des üblichen Typs eines lenkbaren Luftschiffs, wie es auf den schon zahlreich vorhandenen Handelsluftwegen Europas als üblicher Transporter eingesetzt werden sollte.

Der gewaltige, zigarrenförmige Körper der O-220 war 997 Fuß lang und hatte einen Durchmesser von 150 Fuß. Das Innere des Schiffskörpers war in sechs große, luftdichte Kammern geteilt, von denen drei sich über die volle Länge des Schiffes erstreckten und sich über der Mittellinie befanden, weitere drei darunter. Im Schiffskörper und entlang jeder Bordseite befanden sich zwischen den oberen und unteren Vakuumtanks lange Korridore, auf denen die Maschinen, Motoren und Pumpen einschließlich der Treibstoffvorräte angeordnet waren.

Die Unterbringung des Maschinenraums im Inneren wurde durch die Ausschaltung des Feuerrisikos möglich, welches eine ständige Gefahrenquelle bei Luftschiffen darstellt, die zum Aufsteigen auf Wasserstoff angewiesen sind, sowie durch die absolut feuerfeste Konstruktion der O-220. Mit Ausnahme einiger Einrichtungsgegenstände der Kabine und des Mobiliars bestand alles aus Harbenit. Dieses Metall wurde durchgängig verwendet, abgesehen von gewissen Buchsen und Lagern in den Motoren, Generatoren und Propellern.

Zwei querlaufende Gänge verbanden die Maschinen- und Treibstoffkorridore an Steuerbord und Backbord, der eine weiter vorn, der andere achtern. Diese Querverbindungen wurden wiederum durch zwei Steigschächte zerschnitten, die sich vom Schiffsboden zur Oberseite erstreckten.

Der obere Ausgang des vorderen Steigschachtes endete in einem kleinen Geschütz- und Beobachtungsturm im Oberteil des Schiffes, auf dem noch ein schmaler Steig von der vorderen Kabine zu einem kleinen Turm nahe dem Heck führte, wo Vorrichtungen die Anbringung eines Maschinengewehres ermöglichten.

Die Hauptkabine streckte sich den Schiffskiel entlang und war in den Rumpf einbezogen. Infolge dieser völlig lenkbaren Konstruktion, die die Aufhängung von Kabinen unter dem Rumpf unnötig machte, war die O-220 mit einem Fahrwerk in Form von sechs großen, dick bereiften Rädern ausgestattet, die aus dem Boden der Hauptkabine herausragten. Am äußersten Heck der Kielkabine wurde ein kleiner Eindecker mitgeführt, ein Aufklärungsflugzeug, das durch den Schiffsboden abgesenkt und gestartet werden konnte, während die O-220 flog.

Acht luftgekühlte Motore trieben ebensoviel Propeller an, die paarweise und so abgestuft auf beiden Seiten des Schiffes angeordnet waren, daß die Luftströme von den vorderen Propellern nicht mit denen der hinteren kollidierten.

Die 5600 PS entwickelnden Motoren waren in der Lage, das Schiff mit einer Geschwindigkeit von 105 Meilen pro Stunde vorwärtszutreiben.

Bei der O-220 bestand der gewöhnliche Axialschaft, der das Schiff in seiner ganzen Länge zentrisch durchläuft, aus einem Rohrstab aus Harbenit, von dem kleinere Verstrebungen wie die Speichen eines Rades zu den Rohrbändern abzweigten, an die die Harbenitplatten der Außenhülle geschweißt waren.

Infolge der außergewöhnlichen Leichtigkeit von Harbenit betrug das Gesamtgewicht des Schiffes 75 Tonnen und die gesamte Hubkraft seiner Vakuumtanks 225 Tonnen.

Um das Schiff manövrieren zu können und eine Landung zu ermöglichen, war jeder der Vakuumtanks mit einer Serie von acht Luftwellen ausgerüstet, die von der Kontrollkabine am vorderen Kielende bedient wurden, während sechs Pumpen, drei in den Steuerbord- und drei in den Backbordmaschinengängen, dazu gedacht waren, die Luft aus den Tanks zu treiben, wenn es notwendig war, das Vakuum wiederherzustellen. Spezielle Seiten- und Höhenruder wurden gleichfalls von der vorderen Kontrollkabine sowie aus einer Zusatzposition achtern im Backbordmaschinengang bedient, gesetzt den Fall, daß das Steuerruder der Kontrollkabine brechen sollte.

In der Hauptkabine im Kiel befanden sich die Unterkünfte der Offiziere und Mannschaften, der Geschütz- und Munitionsraum, das Lebensmittellager, die Kombüse, zusätzliche Öl- und Treibstoffvorrattanks sowie die Wassertanks, wobei letztere so konstruiert waren, daß der Inhalt eines jeden im Gefahrenfall sofort geleert werden konnte, wobei ein Teil der Öl- und Treibstofftanks Abwurftanks waren, die durch den Boden des Schiffes abgeworfen werden können, sollte ein derart extremer Notfall eintreten, daß es notwendig wurde, das Gewicht der Ladung augenblicklich zu verringern.

So läßt sich kurz gesagt das riesige, lenkbare Luftschiff darstellen, in dem Jason Gridley und Tarzan von den Affen hofften, den Nordpolarzugang zum Erdinneren zu entdecken und David Innes, Kaiser von Pellucidar, aus den Verliesen der Korsaren zu befreien.

Pellucidar

An einem klaren Junimorgen glitt die O-220 kurz vor Tagesanbruch aus eigener Kraft langsam aus ihrem Hangar. Voll beladen und ausgerüstet, sollte sie unter Belastungsbedingungen, die mit denen der bevorstehenden langen Fahrt identisch waren, einen Testflug durchführen. Die drei unteren Tanks waren noch mit Luft gefüllt, und sie führte ein Übermaß an Wasserballast mit sich, der ausreichte, ihr Eigengewicht zu überwinden, so daß sie beim leichten Flug über Grund sich völlig sicher bewegte und fast so leicht gesteuert werden konnte wie ein Kraftfahrzeug.

Als sie ins Freie kam, begannen die Pumpen, die Luft aus den drei unteren Tanks zu drücken. Gleichzeitig wurde ein Teil des Wasserballastes langsam abgelassen, und sofort stieg das riesige Schiff langsam und graziös vom Boden auf.

Das Bedienungspersonal des Schiffes während des Testflugs war dasselbe, das auch für die Expedition ausgewählt worden war. Zuppner, der Kapitän, war mit dem Bau des Schiffes beauftragt gewesen und hatte auch einen großen Anteil an der Konstruktion. Die zwei Maate von Horst und Dorf waren ehemalige Offiziere der Kaiserlichen Luftstreitkräfte, ebenso wie der Navigator, Leutnant Hines. Hinzu kamen noch zwölf Ingenieure und acht Mechaniker, ein eingeborener Koch und zwei philippinische Kajütenjungen.

Tarzan war Kommandant der Expedition und Jason Gridley sein Stellvertreter. Die Kampfmannschaft des Schiffes bestand aus Muviro und neun seiner Wazirikrieger.

Als das Schiff graziös über der Stadt aufstieg, konnte Zuppner an den Kontrollgeräten seine Begeisterung kaum zurückhalten.

„Das ist das feinste Schiff, das ich je sah!“ rief er. „Es reagiert auf die leiseste Berührung.“

„Das wundert mich gar nicht. Ich wußte, daß es so sein würde. Warum haben wir nur doppelt soviel Leute mitgenommen, wie wir zur Bedienung brauchen.“

„Das ist wieder typisch für Sie“, sagte Tarzan lachend. „Glauben Sie nur nicht, ich hätte auf einer so großen Mannschaft bestanden, weil ich kein Vertrauen auf das Schiff hätte. Wir fahren in eine fremde Welt und sind vielleicht lange Zeit unterwegs. Bei Erreichen unseres Bestimmungsortes werden wir kämpfen müssen, wie es jedem von Ihnen, der sich freiwillig gemeldet hat, viele Male gesagt wurde. Während wir für die Fahrt dorthin möglicherweise doppelt soviel Leute haben, wie wir brauchen, werden wir auf dem Rückweg vielleicht Mangel an Personal haben, denn nicht alle von uns werden zurückkehren."

„Ich glaube, Sie haben recht", sagte Hines. „Doch ich bin dermaßen von dem Gefühl dieses Schiffes und der friedlichen Ruhe der Szene unter uns erfüllt, daß Gefahr und Tod fern zu liegen scheinen."

„Ich hoffe, sie tun es, und wir kehren vollzählig wieder zurück", erwiderte Tarzan. „Dennoch halte ich es für richtig, stets vorbereitet zu sein. Zu diesem Zweck haben Gridley und ich Navigation studiert, und wir sähen es gern, wenn Sie uns einige praktische Erfahrung vermitteln würden, ehe wir den Zielort erreichen."

Zuppner lachte. „Sie haben Sie schon ausersehen, Hines", sagte er.

Der Leutnant grinste. „Ich werde Ihnen alles beibringen, was ich weiß, doch ich wette das beste Essen, was in Berlin zu haben ist, daß ich, falls dieses Schiff zurückkehrt, noch immer sein Navigator sein werde."

„Da gewinne ich auf jeden Fall", sagte Gridley.

„Um auf das Thema Vorbereitung zurückzukommen - ich wollte Sie fragen, ob Sie meinen Waziris gestatten, den Mechanikern und Ingenieuren zu helfen", sagte Tarzan. „Sie sind hochintelligente Menschen, lernen schnell, und sollte uns ein Unglück zustoßen, können wir nie zu viele Leute haben, die mit den Motoren und der anderen Maschinerie des Luftschiffes vertraut sind."

„Da haben Sie recht, und ich werde dafür sorgen, daß das getan wird", sagte Zuppner.

Das große, glänzende Schiff segelte majestätisch nach Norden. Ravensburg blieb achtern liegen, und eine halbe Stunde später lag das dunkelgraue Band der Donau unter ihnen.

Je länger sie in der Luft waren, desto begeisterter wurde Zuppner. „Ich war überzeugt, daß der Testflug erfolgreich verlaufen würde, aber solche Perfektion, wie ich sie in diesem Schiff vorfinde, habe ich nicht erwartet, das muß ich Ihnen sagen. Es kennzeichnet eine neue Ära in der Luftfahrt, und ich bin überzeugt, daß wir noch vor Bewältigung der vierhundert Meilen bis Hamburg die absolute Flugtüchtigkeit der O-220 zur völligen Zufriedenheit eines jeden von uns unter Beweis gestellt haben."

„Der Testflug sollte nach Hamburg und wieder zurück nach

Friedrichshafen führen, aber warum wieder nach Friedrichshafen fliegen?"

Die anderen blickten ihn an, als ihnen die Bedeutung der Frage klar wurde.

„Ja, warum eigentlich?" fragte auch Gridley.

Zuppner zuckte die Schultern. „Wir sind voll ausgerüstet und mit Lebensmitteln versehen."

„Warum also achthundert Meilen auf die Rückkehr nach Friedrichshafen vergeuden?" fragte Hines.

„Wenn Sie erklären, daß alle einverstanden sind, werden wir unseren Flug nach Norden fortsetzen", sagte Tarzan. Und so kam es, daß der Testflug der O-220 zum eigentlichen Start für die lange Reise ins Innere der Erde wurde und die für die Expedition gewünschte Geheimhaltung dadurch gewährleistet war.

Der ursprüngliche Plan sah vor, dem zehnten Breitengrad östlich von Greenwich nordwärts bis zum Pol zu folgen. Um keine unnötige Aufmerksamkeit auf sich zu lenken, erschien eine leichte Abweichung von diesem Kurs wünschenswert. Deshalb passierte das Schiff Hamburg auf der westlichen Seite und überquerte die Nordsee. Von hier an ging es plangemäß nach Norden, westlich an Spitzbergen vorbei und über die Eiswüsten des Nordpols.

Bei einer Durchschnittsgeschwindigkeit von etwa 75 Meilen pro Stunde erreichte die O-220 die Nähe des Pols um Mitternacht des zweiten Tages, und die Aufregung war groß, als Hines ankündigte, sie müßten sich nach seinen Berechnungen direkt über dem Pol befinden. Auf Tarzans Vorschlag kreiste das Schiff langsam in einer Höhe von einigen Hundert Fuß über der rauhen, schneebedeckten Eisfläche.

„Wir müßten es eigentlich an der italienischen Fahne erkennen", sagte Zuppner lächelnd. „Doch wenn unten irgendwelche Hinweise auf den Aufenthalt der Norge vorhanden sind, wurden sie sehr wirksam durch den Mantel vieler Schneestürme verhüllt."

Das Schiff flog einen Kreis über dem öden Packeis, ehe es seinen Südkurs entlang des 170. Breitengrades Ost aufnahm.

Von dem Moment an, da das Schiff vom Pol aus Südkurs flog, blieb Jason Gridley ständig bei Hines und Zuppner, verfolgte begierig die Instrumente oder blickte auf die bleiche Landschaft vor ihnen hinab. Er war überzeugt, die nördliche Polaröffnung müsse etwa bei 85° nördlicher Breite und 170° östlicher Länge liegen. Vor ihm befanden sich Kompaß, Aneroidbarometer, Blasenstatoskop, Luftgeschwindigkeitsmesser, Neigungsmesser, Steig- und Fall-Anzeiger, Peilungsplatte, Uhr und Thermometer. Das Instrument, das ihn am meisten fesselte, war jedoch der Kompaß, denn Jason Gridley hielt an einer Theorie fest, von deren Richtigkeit es abhing, ob sie die nördliche Polaröffnung fanden.

Fünf Stunden lang war das Schiff beharrlich nach Süden geflogen, als es eine deutliche Neigung zeigte, nach Westen abzubiegen.

„Halten Sie sie auf Kurs, Kapitän, denn wenn ich mich nicht irre, passieren wir gerade den Rand der Polaröffnung", mahnte Gridley. „Die Abweichung findet nur auf dem Kompaß statt, nicht in Wirklichkeit. Je weiter wir unseren Kurs steuern, desto größer wird die Kompaßabweichung werden, und wenn wir jetzt nach oben wollen oder, mit anderen Worten, geradewegs über die Polaröffnung zu ihrem Mittelpunkt, würde sich die Nadel ständig im Kreis drehen. Wir könnten den Mittelpunkt der Öffnung wegen der gewaltigen Höhe, die dies erfordern würde, nicht erreichen. Ich glaube, wir befinden uns jetzt am Ostrand des Schlundes, und bei der geringsten Abweichung nach Steuerbord werden wir in einer Spirale langsam nach Pellucidar kommen. Ihr Kompaß wird allerdings für die nächsten vier- bis sechshundert Meilen nutzlos sein."

Zuppner schüttelte zweifelnd den Kopf. „Wenn dieses Wetter anhält, können wir so verfahren, doch falls der Wind zunimmt, bezweifle ich, daß ich in der Lage bin, irgend einen Kurs zu halten, wenn ich ihm nicht nach dem Kompaß folgen kann", sagte er.

„Versuchen Sie Ihr Bestes, und wenn Ihnen Zweifel kommen, legen Sie sie nach Steuerbord", sagte Gridley.

Die nervliche Anspannung war bei allen so groß, daß stundenlang kaum ein Wort gewechselt wurde.

„Seht dort, offenes Wasser genau vor uns!" rief Hines plötzlich.

„Das war zu erwarten, selbst wenn es keine Polaröffnung gibt, und Sie wissen, daß ich schon immer meine Zweifel hatte, seit Gridley seine Theorie mir das erste Mal erläuterte", sagte Zuppner.

„Ich bin wohl überhaupt der einzige in unserer Gruppe, der Vertrauen in diese Theorie gesetzt hat, nur schreiben Sie sie bitte nicht mir zu, denn das wäre falsch", sagte er lächelnd. „Selbst mich hätte es nicht überrascht, hätte sich die Theorie als falsch erwiesen. Doch wenn jemand von Ihnen in den letzten Stunden die Sonne beobachtet hat, so glaube ich, daß Sie mir zustimmen werden, wenn ich behaupte: Selbst wenn es keinen Polarzugang zur einer inneren Welt geben sollte, muß an diesem Punkt doch eine große Einbuchtung in der Erdrinde vorliegen, in die wir ein beträchtliches Stück hineingetaucht sind, denn Sie werden feststellen, daß die Mitternachtssonne viel tiefer steht, als sie sollte, und daß sie immer tiefer sinkt, je weiter wir diesen Kurs steuern. Zu guter Letzt wird sie völlig untergehen, und wenn ich mich nicht gänzlich irre, werden wir bald das Licht der ewigen Mittagssonne von Pellucidar erblicken."

Plötzlich schrillte das Telefon. Hines nahm den Hörer ab. „Sehr gut, Sir", sagte er nach einer Weile und hängte auf. „Es war von Horst aus der Beobachterkabine, Kapitän. Er meldet Land in Sicht, klar voraus."

„Land!" rief Zuppner. „Das einzige Land, das nach unserer Karte in dieser Richtung liegt, ist Sibirien."

„Sibirien liegt über eintausend Meilen südlich des 85., und wir können nicht einmal dreihundert Meilen südlich sein", erwiderte Gridley.

„Dann haben wir entweder ein neues arktisches Land entdeckt, oder wir nähern uns der Nordgrenze von Pellucidar", sagte Leutnant Hines.

„Genau das tun wir", sagte Gridley. „Schauen Sie auf Ihr Thermometer."

„Donnerwetter!" rief Zuppner. „Es steht nur auf zwanzig Grad über Null nach Fahrenheit."

„Sie können das Land jetzt deutlich sehen", sagte Tarzan. „Es sieht ziemlich öde aus, doch Schnee liegt nur hier und da an gewissen Stellen."

„Das entspricht genau dem Land, das Innes nördlich des Korsaren beschreibt."

Die Nachricht, es gäbe Anlaß zu der Vermutung, das Land unter ihnen sei Pellucidar, ging wir ein Lauffeuer durchs Schiff. Alle waren mächtig aufgeregt, und jeder, der sich einen Augenblick von seinen Pflichten freimachen konnte, befand sich oben auf dem Gang oder schaute durch die Bullaugen, um einen Blick von der inneren Welt zu erhaschen.

Stetig steuerte die O-220 südwärts, und genau in dem Moment, als der Rand der Mitternachtssonne achtern hinter dem Horizont verschwand, war die Glut von Pellucidars Zentralsonne voraus deutlich zu sehen.

Das Aussehen der Landschaft veränderte sich schnell. Das

unfruchtbare Ödland blieb achtern zurück, das Luftschiff querte einen bewaldeten Gebirgszug, und nun lag ein großes Waldgebiet vor ihm, das sich endlos und scheinbar immer mehr ansteigend schließlich im Dunst der Ferne verlor. Das war in der Tat Pellucidar - das Pellucidar, von dem Jason Gridley geträumt hatte.

Hinter dem Wald lag eine leicht gewellte Ebene, die stellenweise mit Baumgruppen übersät und durch zahllose gewundene Flüsse gut bewässert war, welche wiederum auf der anderen Seite in einen großen Strom mündeten.

Riesige Herden von Wildtieren weideten in dem offenen Land, und nirgends war eine Menschenseele zu erblicken.

„Das sieht für mich wie der Himmel aus“, sagte Tarzan von den Affen. „Wir wollen landen, Kapitän.“

Langsam neigte sich das große Schiff zur Erde, als Luft in die unteren Vakuumtanks gepumpt wurde.

Kurze Leitern wurden nach unten abgelassen, denn der Boden der Kabine befand sich nur sechs Fuß über Grund, und kurz danach stand die ganze Schiffsbesatzung mit Ausnahme einer Wache, bestehend aus einem Offizier und zwei Mann, knietief im üppigen Gras von Pellucidar.

„Ich hatte gedacht, wir sollten etwas frisches Fleisch beschaffen, doch das Schiff hat alles Wild verscheucht“, sagte Tarzan.

„Der Menge nach zu urteilen, die ich von oben sah, brauchen wir nicht weit zu gehen, um etwas zu erwischen“, sagte Dorf.

„Was wir jetzt am nötigsten brauchen, ist Ruhe“, sagte Tarzan. „Seit Wochen hat jedermann bis an die Grenzen seines Leistungsvermögens gearbeitet, um die Vorbereitung der Expedition abzuschließen, und ich bezweifle, daß einer von uns in den letzten drei Tage mehr als zwei Stunden Schlaf hatte. Deshalb schlage ich vor, hierzubleiben, bis wir uns alle gründlich ausgeruht haben. Dann durchsuchen wir die Stadt Korsar systematisch.“

Der Vorschlag fand allgemeine Zustimmung, und Vorbereitungen wurden getroffen für einen mehrtägigen Aufenthalt.

Dann sagte Gridley zu Kapitän Zuppner: „Ich glaube, es wäre gut, strikten Befehl zu erteilen, daß keiner das Schiff verlassen darf oder sich zumindest in unmittelbarer Nähe aufhalten muß, es sei denn, er hat Ihre Erlaubnis. Auch sollte niemandem gestattet werden, sich weit ins Umland zu wagen außer in Gruppen unter dem Befehl eines Offiziers, denn wir können gewiß sein, daß wir es überall hier in Pellucidar mit Wilden zu tun bekommen und mit noch wilderen Tieren."

„Ich hoffe, Ihre Anweisung bezieht sich nicht auf mich", sagte Tarzan lächelnd.

„Ich glaube, Sie können in jedem Land sehr gut auf sich selbst aufpassen", erwiderte Zuppner.

„Und ich kann ganz gewiß wesentlich erfolgreicher allein jagen als in einer Gruppe", sagte der Affenmensch.

„Letzten Endes kommt dieser Befehl von Ihnen als dem Kommandanten, also kann sich niemand beschweren, daß Sie sich von seinen Bestimmungen ausnehmen, zumal ich ziemlich sicher bin, daß keiner von uns übrigen besonders erpicht ist, allein in Pellucidar umherzustiefeln."

Mit Ausnahme der Wache, die alle vier Stunden abgelöst wurde, schliefen Offiziere und Mannschaften, so lange sie konnten.

Tarzan von den Affen war der erste, der aufwachte und das Schiff verließ. Er hatte die Kleidung abgelegt, die ihn belastet und verdrossen hatte, seit er seinen afrikanischen Dschungel verlassen hatte, um an der Vorbereitung von O-220 teilzunehmen. So tauchte kein makellos gekleideter Engländer aus der Kabine auf und sprang zu Boden, sondern vielmehr ein fast nackter und primitiver Krieger, ausgerüstet mit einem Jagdmesser, einem Speer, Bogen und Pfeilen und dem langen Seil, das er ständig mit sich führte, denn auf der Jagd zog er die Waffen seiner Jugend den Feuerwaffen der Zivilisation vor.

Leutnant Dorf, der einzige wachhabende Offizier an diesem Morgen, sah ihn sich entfernen und verfolgte mit unverhohlener Bewunderung, wie der schwarzhaarige Dschungellord sich über die offene Ebene bewegte und im Wald verschwand.

Hier gab es Bäume, die dem Affenmenschen schon vertraut waren, da er sie zuvor bereits gesehen hatte. Es war ein Wald, und das genügte, um Tarzan von den Affen anzulocken und ihm zu gestatten, die letzten Wochen zu vergessen, die er in der verabscheuenswürdigen Umgebung der Zivilisation verbringen mußte. Er war glücklich, das Schiff hinter sich zu haben, und von Herzen froh, allein zu sein, wie gut er all seine Gefährten auch leiden mochte.

In der ersten Phase seiner neu entdeckten Freiheit benahm er sich wie ein kleiner Junge, der aus der Schule kam. Nicht länger durch die verhaßten Kleidungsstücke der Zivilisation behindert und nichts vor Augen, das ihn auch nur entfernt an die Grausamkeiten erinnern konnte, mit denen der Mensch das Antlitz der Natur verunstaltet, füllte er die Lungen mit der frischen Luft von Pellucidar, sprang auf einen nahestehenden Baum und schwang sich durch den Wald, wobei er sich im Augenblick einzig und allein dem freudigen Empfinden überströmender Vitalität und Lebensfreude hingab. Immer weiter eilte er durch den urtümlichen Wald von Pellucidar. Seltsame Vögel flogen kreischend davon, aufgescheucht durch sein schnelles und lautloses Vorübereilen, und fremde Tiere krochen unter ihm in Deckung. Ihn kümmerte dies alles nicht. Er jagte nicht. Er suchte nicht einmal das Neue in dieser neuen Welt. Im Augenblick genoß er nur das Leben.

Völlig in der Gewalt dieser Stimmung, verschwendete er ebenso wenig einen Gedanken an das Verstreichen der Zeit wie an die Zeitlosigkeit von Pellucidar, dessen Mittagssonne senkrecht im Zenit stand und uns aus der Außenwelt Lügen strafte, die wir wie von Sinnen in wahnwitziger und vergeblicher Hast durch das Leben jagen im Bemühen, die Erde bei ihren Umdrehungen zu schlagen. Auch bedachte er weder Entfernung noch Richtung, denn dergleichen Dinge waren selten Gegenstand bewußten Überlegens seitens des Affenmenschen, dessen bemerkenswerte Fähigkeit, jeder Notsituation zu begegnen, er unbewußt Kräften zurechnete, die in ihm selbst begründet lagen, ohne zu berücksichtigen, daß ihm in seinem heimatlichen Dschungel die freundliche Sonne, der Mond und die Sterne als Orientierungshilfen Tag und Nacht zur Verfügung standen, ebenso wie die Myriaden vertrauter Dinge, die in einer liebevollen, wortlosen Sprache zu ihm redeten, welche nur die Bewohner des Dschungels deuten können.

In dem Maße, wie sich seine Stimmung änderte, verringerte Tarzan seine Geschwindigkeit. Dann ließ er sich auf einem gut erkennbaren Wildpfad zu Boden fallen. Nun erfaßten seine Augen die neuen Wunder um ihn herum. Er vermerkte die Anzeichen großen Alters, die in der enormen Größe der Bäume und der weißgrauen Stengel der großen Schlingpflanzen deutlich wurden, die sich an viele davon anklammerten - Anzeichen eines Alters, das seinen heimatlichen Dschungel neuzeitlich erscheinen ließ -, und er staunte über die prächtigen Blumen, die in üppiger Vielfalt allerorten blühten. Da umfaßte plötzlich etwas seinen Körper und schnellte ihn hoch in die Luft.

Tarzan von den Affen hatte einen Moment nicht aufgepaßt. Sein Gemüt war voll von den Wundern dieser neuen Welt in Anspruch genommen worden und hatte zu einem kurzen Nachlassen der ihm sonst eigenen Wachsamkeit geführt, die alle Geschöpfe der Wildnis auszeichnet.

Fast im selben Moment des Geschehens erfaßte der Affenmensch, was ihm widerfahren war. Obwohl er sich die katastrophalen Folgen sehr wohl vor Augen führte, glitt doch so etwas wie ein Lächeln über seine Lippen - ein bekümmertes Lächeln, das gewiß auch Unverständnis für sich selbst bekundete, denn Tarzan von den Affen war in einer höchst primitiven Schlinge gefangen worden, wie man sie für unvorsichtige Tiere auslegt.

Eine Schlaufe aus rohem Leder war an dem herabgebogenen Zweig eines überhängenden Baumes befestigt und auf dem Weg vergraben worden, den er entlanggegangen war, und er hatte den Abzug betätigt - das war alles. Die Folgen wären vielleicht weniger verhängnisvoll, hätte die Schlinge seine Arme nicht fest mit dem Rumpf umschlossen, als sie sich zuzog.

Nun hing er etwa sechs Fuß über dem Weg, zuverlässig um die Hüften gefesselt, wobei die Schlaufe seine Arme zwischen Ellenbogen und Handgelenken festhielt und hart gegen die Seiten preßte. Doch damit nicht genug, zu seiner unbequemen Lage und Hilflosigkeit kam noch, daß er mit dem Kopf nach unten hing und sich wild um sich drehte wie ein menschliches Senkblei.

Er versuchte, einen Arm aus der Schlinge zu ziehen, damit er sein Jagdmesser erreichen und sich befreien konnte, doch das Gewicht seines Körpers zog sie immer fest, und jedes Bemühen von seiner Seite schien den erbarmungslosen Griff der Lederstrippe, die sich in sein Fleisch schnitt, nur noch zu verstärken.

Ihm war klar, daß die Schlinge auf die Anwesenheit von Menschen hindeutete. Bestimmt würden sie bald kommen, um ihre Falle zu inspizieren, denn die eigene Kenntnis dieser primitiven Jagdmethode hatte ihn gelehrt, daß sie die Schlingen nicht lange unkontrolliert lassen konnten, da sie im Falle eines Fanges diesen sofort an sich bringen mußten, wenn sie ihn haben sollten. Sonst konnte er sehr leicht Beute fleischfressender Tiere oder Vögel werden. Er fragte sich, welche Art Menschen sie wohl waren, und ob er nicht Freundschaft mit ihnen schließen könne. Wer immer sie waren, er hoffte sehr, sie würden kommen, ehe die Raubtiere auftauchten. Während ihm diese Gedanken noch durch den Kopf gingen, erfaßte sein geschultes Gehör sich nähernde Schritte, doch es waren nicht die von

Menschen. Was immer es war, was sich da näherte, es kam quer zur Windrichtung, so daß er keine Witterung aufnehmen konnte. Andererseits konnte das Tier ihn auch nicht wittern. Das Wesen kam gemächlich heran, und kurz bevor es auf dem Weg auftauchte, wußte er, daß es ein Huftier war. Demnach hatte er wenig Anlaß, um sein Leben zu bangen, es sei denn, es handelte sich um irgendein seltsames pellucidarisches Lebewesen mit bestimmten Charaktermerkmalen, die völlig anders waren als jene, welche er von der Außenrinde her kannte.

Während er aus diesen Überlegungen zum Teil doch eine gewisse Beruhigung schöpfte, schlug ihm mit einemmal scharf eine Witterung in die Nase, bei der sich ihm immer die kurzen Haare sträubten, nicht aus Furcht, sondern in natürlicher Reaktion auf das Sichtbarwerden eines Erzfeindes. Dabei war es kein Geruch, den er zuvor schon gerochen hatte. Es war nicht die Witterung von Numa, dem Löwen, oder Sheeta, dem Leopard, andererseits eindeutig die einer großen Katzenart. Jetzt konnte er die fast lautlose Annäherung durch das Unterholz hören, und er wußte, daß dieses Geschöpf den Weg entlangkam, angelockt entweder durch das Wissen um seine Anwesenheit oder die des anderen Tieres, dessen Eintreffen er erwartete.

Letzteres tauchte zuerst in seinem Blickfeld auf - ein großes, ochsenartiges Tier mit weit ausladenden Hörnern und einem zottigen Fell - ein riesiger Stier, der noch mehrere Yards den Weg entlangtrottete, nachdem Tarzan ihn entdeckt hatte, und der den umherbaumelnden Affenmenschen vor sich noch gar nicht bemerkt hatte. Es war der Auerochse von Pellucidar, der Bos Primigenus des Paläontologen der Außenrinde, ein längst ausgestorbener Vorfahre der Rinderrassen unserer eigenen Welt.

Einen Augenblick stand er da und schaute sich den Menschen an, der auf seinem Weg hin und her baumelte.

Tarzan verhielt sich sehr ruhig. Er wollte ihn nicht verscheuchen, denn er war sich bewußt, daß einer von ihnen Opfer des Raubtieres werden mußte, das sich anschlich. Doch wenn er erwartet hatte, daß der Auerochse verängstigt sein könnte, erkannte er sehr bald seinen Irrtum, denn der große Stier stieß ein tiefes Brummen aus, stampfte die Erde mit dem Vorderfuß, senkte die massiven Hörner, schüttelte sie zornig, und der Affenmensch wußte, daß er sein hitziges Temperament zum Angriff anstachelte. Auch sah es nicht danach aus, daß er damit lange zögern würde, denn er kam bereits drohend unter donnerndem Gebrüll vorwärtsgestürmt. Der Schwanz war aufgerichtet, der Kopf gesenkt, als er in leichten Trab fiel, welcher dem Angriff stets vorausgeht.

Dem Affenmensch war klar, daß sein Kopf, sollte er je mit diesen massiven Hörnern oder dem soliden Schädel in Berührung kommen, wie eine Eierschale zerbersten würde.

Das irrsinnige Drehen, das durch das erste Spannen des Lederriemens unter seinem Gewicht verursacht worden war, hatte sich zu einer sanften Drehbewegung verringert, so daß er manchmal auf den Stier blickte und manchmal in die entgegengesetzte Richtung. Die äußerste Hilflosigkeit seiner Lage verdroß ihn sehr und bereitete ihm mehr Sorge als die Erwägung des bevorstehenden Todes. Von Kindheit an war er mit dem grimmigen Schnitter Hand in Hand gegangen, er hatte dem Tod in so vielen Formen ins Antlitz geschaut, daß dieser ihn nicht mehr schreckte. Er wußte, dies war die endgültige Erfahrung aller Geschöpfe, er würde sie ebenfalls machen müssen wie die anderen, und obwohl er das Leben liebte und nicht sterben wollte, versetzte ihn der nahende Untergang keineswegs in nutzlose Hysterie. Doch zu sterben ohne eine Chance, um sein Leben zu kämpfen, war nicht das Ende, das Tarzan von den Affen sich gewünscht hätte. Und als sein Körper sich jetzt langsam drehte und seine Augen von dem angreifenden Bullen abgewandt waren, wurde er noch mutloser bei dem Gedanken, daß ihm nicht einmal die kümmerliche Befriedigung gewährt wurde, dem Tod von Angesicht zu Angesicht gegenüberzutreten.

In dem kurzen Augenblick, den er auf den Zusammenprall wartete, wurde die Luft mit einmal durch einen dermaßen schaudererregenden Schrei zerrissen, wie er ihm nie zuvor in die Ohren gedrungen war. Das Gebrüll des Stieres schlug plötzlich in eine höhere Tonart um und vermischte sich mit anderen gräßlichen Lauten.

Abermals drehte sich der aufgehängte Körper des Affenmenschen, und sein Blick fiel auf eine Szene, wie sie Menschen der Außenwelt in zahllosen Jahrhunderten niemals geboten wurde.

Auf den massiven Schultern und dem Genick des großen Auerochsen hockte ein Tiger von dermaßen riesiger Größe, daß Tarzan kaum seinen Augen traute. Große, säbelartige Zähne wuchsen aus dem Oberkiefer und drangen nun tief ins Genick des Bullen, der, statt die Flucht anzutreten, wie angewurzelt stehenblieb und trachtete, das große Raubtier abzuschütteln, indem er die mächtigen Hörner nach hinten schwang im Versuch, den lebenden Tod von seinen Schultern zu stoßen, dann den massigen Leib aus gleichem Grund wiederum heftig schüttelte und die ganze Zeit vor Schmerz und Wut brüllte.

Allmählich veränderte der Säbelzahn seine Lage, bis er einen Halt gefunden hatte, der seiner Absicht entsprach. Mit blitzartiger Schnelligkeit holte er mit einer großen Vorderpranke aus und versetzte dem Stier einen einzigen furchtbaren Schlag an die Seite des Schädels - einen titanischen Schlag, der den dicken Kopf zerschmetterte und den riesigen Stier tot zusammensinken ließ. Dann legte sich das Raubtier nieder, um sich an seiner Beute gütlich zu tun.

Der Säbelzahn hatte den Affenmenschen während des Kampfes überhaupt nicht bemerkt. Erst, als er schon begonnen hatte, sich an dem Stier zu mästen, wurde sein Blick auf den sich drehenden Körper gelenkt, der einige Yards entfernt über dem Weg hing. Sofort hörte die Bestie mit Fressen auf, senkte den Kopf und schürzte die Oberlippe in einem gräßlichen Knurren. Er beobachtete den Affenmenschen. Ein tiefes, bedrohliches Knurren stieg aus seinem Schlund, und der lange, gebogene Schweif schwang zornig hin und her, als er sich langsam vom Körper seines Opfers erhob und auf Tarzan von den Affen zuging.

Die großen Katzen

Die zurückgehende Brandung des großen Krieges hatte an so manchem fremden Gestade menschliches Strandgut zurückgelassen. Auf dem Höhepunkt der Flut hatte sie Robert Jones, Soldat in den Reihen eines Arbeitsbataillons, aus einer ihm absolut nicht zusagenden Umgebung aufgehoben und in ein Gefangenenlager hinter den feindlichen Linien befördert. Durch sein gutherziges Wesen erwarb er sich Freunde und Gönner, doch weder die einen noch die anderen waren ihm behilflich, die Freiheit wiederzuerlangen. Robert Jones schien in dem allgemeinen Durcheinander verloren zu sein. Als das Lager schließlich aufgelöst wurde, blieb er da, doch er war darüber nicht traurig. Er hatte die Sprache seiner Wächter erlernt und unter ihnen viele Freunde gewonnen. Sie verschafften ihm Arbeit, und Robert Jones aus Alabama war es zufrieden, zu bleiben, wo er war. Inzwischen hatte er es vom Burschen zum Koch in einer Offiziersmesse gebracht und war in dieser Eigenschaft Hauptmann Zuppner aufgefallen, der ihn daraufhin prompt für die O-220-Expedition anwarb.

Robert Jones gähnte, streckte sich, drehte sich in seiner schmalen Koje an Bord der O-220 auf die andere Seite, schlug die Augen auf und setzte sich mit einem Ausruf der Überraschung. Er sprang auf den Fußboden und schlug mit dem Kopf gegen eine offene Bordluke.

„Mein Gott!“ rief er. „Ihr habt bestimmt alle verschlaf’n.“

Er blickte einen Moment in die Mittagssonne, die auf ihn niederschien, kleidete sich eilends an und huschte in die Kombüse.

„Komisch, keiner rührt sich - die müss’n alle verschlaf’n ham“, sagte er im Selbstgespräch. „Nun blickte er auf die Uhr an der Kombüsenwand. Die Zeiger wiesen auf sechs. Er spitzte die Ohren und lauschte. „Steh’ngeblieb’n isse jedenfalls nich’.“ Dann ging er zur Tür, die aus der Kombüse ins Freie führte und stieß sie auf. Er beugte sich weit hinaus und blickte abermals auf die Sonne. Dann schüttelte er den Kopf. „Hier is’ was nich’ in Ordnung. Möchte wiss’n, ob ich nun Frühstück, Mittagess’n oder Abendess’n zubereit’n soll“, sagte er.

Jason Gridley tauchte aus seiner Kajüte auf und kam den engen Gang zur Kombüse geschlendert. „Guten Morgen, Bob!“ sagte er und trat in die offene Tür. „Wie steht's mit bißchen was zum Frühstück?"

„Haben Sie Frühstück gesagt, Sir?" fragte Robert.

„Jawohl", erwiderte Gridley. „Nur Toast, Kaffee und ein paar Eier - was Sie gerade zur Hand haben."

„Ich wußte es!" rief der Mann. „Ich wußte, daß die alte Uhr da richtig geht, doch die liebe Sonne müß'te wohl mal aufgezog'n werd'n."

Gridley grinste. „Ich steige aus und gehe ein wenig spazieren", sagte er. „In fünfzehn Minuten bin ich zurück. Haben Sie etwas von Lord Greystoke gesehen?"

„Nein, Sir. Seit gestern habe ich von ein'm Tarzan nichts zu Gesicht gekriegt."

„Seltsam", sagte Gridley. „Er ist nicht in seiner Kajüte."

Gridley wanderte fünfzehn Minuten lang in schnellem Schritt nahe bei dem Schiff umher. Als er in die Offiziersmesse kam, fand er Zuppner und Dorf vor, die auf das Frühstück warteten und ihn mit einem freundlichen „Guten Morgen!" begrüßten.

„Ich weiß nicht recht, ob es ein guter Morgen oder ein guter Abend ist", sagte Zuppner.

„Wir sind seit zwölf Stunden hier, und es ist noch dieselbe Zeit wie bei unserer Ankunft. Ich bin die letzten vier Stunden Wache gegangen, und hätte ich keinen Chronometer vor Augen gehabt, so hätte ich nicht schwören können, ob es fünfzehn Minuten waren oder schon eine ganze Woche."

„Man hat ein Gefühl der Unwirklichkeit, das schwer zu erklären ist", sagte Gridley.

„Wo ist Greystoke?" fragte Zuppner. „Er ist doch sonst immer der Frühaufsteher."

„Ich habe Bob auch gerade gefragt, doch er hat ihn nicht gesehen", sagte Gridley.

„Er hat das Schiff kurz nach Beginn meiner Wache verlassen", sagte Dorf. „Würde sagen, vor etwa drei Stunden, vielleicht auch schon eher. Ich sah ihn das offene Land überqueren und im Wald verschwinden."

„Ich wünschte, er wäre nicht allein losgegangen", sagte Gridley.

„Auf mich macht er den Eindruck eines Mannes, der auf sich selbst aufpassen kann", erwiderte Zuppner.

„Ich habe in den letzten vier Stunden einige Dinge gesehen, die mich bezweifeln lassen, ob ein Mann ganz allein in dieser Welt selbst auf sich aufpassen kann, besonders jemand, der nur mit den primitiven Waffen ausgerüstet ist, die Greystoke mitgenommen hat."

„Sie wollen sagen, er hat keine Feuerwaffen bei sich?" fragte Zuppner.

„Nur Bogen und Pfeile, einen Speer und ein Seil", sagte Dorf. „Ich glaube, er trug noch ein Jagdmesser bei sich. Aber ebenso gut könnte er ein Spielzeuggewehr mit sich führen, falls er einigen dieser Wesen begegnet, die ich seit meinem Wachantritt gesehen habe."

„Was meinen Sie?" fragte Zuppner. „Was haben Sie gesehen?"

Dorf grinste albern. „Im Ernst, Kapitän, ich möchte es Ihnen am liebsten gar nicht sagen, denn ich will verdammt sein, wenn ich es selbst glaube."

„Na los, 'raus damit!" rief Zuppner. „Wir berücksichtigen schon Ihre Jugend und die Einwirkung der Sonne und des Horizonts von Pellucidar auf ihre Augen oder ihre Wahrheitsliebe."

„Nun gut. Vor etwa einer Stunde kam ein Bär einhundert Yards vom Schiff entfernt vorbei", sagte Dorf.

„Daran ist nichts Merkwürdiges", erklärte Zuppner.

„Sogar eine ganze Menge war merkwürdig daran", sagte Dorf.

„In welchem Sinne?" fragte Gridley.

„Er war so groß wie ein Ochse, und sollte ich in diesem Land mal auf Bärenjagd gehen, würde ich mir gern Feldartillerie mitnehmen."

„War das alles, was Sie gesehen haben - nur einen Bären?" fragte Zuppner.

„Nein, ich habe auch noch Tiger gesehen, nicht nur einen, sondern ein volles Dutzend, und sie waren um vieles größer als unsere bengalischen, wie ja auch der Bär größer war als jeder von der Außenrinde, den ich je sah", erklärte Dorf. „Sie waren einfach ungeheuer groß und hatten gewaltige, gekrümmte Fangzähne, die in einer Länge von acht Zoll bis einem Fuß aus ihren Oberkiefern herausragten. Sie kamen zu diesem Fluß hier, um zu trinken, und wanderten dann weg, einige in Richtung des Waldes und ein paar zu dem großen breiten Strom dort drüben."

„Greystoke könnte gegen solche Kreaturen nicht viel ausrichten, selbst wenn er ein Gewehr mitgenommen hätte", sagte Zuppner.

„Wenn er im Wald war, konnte er ihnen entkommen", sagte Gridley.

Zuppner schüttelte den Kopf. „Mir sieht das alles gar nicht so gut aus", sagte er. „Ich wünschte, er wäre nicht allein losgegangen."

„Der Bär und die Tiger waren schlimm genug, doch ich habe noch ein anderes Wesen erblickt, das mir unendlich übler erschien“, fuhr Dorf fort.

Robert, der als eine mehr oder weniger privilegierte Person gelten konnte, war von der Kombüse hereingetreten und lauschte Dorfs Bericht über die Geschöpfe, die er gesehen hatte, mit weitaufgerissenen Augen und großem Interesse, während Viktor, einer der philippinischen Jungen, die Offiziere bediente.

Dorf fuhr fort: „Ja, ich habe eine äußerst seltsame Kreatur gesehen. Sie flog direkt über das Schiff, und ich konnte sie ausgezeichnet erkennen. Zuerst glaubte ich, es sei ein Vogel, aber als sie näher herankam, erkannte ich, daß es ein geflügeltes Reptil war. Es hatte einen langen, schmalen Kopf und flog so tief, daß ich den gewaltigen Rachen sehen konnte, ausgestattet mit einer endlosen Zahl langer, scharfer Zähne. Über den Augen war der Kopf langgezogen und endete in einer scharfen Spitze. Es war wirklich riesig und muß eine Flügelspannweite von mindestens zwanzig Fuß haben. Während ich es beobachtete, stieß es plötzlich knapp hinter dem Schiff nach unten, und als es wieder aufstieg, trug es ein Tier in seinen Krallen, das mindestens so groß war wie ein ausgewachsenes Schaf. Dennoch flog es ohne erkennbare Mühe damit weg. Dieses Geschöpf ist bestimmt ein Fleischfresser, man sieht es aus der Tatsache, daß es genügend Kraft besitzt, einen Menschen wegzuschleppen.“

Robert Jones preßte seine rosige Hand auf den großen Mund, wandte sich mit vorgezogenen, bebenden Schultern ab und verließ den Raum auf Zehenspitzen. In der Kombüse angelangt, schloß er die Tür hinter sich und gab sich ungehemmter Fröhlichkeit hin.

„Was ist los mit dir?“ fragte Viktor.

„Allmächtiger Gott!“ rief Robert. „Ich dachte immer, die Herr’n da im Abenteuerklub von Bummington könnten schon lüg’n, daß sich die Balk’n biegen, awwer verglichen mit dem Leutnant Dorf sin’ das doch Wais’nknab’n. Hast du gehört, was er da von der fliegend’n Schlange geschwafelt hat, die Schafe wegschleppt?“

In der Offiziersmesse nahm man Dorfs Bericht wesentlich ernster.

„Das wäre dann ein Pterodaktylus“, sagte Zuppner.

„Stimmt“, erwiderte Dorf. „Ich habe ihn als ein Pteranodon klassifiziert.“

„Meinen Sie nicht, wir sollten einen Suchtrupp ausschicken?“ fragte Gridley.

„Ich fürchte, das würde Greystoke nicht passen“, erwiderte Zuppner.

„Wir könnten den Trupp ja wie eine Jagdgesellschaft ausstaffieren.“

„Wenn er nicht in einer Stunde zurück ist, müssen wir etwas Derartiges unternehmen“, erklärte Zuppner.

Nun kamen Hines und von Horst in die Messe, und als sie erfuhren, daß Tarzan abgängig sei, und Dorfs Beschreibung von einigen der Tiere vernahmen, denen er vielleicht begegnet war, machten sie sich gleichfalls große Sorgen um seine Sicherheit.

„Wir könnten ein wenig umherkreuzen, Sir“, schlug von Horst Zuppner vor.

„Aber angenommen, er kommt während unserer Abwesenheit hierher zurück?“ fragte Gridley.

„Könnten Sie das Schiff wieder zu diesem Ankerplatz zurückbringen?“ fragte Zuppner.

„Das bezweifle ich“, erwiderte der Leutnant. „Unsere Instrumente sind unter den hier in Pellucidar herrschenden Bedingungen fast wertlos.“

„Dann bleiben wir bis zu seiner Rückkehr besser, wo wir sind“, sagte Gridley.

„Aber wenn wir einen Suchtrupp zu Fuß nach ihm ausschicken, welche Gewähr haben wir, daß dieser den Weg zum Schiff zurück wiederfindet?“ fragte Zuppner.

„Das wäre nicht so schwierig“, sagte Gridley. „Wir könnten unseren Weg ja markieren, da fänden wir leicht wieder hierher.“

„Richtig, das stimmt“, pflichtete Zuppner bei.

„Angenommen, von Horst und ich gehen mit Muviro und seinen Waziris los“, sagte Gridley. „Die sind erfahrene Spurenleser, erstklassige Kämpfer und kennen sich im Dschungel gewiß aus.“

„Nicht in dem hier“, sagte Dorf.

„Immerhin haben sie weit mehr Dschungelerfahrung als der Rest von uns“, beharrte Gridley.

„Ich glaube, Ihr Plan ist gut“, sagte Zuppner. „Jedenfalls haben Sie jetzt das Kommando, wir anderen unterstellen uns gern Ihrem Befehl.“

„Die Bedingungen, mit denen wir es hier zu tun haben, sind für uns alle neu“, sagte Gridley. „Nichts, was dieser oder jener vorschlagen oder anweisen mag, kann sich auf persönliche Erfahrung oder Kenntnisse gründen, die die anderen nicht haben. Unter diesen Umständen halte ich es für besser, nach allgemeiner Diskussion zu einem Entscheid zu gelangen, als daß wir uns blind irgendeiner Art von Autorität unterordnen."

„Genau das war Greystrokes Politik, und sie hat es für uns alle sehr leicht und angenehm gemacht", sagte Zuppner. „Ich bin völlig mit Ihnen einverstanden, und ich kann mir keinen brauchbareren Plan vorstellen als den, den Sie uns vorgeschlagen haben."

„Sehr gut", sagte Gridley. „Wollen Sie mich begleiten, Leutnant?" fragte er, an von Horst gewandt.

Der Offizier grinste. „Ob ich will? Ich hätte es Ihnen nie verziehen, wenn Sie mich ausgelassen hätten."

„Fein. Nun glaube ich, wir sollten sofort unsere Vorbereitungen treffen und so früh wie möglich aufbrechen. Überprüfen Sie, daß die Waziris gegessen haben, Leutnant, und sagen Sie Muviro, ich wünschte, daß sie Gewehre mitnehmen. Die Burschen verstehen sehr gut, damit umzugehen, betrachten jedoch alles mit Geringschätzung, das moderner als ihre Kriegsspeere und Pfeile ist."

„Ja, das habe ich auch festgestellt", sagte Hines. „Muviro erzählte mir vor einigen Tagen, seine Leute betrachteten Feuerwaffen als Eingeständnis der Feigheit. Er berichtete, sie benutzten sie wohl zum Zielschießen, doch wenn sie Löwen oder Nashörner jagen, lassen sie die Gewehre daheim zurück und nehmen Speere und Pfeile."

„Wenn sie gesehen haben, was ich sah, werden sie einem Schnellfeuergewehr mehr Achtung entgegenbringen", sagte Dorf.

„Achten Sie darauf, daß sie reichlich Munition mitnehmen", sagte Gridley. „Von Horst, nach allem, was ich in diesem Land gesehen habe, brauchen wir keinerlei Proviant mitzuschleppen."

„Jemand, der nicht vom Angebot dieses Landes leben könnte, würde auf einem Fleischmarkt verhungern", bemerkte Zuppner.

Von Horst ging, um Gridleys Anweisungen auszuführen, während dieser in seine Kajüte zurückkehrte, um sich auf die Expedition vorzubereiten.

Die auf der O-220 verbleibenden Offiziere und Mannschaften waren alle zugegen, um die Expedition zu verabschieden, die sich auf die Suche nach Tarzan von den Affen machte, und als die zehn kräftigen Wazirikrieger hinter Gridley und von Horst abmarschierten, sah Robert Jones ihnen aus der Kombüsentür voller Stolz nach. „Die ganz'n fliegend'n Schlang'n da sollt'n sich jetzt besser aus'm Land scheren", rief er. Er schaute mit den anderen dem kleinen Trupp nach, wie er die Ebene überquerte und schließlich auf der anderen Seite in die dunklen Bereiche des Waldes tauchte. Dann blickte er auf die Mittagssonne, schüttelte den Kopf, hob resigniert die Hände und begab sich wieder in die Kombüse.

Fast sofort nach Abmarsch des Suchtrupps wies Gridley Muviro an, die Führung zu übernehmen und nach Tarzans Spur Ausschau zu halten, denn von der ganzen Gruppe war er der erfahrenste Spurenleser. Der Wazirihäuptling hatte auch nicht die geringsten Schwierigkeiten, der Spur des Affenmenschen über die Ebene und in den Wald zu folgen. Hier verschwand sie jedoch unter einem großen Baum.

„Big Bwana muß sich hier in die Bäume geschwungen haben", sagte Muviro. „Und einen Menschen, der seiner Spur durch die unteren, mittleren oder oberen Baumwipfel folgen kann, gibt es nicht."

„Was schlägst du also vor, Muviro?" fragte Gridley.

„Wäre dies hier sein heimatlicher Dschungel, so wäre ich überzeugt, daß er sich nach Erklimmen der Bäume in gerader Richtung zu dem Ort begeben würde, den er aufsuchen will, es sei denn, er befindet sich auf Jagd. In diesem Fall würde seine Marschrichtung durch die Spuren und die Witterung des Wildes beeinflußt werden."

„Er hat hier zweifellos gejagt", sagte von Horst.

„Wenn dem so ist, bewegt er sich bestimmt in einer geraden Linie weiter, bis er die Witterung des Wildes aufnimmt oder an einen vielbenutzten Wildpfad kommt."

„Und was würde er dann tun?" fragte Gridley.

„Vielleicht wartet er über dem Weg, oder er folgt ihm", erwiderte Muviro. „In einem unbekannten Land wie diesem wird er ihm folgen, denke ich mir, denn er war schon immer versessen, jedes neue Land zu erforschen, in das es ihn verschlug."

„Dann wollen wir in derselben Richtung geradewegs in den Wald marschieren, bis wir auf einen Wildpfad treffen", sagte Gridley.

Muviro ging mit drei seiner Krieger voraus, hieb das Buschwerk ab, wo es nötig war, und markierte die Bäume in dichten Abständen, damit sie leicht den Weg zum Schiff zurückfinden konnten. Mit Hilfe eines kleinen Taschenkompasses gab Gridley die Marschrichtung an. Sie genau einzuhalten wäre der ewigen Mittagssonne wegen sonst schwierig gewesen, deren warme Strahlen durch das Blattwerk der Bäume drang.

„Mein Gott! Was für ein Wald!“ rief von Horst. „Hier nach einem Mann zu suchen entspricht der sprichwörtlichen Suche nach einer Nadel in einem Heuhaufen.“

„Nur daß da doch eine geringe Chance besteht, sie zu finden“, erwiderte Gridley.

„Vielleicht sollten wir besser ab und zu einen Schuß abgeben“, schlug von Horst vor.

„Ausgezeichnet“, sagte Gridley. „Die Gewehre haben eine viel stärkere Ladung und krachen viel lauter als unsere Revolver.“

Nachdem er die anderen von seiner Absicht in Kenntnis gesetzt hatte, befahl er einem der Schwarzen, im Abstand von einigen Sekunden drei Schüsse abzugeben, denn weder Gridley noch von Horst trugen Gewehre, sondern jeder nur zwei 45er Colts. Danach wurde im Abstand von einer halben Stunde ein einzelner Schuß abgefeuert. Je weiter der Suchtrupp jedoch in den Wald eindrang, desto mehr lastete die Überzeugung auf den Männern, daß ihre Suche vergeblich sein könne.

Mit einmal änderte sich der Charakter des Waldes. Bäume und Unterholz standen nicht mehr so dicht beieinander, obwohl sie weiterhin ein undurchdringliches Dach bildeten, wenngleich weniger geschlossen als bisher. Hier stießen sie auf einen breiten Wildpfad, den unzählige Hufe und weiche Pranken auf eine Tiefe von zwei Fuß oder mehr auf der Erdoberfläche ausgegraben hatten. Und hier beging Jason Gridley einen Fehler.

„Solange wir diesem Weg hier folgen, brauchen wir uns nicht mehr mit dem Markieren der Bäume zu belasten“, sagte er zu Muviro. „Höchstens an Stellen, wo er sich gabelt oder von anderen Wegen gekreuzt wird.“

Im Grunde war das ein ganz verständlicher Fehler, da einige markierte Bäume am Rand eines Weges keinen Sinn hätten, wenn sie ihn auf dem Rückweg benutzen wollten.

Sie kamen nun leichter voran, und da die Wazirikrieger in schnellem Tempo ausschritten, legten sie geschwind eine Meile nach der anderen zurück. Auch hatte die Mittagssonne schon ihren Zauber über sie ergossen, so daß der Zeitfaktor bei ihren Berechnungen keine Rolle mehr spielte, während das überall erkennbare Leben um sie herum die Aufmerksamkeit der Schwarzen wie der Weißen gleichermaßen auf sich zog.

Sie sahen seltsame Affen vorüberziehen - einige davon in ihrem

Äußeren und in der Größe erstaunlich menschenähnlich. Sowohl bunt als auch dunkelbraun gefiederte Vögel schwirrten protestierend vor ihnen auf, und immer wieder waren verschwommen massige Körper im Unterholz zu sehen, hörte man das dumpfe Patschen weicher Pfoten.

Manchmal durchquerten sie Waldgebiete, in denen Grabesstille herrschte. Dann wieder schienen sie von einem ungeheuren Lärm gräßlichen Knurrens, Brüllens und Kreischens umgeben zu sein.

„Ich würde mir gern mal einige dieser Burschen genauer ansehen", sagte von Horst nach einem besonders wilden Ausbruch von Lärm.

„Mich wundert's, daß wir bisher noch keine gesehen haben, doch ich kann mir vorstellen, daß sie uns gegenüber ein bißchen mißtrauisch sind, nicht allein wegen unserer Anzahl, doch sicher auch ob der für sie seltsamen und fremden Gerüche, von denen wir umgeben sein müssen. Die haben den Argwohn bestimmt noch vergrößert, den das Krachen unserer Schüsse zweifellos geweckt hat."

„Ist Ihnen aufgefallen, daß der meiste Lärm aus der Richtung hinter uns zu kommen scheint?" fragte von Horst. „Ich meine das wilde Knurren. Quieken und Töne, die wie das Trompeten von Elefanten klangen, waren auch links und rechts voraus zu hören, doch scheint nur gelegentlich einmal etwas davon aus diesen Richtungen herzudringen, und dann immer aus beträchtlicher Entfernung."

„Wie erklären Sie sich das?" fragte Gridley.

„Ich kann es mir überhaupt nicht erklären", erwiderte von Horst. „Es klingt, als bewegten wir uns in der Mitte eines Zuges mit sämtlichen wilden Raubtieren hinter uns."

„Die ständige Mittagssonne hat auch ihre Vorzüge", bemerkte Gridley lachend. „Zumindest gewährleistet sie, daß wir hier nie Nächte verbringen müssen."

In diesem Augenblick wurde die Aufmerksamkeit der zwei Männer durch den Ausruf eines Waziris hinter ihnen abgelenkt. „Sieh, Bwana! Sieh dort!" rief der Mann und wies den Weg entlang. Gridley und von Horst folgten der Richtung seiner ausgestreckten Hand, und beide sahen ein riesiges Tier langsam den Weg hinter ihnen herschleichen.

„Mein Gott!" rief von Horst. „Und ich dachte, Dorf übertreibt."

„Es erscheint unmöglich, daß fünfhundert Meilen unter uns Autos durch Straßen voller Menschen rollen, wo beiderseits riesige Gebäude stehen. Daß der Telegraf, das Telefon und das Radio dort so alltäglich sind, daß niemand eine Bemerkung darüber macht; daß unzählige Tausende ihr ganzes Leben dort verbringen, ohne je zur Selbstverteidigung eine Waffe benutzen zu müssen. Doch zur selben Zeit stehen wir hier und sehen uns einem säbelzähnigen Tiger gegenüber, in einer Umgebung, die seit einer Million Jahre nicht mehr auf der Außenrinde existiert."

„Schauen Sie sie sich an!" rief von Horst. „Wenn einmal einer da ist, dann auch gleich ein Dutzend."

„Sollen wir schießen, Bwana?" fragte einer der Waziris.

„Noch nicht. Schließt auf und haltet euch bereit", sagte Gridley. „Sie scheinen uns nur zu folgen."

Langsam wich die Gruppe zurück, wobei eine Reihe Waziris mit Blick zu den Tigern die Nachhut bildete und gleichfalls langsam von ihnen abrückte. Muviro kam zu Gridley und ging neben ihm her.

„Seit einiger Zeit schon sieht man die Spur vieler Elefanten auf dem Weg, oder jedenfalls etwas, das wie die Spur von Elefanten aussieht, doch auch ein bißchen anders. Gerade eben habe ich einige der Tiere vor uns gesichtet. Ich konnte sie nicht genau erkennen, aber wenn es keine Elefanten sind, sehen sie ihnen jedoch sehr ähnlich."

„Wir scheinen jetzt zwischen dem Teufel und der Tiefsee zu stecken", sagte von Horst.

„Außerdem befinden sich entweder Elefanten oder Tiger zu beiden Seiten von uns", sagte Muviro. „Ich kann hören, wie sie durch das Gestrüpp dringen."

Möglicherweise hatten all diese Männer denselben Gedanken, nämlich, daß sie sich auf die Bäume schwingen sollten. Doch seltsamerweise sprach niemand ihn aus. So setzten sie ihren Marsch den Pfad entlang langsam fort, bis sie auf eine große, offene Fläche im Wald stießen, wo der Boden nur spärlich mit Strauchwerk bewachsen war und nur wenige Bäume standen. Die Lichtung umfaßte etwa einhundert Morgen, dahinter begann wieder Wald auf allen Seiten.

Doch auf zahllosen Pfaden, die alle an dieser Stelle zusammenzulaufen schienen, kam eine Prozession, wie absonderlicher die Männer nie zu Gesicht bekommen hatten. Darunter befanden sich große, ochsenartige Tiere mit zottigem Pelz und weit ausladenden Hörnern, außerdem Rotwild und Faultiere von gigantischer Größe. Das Mastodon und das Mammut waren vertreten sowie ein riesiges, elefantenartiges Wesen. Sein gewaltiger Schädel war vier Fuß lang und drei Fuß breit. Es hatte einen kurzen, kräftigen Rüssel, und aus dem Unterkiefer bogen sich mächtige Stoßzähne nach unten, so daß die Spitzen rückwärts zum Körper zeigten. Die Schulterhöhe über Grund maß mindestens zehn Fuß, die Länge bestimmt volle zwanzig. Jegliche Ähnlichkeit zu einem Elefanten wurde durch die kleinen Schweinsohren gemindert.

Die zwei Weißen vergaßen in ihrer Verwirrung angesichts des Bildes vor ihnen augenblicklich die Tiger hinter sich, blieben stehen und schauten staunend auf die gewaltige Versammlung von Tieren auf der Lichtung.

„Haben Sie je dergleichen gesehen?“ fragte Gridley.

„Nie, und bestimmt auch kein anderer von uns“, erwiderte von Horst.

„Viele von ihnen könnte ich im Katalog einordnen, dennoch sind auf der Außenrinde praktisch alle ausgestorben. Aber der Bursche dort beeindruckt mich.“ Er wies auf das elefantenartige Wesen mit den abwärts gerichtete Stoßzähnen.

„Ein Dinotherium aus dem Miozän“, sagte von Horst.

Muviro war neben den zwei Weißen stehengeblieben und starrte mit weitaufgerissenen, staunenden Augen auf die Szene vor sich.

„Und was sagst du dazu, Muviro?“ fragte Gridley.

„Ich glaube, ich verstehe jetzt, Bwana“, erwiderte der Schwarze. „Und wenn wir je davonkommen wollen, besteht unsere einzige Chance darin, die Lichtung so schnell wie möglich zu überqueren. Die großen Katzen treiben diese Kreaturen hier zusammen, und in Kürze wird ein derartiges Abschlachten losgehen, wie kein Mensch je mit angesehen hat. Sollten wir nicht durch die Katzen getötet werden, trampeln uns diese Tiere tot in ihrem Bemühen, zu entrinnen oder die Tiger abzuwehren.“

„Ich glaube, du hast recht, Muviro“, sagte Gridley.

„Genau vor uns ist eine Lücke“, sagte von Horst.

Gridley rief die Leute um sich und wies über die Lichtung zum Wald auf der gegenüberliegenden Seite. „Offensichtlich besteht unsere einzige Chance jetzt darin, hinüberzukommen, ehe die Raubkatzen diese Tiere umzingeln. Wir sind schon zu weit auf der Lichtung, als daß wir versuchen könnten, auf den Bäumen dieser Seite Zuflucht zu suchen, die säbelzähnigen Tiger sind zu nahe. Bleibt dicht beisammen und schießt nur, wenn wir angegriffen werden.“

„Seht dort!“ rief von Horst. „Die Tiger kommen von allen Seiten auf die Lichtung. Sie haben ihre Opfer umzingelt.“

„Noch gibt es die eine Lücke vor uns, Bwana", sagte Muviro.

Schon bewegte sich die kleine Gruppe langsam über die Lichtung, die voller aufgeregter, gereizt hin und her laufender Tiere war, deren ganze Verhaltensweise Besorgnis verriet. Vor dem Auftauchen der Tiger hatten sich die Tiere ruhig umherbewegt, einige ästen das kurze Gras der Lichtung oder fraßen Blätter und Zweige der vereinzelt hier wachsenden Bäume. Mit dem Erscheinen der ersten Raubtiere veränderte sich jedoch ihr Verhalten. Ein riesiger Mastodonbulle hob den Rüssel und trompetete schrill, und sofort war jedes pflanzenfressende Tier hier auf der Hut. In dem Maße, wie Augen und Nase die Anwesenheit der großen Katzen entdeckten oder die einzelnen Tiere durch die Erregung ihrer Artgenossen ebenfalls in Aufregung versetzt wurden, fügte jedes seine Stimme dem allgemeinen Lärm hinzu, der jetzt herrschte. In das Quieken, Trompeten oder Brüllen der Opfer mischte sich das gräßliche Knurren und Brummen der Raubtiere.

„Seht euch diese Katzen an!" rief von Horst. „Das müssen ja Hunderte sein." Diese Schätzung war keinesfalls übertrieben, denn mit Ausnahme eines einzigen Punktes gegenüber von ihnen tauchten nun auf allen Seiten der Lichtung die Tiger aus dem Wald und schickten sich an, die Herde einzukreisen. Daß sie nicht sofort über sie herfielen, bezeugte ihren Respekt für die riesigen Tiere, die sie zusammengetrieben hatten und von denen sie die meisten nie greifen würden, wäre die Übermacht nicht auf ihrer Seite.

Nun legte ein Mammut, ein riesiger Bulle mit erhobenem Schwanz und aufgestellten Ohren, den Rüssel um den Kopf und griff an. Ein paar der großen Katzen sprangen jedoch widerlich knurrend nach vorn, um ihm entgegenzutreten. Der Bulle verlor die Nerven, zog in einem weiten Bogen herum und kehrte zur Herde zurück. Hätte er diese bedrohliche Reihe von Fangzähnen und Krallen durchbrochen, was er bei seiner gewaltigen Größe, seiner Vorderfront und seiner Körperkraft durchaus hätte tun können, so hätte er eine Gasse geöffnet, durch die sich die anderen Tiere in einem Massenansturm gewiß hätten in Sicherheit bringen können, zumindest die Mehrheit von ihnen.

Die verängstigten Pflanzenfresser wendeten ihre ganze Aufmerksamkeit den bedrohlichen Tigern zu und achteten kaum auf die unbedeutenden Menschenwesen, die zwischen ihnen hindurchmarschierten. Einige Ausnahmen gab es jedoch. Ein Ur, ein Auerochse, stampfte genau auf ihrem Weg laut brüllend den Boden. Er war verängstigt durch die Witterung der Raubtiere und beunruhigt und ergrimmt durch das aufgeregte Trompeten und Schreien all der Geschöpfe um ihn herum, versuchte nun, sein Mißfallen zum Ausdruck zu bringen, senkte den Kopf und griff sie an. Ein Wazirikrieger legte das Gewehr an und feuerte, und ein prähistorischer Bos Primigenius sank unter der Einwirkung einer modernen Gewehrkugel zu Boden.

Als das Krachen des Gewehres alle anderen Geräusche auf der Lichtung übertönte, herrschte einen Moment lang Stille, und alle Aufmerksamkeit von Jägern und Gejagten richtete sich auf die kleine Gruppe von Menschen, die so winzig und unbedeutend wirkten angesichts der gewaltigen Tiere einer anderen Zeit. Ein Dinotherium kam mit aufgestellten Ohren und steif emporgereckten Schwanz langsam auf sie zu. Fast sofort folgten andere seinem Beispiel, bis man glauben mochte, die ganze Ansammlung käme nun bei ihnen zusammen. Der Wald war noch einhundert Yards entfernt, als Jason Gridley sich des Ernstes der Lage bewußt wurde, der sie sich jetzt gegenübersahen.

„Wir müssen dorthin laufen“, sagte er. „Feuert eine Salve auf sie ab, dann rennt zu den Bäumen. Sollten sie angreifen, dann rette sich, wer kann.“

Die Waziris fuhren herum, nahmen die langsam vorrückende Herde aufs Korn und feuerten auf Gridleys Befehl. Das Donnern der Salve hatte seine Wirkung auf die vorrückenden Tiere. Sie zögerten, wandten sich dann um und wichen zurück. Doch hinter ihnen standen die Raubtiere. Also machten sie abermals kehrt und gingen auf die Menschen zu, die jetzt schnell zum Wald rannten.

„Jetzt kommen sie!“ rief von Horst. Ein Blick nach hinten zeigte ihm, daß die ganze Herde, angestachelt durch die Angst vor den Tigern hinter ihnen, zu einen wilden Massenansturm übergegangen war. Ob es sich um einen direkten Angriff auf die kleine Menschengruppe handelte, steht in Frage, doch die Tatsache, daß sie sich direkt auf ihrer Bahn befanden, genügte, ihren Untergang zu besiegeln, sollten sie die Sicherheit des Waldes nicht mehr vor den angreifenden Vierfüßlern erreichen können.

„Feuert noch eine Salve ab!“ rief Gridley. Abermals machten die Waziris kehrt und feuerten. Ein Dinotherium, ein Auerochse und zwei Mammuts stolperten und krachten zu Boden, doch die übrige

Herde machte nicht halt. Sie sprangen über die Leiber der getöteten Schicksalsgefährten hinweg und donnerten auf die fliehenden Menschen zu.

Jetzt war in der Tat jeder auf sich selbst gestellt, und sie wurden in einem Maße bedrängt, daß selbst die tapferen Waziris die Gewehre wegwarfen, da sie sie bei ihrer Flucht nur behinderten.

Das Rotwild konnte wesentlich schneller fliehen als die anderen Mitglieder der Herde, hatte deshalb die Führung übernommen und preschte durch die kleine Gruppe, wobei sie sie nach links und rechts zerstreute.

Gridley und von Horst versuchten, den Rückzug der Waziris zu decken und den Ansturm der Tiere mit ihren Revolvern aufzuhalten. Es gelang ihnen auch, einige der Leittiere zur Umkehr zu zwingen, aber dann preschte ein großer Rothirsch zwischen ihnen durch und veranlaßte sie, schnell beiseite zu springen, um dem schweren Geweih auszuweichen, und hinter ihm fegte ein wahrer Alptraum verängstigter Tiere vorbei und zwang sie, sich noch weiter zu trennen.

Nicht weit von Gridley wuchs ein einzelner riesiger Baum gar nicht weit vom Rand der Lichtung entfernt. Der Amerikaner sah, daß er jetzt allein war, und daß ein weiterer Rückzug verwehrt war. Also machte er kehrt und rannte darauf zu, während von Horst gezwungen war, dem Dschungel zuzueilen, der jetzt fast greifbar nahe war.

Gridley wurde von einem riesigen Faultier über den Haufen gerannt, raffte sich auf, huschte kurz vor einem flüchtigen Mastodon vorbei und erreichte den Baum gerade, als die Hauptmasse der fliehenden Herde ihn umschloß. Der riesige Stamm gab ihm momentanen Schutz, und einen Augenblick später saß er oben in den Zweigen.

Sein erster Gedanke galt seinen Gefährten, doch wo sie soeben noch waren, befand sich jetzt eine solide Masse springender, jagender, verängstigter Tiere. Nirgends war eine Menschenseele zu sehen, und Gridley wußte, daß kein Lebewesen das Getrampel dieser unmeßbaren Menge Tonnen verängstigten Fleisches überleben konnte.

Einige von ihnen mußten den Wald erreicht haben, das war ihm klar, doch er bezweifelte, daß sich alle hatten in Sicherheit bringen können. Besonders bangte er um von Horst, der nur ein kleines Stück hinter den Waziris gewesen war.

Der Amerikaner ließ den Blick zurück über die Lichtung schweifen. Da bot sich ihm ein Schauspiel, wie seit Bestehen der Welt gewiß noch nie ein menschliches Auge erblickt hatte. Buchstäblich Tausende von Geschöpfen, große und kleine, folgten ihren Leittieren in einem Durchbruch zum Leben und in die Freiheit, während an ihren Flanken und hinter ihnen Hunderte wilder, säbelzähniger Tiger sie ansprangen, die schwächeren zu Boden rissen, mit den stärkeren kämpften und die zerfleischten und verunstalteten hinter sich ließen, nur um abermals in die Herde zu springen und andere niederzureißen.

Die wahnwitzige Eile der Leittiere über die Lichtung wurde gebremst, als sie in den Wald eindrangen. Nun waren diejenigen weiter hinten gezwungen, langsamer zu fliehen, doch in ihrer Angst versuchten sie, über die vor ihnen Fliehenden hinwegzuklettern. Rotwild sprang den Mastodons auf den Rücken und floh über die auf und ab wogenden Körper unter ihnen, wie eine Bergziege von Fels zu Fels springt. Mammuts erhoben ihre massigen Leiber über kleinere Tiere und zermalmten sie unter sich. Stoßzähne und Hörner waren rot von Blut, als die Tiere wie von Sinnen um ihr Leben kämpften. Das Schauspiel weckte Übelkeit, so grauenvoll war es, andererseits aber auch faszinierend in seiner primitiven Kraft und Wildheit - und überall waren die großen, wilden Katzen.

Langsam schnitten sie sich von beiden Seiten in die Herde im Bemühen, einen Teil davon einzukreisen, und schließlich gelang es ihnen auch, wenngleich nur einige verstreute Tiere in der Umzinglung verblieben, die noch nicht verwundet oder verkrüppelt waren. Diesen wandten sich die großen Tiger nun zu. Sie schlossen sie in einen engen Kreis und zogen den gräßlichen Ring wilder Wut immer enger.

Paarweise, zu dritt oder in Gruppen sprangen sie auf die verbliebenen Tiere und rissen sie nieder, bis nur noch ein einziges Geschöpf im Kreis am Leben war, ein gigantischer Mammutbulle. Sein zottiger Pelz war mit Blut bespritzt, auch die Stoßzähne waren rot. In die Enge getrieben, stand er und trompete, ein prachtvolles Bild urzeitlicher Kraft, Weisheit und Furchtlosigkeit.

Der Amerikaner begeisterte sich für den einsamen Kämpfer, der angesichts des sicheren Todes einer überwältigenden Mehrheit seine Herausforderung entgegentrompetete.

Zu Hunderten schlossen sich jetzt die Raubtiere um den großen

Bullen zusammen, doch man konnte deutlich sehen, daß sie ihm trotz ihrer Übermacht noch immer großen Respekt entgegenbrachten. Sie brummten und knurrten, und einige zogen ständig ihre Kreise um ihn herum. Während er sich mit ihnen drehte, griffen ihn drei von hinten an. Mit einer Schnelligkeit, die ihnen nicht nachstand, fuhr der Dickhäuter herum, um sie anzunehmen. Er fing zwei mit den Stoßzähnen auf und warf sie hoch in die Luft, doch im gleichen Moment griffen ihn andere von jeder Seite und von hinten an und schlugen ihre Zähne in seinen Rücken und in die Flanken. Nun fiel er zu Boden, wie vom Blitz getroffen, doch er hockte sich schnell hin, rollte rücklings um die eigene Achse und zerquetschte ein Dutzend Tiger, ehe sie entwischen konnten.

Gridley konnte kaum eine laute Beifallsäußerung unterdrücken, als der große Bursche sich aufrappelte und sich auf die andere Seite warf, begleitet vom Schmerzens- und Wutgeschrei der Tiger, die er unter sich zermahlte. Aber nun blutete er aus hundert Wunden, und weitere Gruppen der wilden Raubtiere griffen ihn an.

Obwohl er einen hervorragenden Kampf lieferte, war das Ende unvermeidlich, und schließlich zerrten sie ihn zu Boden und rissen ihn in Stücke, während er sich noch immer mühte, sich aufzurichten und mit ihnen zu kämpfen.

Nun begann das Nachspiel, als die wilden Katzen miteinander um den Besitz der Beute stritten. Denn obwohl mehr als genug Fleisch vorhanden war, um alle zu sättigen, mußten sie sich in ihrer Gier, Selbstsucht und Wildheit noch immer miteinander balgen.

Doch sie hatten für ihr Fleisch einen hohen Preis bezahlt. Man sah es an den vielen toten Tigern, die überall auf der Lichtung lagen, und als sich die Überlebenden langsam anschickten, zu fressen, tauchten die Schakale auf, die Hyänodons und die wilden Hunde, um sich an dem zu mästen, was sie übrig ließen.

Die Sagoths

Als die große Katze sich an Tarzan von den Affen anschlich, war ihm klar, daß er dem unvermeidlichen Tod ins Auge sah. Doch selbst in diesem letzten Augenblick seines Lebens erfüllte ihn in erster Linie Bewunderung für das großartige Tier, das zornig auf ihn zukam.

Er hätte es vorgezogen, kämpfend zu sterben, wenn er schon sterben mußte. Dennoch spürte er eine gewisse Begeisterung, als er sah, was für ein herrliches großes Tier vom Schicksal ausersehen worden war, seiner irdischen Laufbahn ein Ende zu setzen. Er empfand keine Furcht, nur eine gewisse Vorahnung dessen, was nach dem Tod kommen würde. Der Herr des Dschungels hing keinem besonderen Glaubensbekenntnis an. Er war kein Kirchgänger wie die meisten der Menschen, die immer in enger Naturverbundenheit gelebt hatten, in gewissem Sinne jedoch sogar streng religiös. Seine genaue Kenntnis der gewaltigen Kräfte der Natur, ihrer Wunder und Herrlichkeit hatte ihm stets die Tatsache vor Augen geführt, daß ihr allererster Ursprung weit jenseits des Fassungsvermögens des menschlichen Verstandes lag und so unermeßlich fern der weitesten Grenzen der Wissenschaft. Dachte er an Gott, dann sah er ihn primitiv als eine persönliche Gottheit. Während er seine große Unwissenheit in solchen Angelegenheiten eingestand, neigte er dennoch zu dem Glauben, nach dem Tod weiterzuleben.

Viele Gedanken gingen ihm schnell durch den Kopf, als der Säbelzahn auf ihn zukam. Er betrachtete die langen, blitzenden Fangzähne, die sich bald schon in sein Fleisch graben würden, als seine Aufmerksamkeit durch ein Geräusch zwischen den Bäumen abgelenkt wurde. Daß die große Katze es gleichfalls gehört hatte, war offensichtlich, denn sie blieb wie angewurzelt stehen und blickte in das Blattwerk der Bäume über sich. Dann hörte Tarzan ein Rascheln in den Zweigen direkt über ihm, und als er aufblickte, sah er eine Art Gorilla von oben auf ihn herabschauen.

Zwei weitere wilde Gesichter zeigten sich im Laub über ihm, und dann erkannte er ähnliche zottige Gestalten und schaudererregende Gesichter auch auf den anderen Bäumen. Er sah die Ähnlichkeit zu Gorillas, dennoch waren sie anders. Manche Züge dieses großen Affen waren bei ihnen mehr ausgeprägt, andererseits schienen wieder menschliche vorzuherrschen. Er sah auch große Knüppel, die ihre behaarten Hände umklammerten, und als er den Blick wieder dem Säbelzahn zuwandte, fiel ihm auf, daß das große Tier zögerte, ihm weiter zu Leibe zu rücken, vielmehr erbost knurrte und brummte, während seine Augen nach oben und über die wilden Geschöpfe schweiften, die auf ihn herabblickten.

Die Raubkatze blieb jedoch nur einen Moment stehen. Wütend knurrend ging sie dann wieder auf den Affenmenschen zu, aber da langte eines der Wesen auf dem Baum über Tarzan nach unten, packte das Seil, an dem er kurz über dem Boden hing, und zog ihn schnell nach oben. Nun folgten mehrere Dinge zugleich - der Säbelzahn sprang hoch, um sich sein Opfer zurückzuholen, und ein Dutzend schwere Knüppel schwirrten von den umstehenden Bäumen durch die Luft und trafen die große Katze heftig am Kopf und Körper mit dem Ergebnis, daß die Krallen, die sich sonst unvermeidlich in das Fleisch des Affenmenschen gebohrt hätten, nun durch die Luft fuhren, ohne Schaden anzurichten. Einen Augenblick später wurde er richtig zwischen die Zweige des Baumes gezogen, wo drei behaarte Bestien ihn packten, deren Verhalten den Gedanken nahelegte, er hätte ebenso gut den zarten Sympathiebekundungen des Säbelzahns überlassen werden können.

Zwei von ihnen, einer auf jeder Seite, ergriffen ihn bei den Armen, und der andere packte ihn bei der Kehle, während er mit der anderen Hand den Knüppel über Tarzans Kopf hielt. Dann kam dieser Kreatur ein Laut über die Lippen, der den Affenmenschen ebenso aufhorchen ließ wie zuvor das unerwartete Gebrüll des Säbelzahns, jedoch mit ganz anderer Wirkung.

„Ka-goda!“ sagte die Kreatur, die Tarzan anblickte.

In der Sprache der Affen seines heimatlichen Dschungels kann man dieses Wort je nach Modulation als Aufforderung zur Kapitulation, als Frage im Sinne von: „Ergibst du dich?“ sowie auch als Kapitulationserklärung auffassen.

Dieses Wort, das dem behaarten Gorillamenschen der inneren Welt über die Lippen kam, eröffnete höchst erstaunliche Möglichkeiten. Jahrelang hatte Tarzan die Sprache der großen Affen als die primitive Ursprache aller Geschöpfe angesehen. Die großen Affen, die kleineren, die Gorillas, die Paviane und Meerkatzen verwendeten sie verschieden verfeinert, und viele ihrer Worte waren auch den Dschungeltieren andrer Arten geläufig, sogar vielen Vögeln, aber vielleicht hatten sie auch gleich unseren Haustieren viele Wörter unseres Vokabulars erlernt, mit dem Unterschied, daß die Sprache der großen Affen seit unzähligen Zeitaltern zweifellos unverändert geblieben ist.

Daß diese Gorillamenschen der inneren Welt ein Wort dieser Sprache verwendeten, ließ eine von zwei Möglichkeiten denkbar erscheinen: Entweder leiteten sie ihre Herkunft von denselben Vorvätern ab wie die Geschöpfe der Außenrinde, oder die Gesetze der Evolution und Weiterentwicklung waren so konstant, daß dies die einzige Form der primitiven Sprache war, die sich bei Geschöpfen hatte herausbilden können, welche sich von den niederen Arten zur Gattung Mensch hatten entwickeln können. Am meisten beeindruckte Tarzan jedoch der Gedanke, daß dieses einzelne Wort, von der Kreatur gebraucht, die ihn bei der Kehle gepackt hielt, die Vertrautheit seiner wilden Widersacher mit der gesamten Affensprache erwarten ließ, die er seit seiner Kindheit beherrschte.

„Ka-goda?" fragte das Gorillamännchen noch einmal.

„Ka-goda", sagte Tarzan von den Affen.

Die Bestie, die Tarzan anblickte, ließ die Keule ein wenig sinken, als sei sie überrascht, den Gefangenen in seiner Muttersprache antworten zu hören. „Wer bist du?" fragte er in der Sprache der großen Affen.

„Ich bin Tarzan - mächtiger Jäger, mächtiger Kämpfer", erwiderte der Affenmensch.

„Was tust du in M'wa-lots Land?" forschte der Gorillamensch weiter.

„Ich komme als Freund", erwiderte Tarzan. „Ich habe keinen Streit mit deinem Volk."

Der Bursche hielt seinen Knüppel nun gesenkt, und von den anderen Bäumen kamen noch mehr von den zottigen Geschöpfen herbei, bis sich die Zweige ringsum unter ihrem Gewicht niederbeugten.

„Wie hast du die Sprache der Sagoths erlernt?" fragte das Männchen. „Wir haben in der Vergangenheit öfters schon Gilaks gefangen, aber du bist der erste, der unsere Sprache spricht oder versteht."

„Es ist die Sprache meines Volkes", erwiderte Tarzan. „Als kleines Balu habe ich sie von Kala und den anderen Affen des Stammes von Kerchak erlernt."

„Von einem solchen Stamm haben wir nie gehört", sagte das Männchen.

„Vielleicht sagt er nicht die Wahrheit", bemerkte ein anderer. „Wir wollen ihn töten, er ist nur ein Gilak."

„Nein“, wandte ein dritter ein. „Wir wollen ihn zu M'wa-lot bringen, damit dessen ganzer Stamm der Tötung beiwohnen kann.“

„Das ist eine gute Idee“, sagte ein anderer. „Wir bringen ihn zurück zum Stamm, und während wir ihn töten, werden wir tanzen.“

Die Sprache der großen Affen gleicht nicht der unseren. Sie klingt für den Menschen wie Knurren, Bellen und Grunzen, ab und zu unterbrochen durch schrille Schreie, und läßt sich praktisch in keine dem Menschen bekannte Sprache übersetzen. Dennoch vermittelte sie Tarzan und den Sagoths jene Bedeutungen, die wir hier wiedergegeben haben. Sie ist ein Werkzeug der Gedankenübermittlung, aber damit endet auch schon jede Ähnlichkeit mit den menschlichen Sprachen.

Nachdem die Sagoths entschieden hatten, wie mit ihrem Gefangenen zu verfahren sei, wendeten sie sich nun wieder dem Säbelzahn zu, der zu seiner Beute zurückgekehrt war und jetzt darauf lag. Er fraß nicht, sondern blickte wütend in die Bäume auf seine Widersacher.

Während drei Gorillamenschen Tarzans Handgelenke auf dem Rücken mit einem Stück Rehlederriemen zusammenschnürten, befaßten sich die anderen wieder mit dem Tiger. Drei oder vier warfen ihm in gewissen Abständen wohlgezielte Knüppel ins Gesicht, und zwar in so listiger zeitlicher Abfolge, daß er nichts anderes tun konnte, als die Geschosse abzuwehren, die ihn ereilten. Während er dergestalt abgelenkt war, sprangen andere Sagoths, die ihre Keulen bereits geworfen hatten, auf die Erde und holten sie mit einer Gewandtheit und Geschwindigkeit zurück, die dem winzigsten Äffchen des Dschungels wohl angestanden hätte. Das Wagnis, das sie dabei eingingen, sprach von großem Selbstvertrauen und hohem Mut, denn oft waren sie gezwungen, dem Säbelzahn ihre Knüppel förmlich unter den Krallen wegzureißen.

Zerschunden und mit Beulen bedeckt, wich die große Katze Zoll um Zoll zurück, außerstande, die Bombardierung länger auszuhalten, machte dann plötzlich auf der Stelle kehrt und tauchte ins Unterholz, aus dem das Geprassel ihres erzwungenen Rückzugs eine Zeitlang noch deutlich zu hören war. Als das Raubtier verschwunden war, sprangen die Gorillamenschen zu Boden und fielen über den Kadaver des Auerochsen her. Mir großen Zähnen zerrissen sie sein Fleisch, wobei sie oft untereinander um einen besonders köstlichen Bissen wie wilde Tiere kämpften. Im Gegensatz zu vielen der niederen Rassen des Menschen stopften sie sich nicht sinnlos voll, wie diese bei ähnlichen Gelegenheiten. Nachdem sie ihren Hunger gestillt hatten, überließen sie den Rest den Schakalen und wilden Hunden, die sich bereits versammelt hatten.

Tarzan von den Affen, schweigender Beobachter dieses wilden Schauspiels, hatte während ihres Mahles Gelegenheit, sich seine Entführer genauer anzusehen. Er erkannte, daß sie leichter gebaut waren als die Gorillas, die er in seinem heimatlichen Dschungel gesehen hatte, doch obwohl sie nicht so schwer wie Bolgani waren, stellten sie dennoch mächtige Geschöpfe dar. Arme und Beine entsprachen mehr dem Bau und den Größenverhältnissen menschlicher Gliedmaßen als denen eines Gorillas, aber das zottige braune Haar, das den ganzen Körper bedeckte, verstärkte noch das tierische Aussehen, während ihre Gesichter sogar noch brutaler als die der Bolganis wirkten, sieht man von der Entwicklung des Schädels ab, der auf eine anscheinend ebenso gute Gehirnfunktion deutete wie beim Menschen.

Sie waren völlig unbekleidet, auch konnte man nicht die Spur von Schmuck an ihnen erkennen, während ihre einzigen Waffen aus den Knüppeln bestanden. Denen sah man jedoch an, daß sie mit einem scharfen Instrument bearbeitet worden waren, als hätte man sich um einen festen Griff und eine gewichtsmäßig austarierte Waffe bemüht.

Nachdem sie ihre Mahlzeit beendet hatten, zogen sie auf demselben Wildpfad in derselben Richtung davon, die Tarzan eingeschlagen hatte, als er in die Schlinge trat. Doch ehe sie abrückten, legten einige von ihnen die Schlinge wieder aus, bedeckten sie sorgfältig mit Erde und Blättern und spannten die Abzugsvorrichtung, so daß sie beim ersten Tier, das vorüberkam, ausgelöst wurde.

Ihre Bewegungen waren so sicher und ihre Finger dermaßen geschickt, daß Tarzan eins klar wurde: Diese Kreaturen mochten wie Tiere aussehen - sie hatten schon vor langer Zeit die Entwicklungsstufe des Menschen erreicht. Möglicherweise standen sie noch weit unten auf der Stufenleiter der Evolution, doch sie waren fraglos Menschen mit menschlichen Gehirnen und Gesichtern und der Haut von Gorillas.

Als sich die Sagoths den Dschungelpfad entlang bewegten, gingen sie aufrecht wie Menschen. In anderer Beziehungen erinnerten sie Tarzan jedoch an die großen Affen, aus deren Volk er kam, denn sie lachten weder, noch sangen sie, und ihre Schweigsamkeit deutete auf das Phänomen der Alalia*. Einige ihrer Sinne waren zweifellos höher entwickelt als beim Menschen, man konnte es daran erkennen, daß sie sich mehr auf ihre Ohren und Nasen verließen als auf ihre Augen, wenn sie sich gegen überraschende Angriffe eines Feindes schützen wollten.

Während sie nach menschlichen Normen als häßlich, sogar abstoßend gelten konnten, hatte Tarzan einen anderen Eindruck, denn er erkannte in ihnen eine gewisse primitive majestätische Haltung und ein Mienenspiel, wie man es durchaus bei den ersten Lebewesen erwarten konnte, die in der Entwicklung die Grenze vom Tier zum Menschen überschritten hatten.

Theoretiker haben zuweilen die Gewohnheit, unsere ursprünglichen Vorfahren als furchtsame, verängstigte Geschöpfe darzustellen, die vom Mutterleib bis zum Grab in ständiger Angst vor den zahllosen wilden Kreaturen lebten, welche ihre ganze Existenz bedrohten. Indes erscheint es nicht einleuchtend, daß ein so dürftig für Angriff und Verteidigung ausgestattetes Wesen ohne Mut überlebt haben soll. Vielmehr drängt sich der Gedanke auf, daß mit der Morgendämmerung des Verstandes auch ein gewisser Überlegenheitskomplex zum Vorschein kam - ein weitgreifender und zuerst ziemlich dummer Egoismus, der vielleicht Vorsicht kannte, nicht jedoch Furcht. Auch wäre keine andere Theorie haltbar, es sei denn, wir gehen von der Annahme aus, dem hasenherzigen Löwen seien Menschen entsprungen, die den Bison, den Mammut und den Höhlenbär mit primitiven, feuersteinbewehrten Speeren jagten.

Die Sagoths von Pellucidar mögen durchaus auf derselben Evolutionsstufe wie die Neanderthaler der Außenrinde gestanden haben. Vielleicht sogar eine Stufe tiefer. Für Tarzan war in ihrem Auftreten jedoch nichts zu entdecken, das zu der Annahme hätte führen können, sie hätten diese Evolutionsstufe durch das Mittel ständiger Flucht erreicht. Während sie den Dschungelpfad entlangtrotteten, bezeugte ihr Auftreten Selbstsicherheit, sogar Wildheit, als seien sie in der Tat die Herren der Schöpfung und fürchteten nichts. Vielleicht verstand Tarzan ihre Haltung besser als manch anderer, da sie seiner eigenen im Dschungel entsprach - bedingungslose Furchtlosigkeit, mit der eine gewisse intelligente Vorsicht durchaus vereinbar war.

Die Sagoths hatten sich erst ein kurzes Stück von der Stelle entfernt, wo Tarzan gefangengenommen worden war, als sie neben einem hohlen Baumstamm, dem Rest eines großen Baumriesen, der

* Sprachlosigkeit

neben dem Weg niedergestürzt war, haltmachten. Einer von ihnen schlug mit seinem Knüppel darauf - eins, zwei; eins, zwei; eins, zwei, drei - und wiederholte das Signal nach kurzer Pause. Dreimal dröhnte es durch den Dschungel, dann hielt der Trommler inne und lauschte, während die anderen sich bückten und die Ohren auf die Erde preßten.

Ganz schwach tönte ein Antwortsignal durch die Luft, eigentlich mehr vom Boden übertragen - eins, zwei; eins, zwei; eins, zwei, drei.

Die Sagoths schienen zufrieden zu sein und kletterten auf die umstehenden Bäume, wo sie sich bequem niederließen, als richteten sie sich auf langes Warten ein. Zwei von ihnen trugen Tarzan mühelos mit nach oben, da er mit den auf dem Rücken gefesselten Händen ohne Hilfe nicht klettern konnte.

Seit sie sich in Marsch gesetzt hatten, hatte Tarzan kein Wort gesprochen, doch nun wandte er sich an einen von ihnen, der bei ihm war. „Nimm die Fesseln von meinen Händen, ich bin kein Feind", sagte er.

„Tar-gash, der Gilak will, daß ihm die Fesseln abgenommen werden", sagte der Angesprochene.

Tar-gash, ein großes Männchen mit beachtlich langen, weißen Eckzähnen, blickte den Affenmenschen mit wilden Augen an. Lange Zeit musterte er den Gefangenen unverwandt, und Tarzan hatte den Eindruck, dieses halbe Tier kämpfe mit einem neuen Gedanken. Dann wandte er sich an den Sagoth, der Tarzans Bitte wiederholt hatte, und sagte: „Nimm sie ihm ab."

„Warum?" fragte ein anderes Männchen in herausforderndem Ton.

„Weil ich, Tar-gash, sage 'Nimm sie ab'", knurrte der andere.

„Du bist nicht M'wa-lot. Er ist König. Wenn M'wa-lot sagt:''Nehmt sie ab', dann werden wir sie abnehmen."

„Ich bin nicht M'wa-lot, To-yad; ich bin Tar-gash, und Tar-gash sagt 'Nimm sie ab'."

To-yad schwang sich an Tarzans Seite. „M'wa-lot wird bald kommen", erklärte er. „Wenn M'wa-lot sagt: Nehmt sie ab! - werden wir sie abnehmen. Von Tar-gash lassen wir uns nichts befehlen."

Schnell und lautlos wie ein Panther fuhr Tar-gash To-yad geradewegs an die Kehle. Ohne Warnung, ohne einen Augenblick zu zögern. Tarzan ersah daraus, daß Tar-gash sich von den großen Affen unterschied, mit denen er auf der Außenrinde vertraut gewesen war, denn bei ihnen mußten zwei Männchen gewöhnlich eine lange Einleitung hinter sich bringen, steifbeinig umherstolzieren und Schmähungen von sich geben, ehe eines der beiden sich zu tödlichem Kampf auf das anderen stürzen konnte. Tar-gashs Verstand hatte jedoch mit menschenähnlicher Schnelligkeit funktioniert, so daß Entscheidung und Handlung fast simultan zu erfolgen schienen.

Der Aufprall von Tar-gashs schwerem Körper kippte To-yad von dem Ast, auf dem er gestanden hatte. Doch die beiden riesigen Kreaturen waren derart an das Leben auf Bäumen angepaßt, daß sie sogar im Fallen die Arme ausstreckten, denselben Ast packten und noch immer mit der freien Hand und den großen Eckzähnen kämpfend, eine Sekunde dort hingen, ihren Sturz kurz unterbrachen und erst danach zu Boden fielen. Abgesehen von einem leisen Brummen kämpften sie fast lautlos, wobei Tar-gash es mit jenen scharfen, weißen Eckzähne, denen er seinen Namen verdankte, es auf To-yads Halsschlagader abgesehen hatte. Dieser konzentrierte seine ganzen Fähigkeiten auf die Verteidigung, hielt den aufgerissenen Rachen von sich fern, drehte sich plötzlich blitzschnell um die eigene Achse, entwand sich den kraftvollen Händen seines Gegners und suchte sein Heil in der Flucht. Doch Tar-gash schnellte sich wie ein Footballspieler durch die Luft. Seine langen, behaarten Arme umschlangen die Beine des fliehenden To-yad, warfen ihn schwer zu Boden, und einen Augenblick später hockte der kraftvolle Angreifer seinem Gegner auf dem Rücken, und To-yads Halsschlagader war der Gnade seines Gegners ausgeliefert. Doch Tar-gash biß nicht zu.

„Ka-goda?“ fragte er.

„Ka-goda“, knurrte To-yad, und sofort stand Tar-gash von dem ausgestreckt liegenden Männchen auf.

Mit der Behendigkeit einer Meerkatze sprang der Sieger wieder ins Astwerk des Baumes. „Nimm dem Gilak die Handfesseln ab“, sagte er und warf gleichzeitig wilde Blicke um sich, als wolle er sehen, ob noch andere so aufrührerisch wie To-yad gesonnen waren. Doch niemand sagte etwas oder erhob Einwände, als einer der Sagoths, die Tarzan auf den Baum geschleppt hatten, ihm die Handfesseln löste.

„Sollte er versuchen, uns zu entkommen, dann töte ihn“, sagte Tar-gash.

Als die Sagoths ihm die Fesseln abgenommen hatten, erwartete Tarzan, daß sie ihm auch das Messer wegnehmen würden. Den Speer, den Bogen und die meisten Pfeile hatte er in dem Augenblick verloren, als die Schlinge ihn vom Boden in die Höhe riß, doch obwohl sie deutlich sichtbar unter der Falle auf dem Weg gelegen hatten, hatten die Sagoths sie nicht weiter beachtet. Gleichermaßen interessierten sie sich auch nicht für das Messer. Er war überzeugt, daß sie es gesehen hatten, und konnte ihren Mangel an Vorsicht nicht verstehen. Die einzige Erklärung war, daß sie nicht wußten, zu welchem Zweck es diente, oder ihn dermaßen gering achteten, daß sie es nicht der Mühe wert hielten, ihn zu entwaffnen.

Nun kam auch To-yad wieder auf den Baum geschlurft, hockte sich jedoch finster ein Stück von den anderen getrennt hin.

Aus weiter Ferne drang Lärm an Tarzans Ohr, jemand näherte sich. Er hörte es kurz, bevor auch die Sagoths es vernahmen.

„Sie kommen!“ verkündete Tar-gash.

„M'wa-lot kommt“, sagte ein anderer mit einem kurzen Blick auf To-yad. Nun verstand Tarzan, warum die primitive Trommel betätigt worden war, doch er fragte sich, warum sie sich versammelten.

Endlich waren alle eingetroffen, und Tarzan fiel es nicht schwer, M'wa-lot, den König von allen, zu erkennen. Ein großes Affenmännchen schritt voraus - ein Männchen mit so viel Grau in seiner Gesichtsbehaarung, daß diese leicht bläulich wirkte, und nun war dem Affenmenschen auch klar, wie der König zu seinem Namen gekommen war.

Kaum hatten die bei Tarzan befindlichen Sagoths erkannt, welche Gruppe da anrückte, stiegen sie aus den Bäumen zu Boden, und als M'wa-lot noch zwanzig Schritt von ihnen entfernt war, blieb er stehen. „Ich bin M'wa-lot“, verkündete er. „Und das hier sind Stammesgefährten von mir.“

„Ich bin Tar-gash“, erwiderte das Männchen, das den anderen Trupp anzuführen schien. „Bei mir sind andere Männchen des Stammes von M'wa-lot.“

Nachdem diese der Vorsicht geschuldete Einleitungszeremonie vorüber war, ging M'wa-lot weiter, gefolgt von den Männchen, Weibchen und Balus seines Stammes.

„Was ist das?“ fragte er herrisch, als sein wilder Blick auf Tarzan fiel.

„Es ist ein Gilak, den wir in unserer Schlinge vorfanden“, erwiderte Tar-gash.

„Ist das das Festmahl, zu dem du uns gerufen hast?“ forschte M'wa-lot zornig. „Du hättest ihn zum Stamm bringen sollen. Er kann gehen.“

„Das ist nicht die Speise, von der die Trommel gesprochen hat“, erwiderte Tar-gash. „Ganz in der Nähe liegt der Körper eines Auerochsen, den ein Tarag nahe bei der Schlinge tötete, in der dieser Gilak gefangen wurde.“

„Ugh!“ grunzte M’wa-lot. „Den Gilak können wir schließlich später verspeisen.“

„Wir können einen Tanz veranstalten“, schlug einer von denen vor, die Tarzan gefangen hatten. „Wir haben schon viele Male gegessen und geschlafen, seit wir das letzte Mal getanzt haben, M’wa-lot.“

Als die Sagoths unter Führung von Tar-gash den Weg entlang zu dem toten Auerochsen gingen, knurrten die Weibchen mit den Balus jedesmal wild, wenn eines der Kleinen zufällig Tarzan zu nahe kam. Die Männchen beäugten ihn argwöhnisch und schienen sich in seiner Gegenwart unbehaglich zu fühlen. Darin und auch in anderen Reaktionen erinnerten sie an die Affen des Stammes von Kerchak, und das in einem Maße, daß Tarzan, wenngleich ihr Gefangener, sich in dieser neuen Umgebung seltsam zu Hause fühlte.

M’wa-lot, der König des Stammes, ging ein kurzes Stück vor dem Affenmenschen, und gleich neben ihm To-yad. Die beiden redeten leise miteinander, und aus den Blicken, die sie auf Tar-gash warfen, der vor ihnen ging, war ersichtlich, daß er Gegenstand ihrer Unterhaltung war, deren Inhalt M’wa-lot aufs äußerste zu empören schien.

Tarzan konnte sehen, daß der zottige Häuptling sich in blinde Wut hineinsteigerte. Ursache dafür war offensichtlich die Information, die To-yad ihm hatte zukommen lassen. Letzterer schien ihn zu noch größerem Zorn anstacheln zu wollen, und jedem Stammesmitglied mit Ausnahme von Tar-gash, der an der Spitze und vor M’wa-lot und To-yad ging, schien dies nur zu offensichtlich zu sein. Schließlich waren alle Blicke dem König zugewandt, dessen Aufregung den anderen Mitgliedern der Gruppe eine wilde Ruhelosigkeit vermittelte. Doch erst als sie den toten Auerochsen vor sich liegen sahen, brach der Sturm los, stürmte M’wa-lot ohne Warnung, den schweren Knüppel schwingend, nach vorn zu Tar-gash in der nur zu deutlichen Absicht, ihm von hinten den Schädel einzuschlagen.

Der ständige Überlebenskampf, dem der Affenmensch in seinem Leben ausgesetzt war, hatte ihn gelehrt, schnell zu handeln und ebenso schnell zu denken. Er wußte, daß er in dieser wilden Kumpanei keine Freunde hatte, jedoch auch, daß nur Tar-gash auf Grund seiner Hartnäckigkeit und seinem Wunsch, To-yad zu ärgern, als möglicher

Freund in Frage kam. Jetzt sah es zudem noch ganz so aus, als brauche dieser selbst einen Freund, denn es war zu offensichtlich, daß niemand einen Finger zu seiner Verteidigung erheben oder ihn laut warnen würde. So nahm Tarzan von den Affen diese Dinge selbst in die Hand, wobei er sich sowohl von eigennützigen Interessen als auch seinem Wunsch nach fair play leiten ließ. Alles geschah so plötzlich, daß er bereits gehandelt hatte, ehe sich auch nur eine Hand erhob, um ihm Einhalt zu gebieten.

„Kriig-ah, Tar-gash!“ rief er, sprang im selben Moment schnell nach vorn und fegte To-yad mit einem einzigen Stoß seines reckenhaften Armes beiseite, daß dieser kopfüber ins Unterholz am Wegrand segelte.

Als der Warnschrei „Kriig-ah“ erfolgte, der in der Sprache der großen Affen so viel wie „Achtung!“ bedeutet, fuhr Tar-gash herum und sah den ergrimmten M'wa-lot mit erhobenem Knüppel fast schon bei sich. Danach sah er noch etwas, so daß er vor Staunen die Augen weit aufriß. Der fremde Gilak, den er gefangengenommen hatte, sprang M'wa-lot von hinten an. Ein glatter, brauner Arm legte sich blitzschnell um den Hals des Königs und umklammerte ihn fest. Dann drehte sich der Gilak, bückte sich, holte mit dem König über der Hüfte kräftig Schwung und warf das große, behaarte Männchen hoch über seinen Kopf, daß es zu Füßen der verdutzten Stammesgenossen liegen blieb. Nun sprang der Gilak neben Tar-gash, fuhr herum und stellte sich mit ihm dem Stamm.

Sofort erhoben sich mehrere Knüppel gegen die beiden.

„Sollen wir bleiben und kämpfen, Tar-gash?“ fragte der Affenmensch.

„Dann töten sie uns bestimmt“, erwiderte dieser. „Wärst du kein Gilak, könnten wir leicht durch die Bäume entkommen, aber da du nicht flüchten kannst, müssen wir wohl bleiben und kämpfen.“

„Übernimm die Führung“, sagt Tarzan. „Es gibt keinen Sagoth-Weg, dem Tarzan nicht folgen kann.“

„Dann komm“, sagte Tar-gash, schleuderte noch während dieser Worte seinen Knüppel den anrückenden Kämpfern in die Gesichter, wandte sich um und floh den Pfad entlang. Er nahm mit einigen mächtigen Sätzen Anlauf und schnellte zu dem Zweig eines überhängenden Baumes hinauf, dichtauf gefolgt von dem unbehaarten Gilak.

M'wa-lots kriegerische Männchen verfolgten die beiden ein kurzes Stück und gaben dann auf, wie Tarzan vorausgesehen hatte, da es auch unter seinen eigenen Stammesgenossen zumeist als ausreichend angesehen wurde, ein widerspenstiges Männchen aus dem Stamm zu verjagen. Bestand er nicht darauf, zurückzukehren, unternahm man weiter keine Anstrengungen, sich ihn vorzuknöpfen.

Kaum war offensichtlich, daß die Verfolgung eingestellt worden war, machte der Sagoth im Astwerk eines großen Baumes halt und sagte: „Ich bin Tar-gash“, als Tarzan ihn eingeholt hatte.

„Ich bin Tarzan“, erwiderte der Affenmensch.

„Warum hast du mich gewarnt?“ fragte Tar-gash.

„Ich habe dir ja gesagt, daß ich nicht als Feind zu euch gekommen bin, und als ich sah, daß es To-yad gelungen war, M'wa-lot soweit anzustacheln, daß er dich töten wollte, habe ich dich gewarnt, denn du warst es, der die Männchen abhielt, mich zu töten, als ich gefangen wurde.“

„Was wolltest du im Land der Sagoths?“ fragte Tar-gash.

„Ich war auf der Jagd“, erwiderte Tarzan.

„Und wohin willst du jetzt gehen?“ fragte Sagoth

„Ich will zu meinen Leuten zurückkehren“, erwiderte Tarzan.

„Wo sind sie?“

Tarzan von den Affen zögerte. Er blickte zur Sonne hinauf, deren Strahlen durch das Blattwerk des Waldes sickerten, und in die Runde - überall waren Blätter. Weder daran noch an den Baumstämmen oder Ästen gab es etwas, was ihm die Richtung hätte anzeigen können. Tarzan von den Affen hatte sich verirrt!

Abgeschossen

Jason Gridley blickte aus den Zweigen des Baumes, auf dem er Zuflucht gefunden hatte, nach unten und verfolgte mit einer schreckerfüllten Faszination das Festmahl der großen Katzen.

Die Szene, die er soeben mit ansah - dieses gewaltige Schauspiel von Wildheit - verdeutlichte ihm in gewisser Weise, wie das Leben auf der Außenrinde zu Beginn der Menschheit gewesen sein mußte.

Ihm kam der Gedanke, daß das Geschehen, dessen Zeuge er wurde, ihm in bildhafter Weise eine wichtige Ursache für das Aussterben all dieser Tiere auf der Außenrinde vor Augen führte.

Die Vorgehensweise der großen, säbelzähnigen Tiger von Pellucidar, als sie die anderen Tiere des Waldes umzingelten und sie zum Abschlachten zu dieser Lichtung trieben, bewies eine Entwicklung von Intelligenz, hinter der die der Raubtiere der gegenwärtigen Außenwelt weit hinterherhinkte. Eine so abgestimmte Aktion einer derart großen Anzahl zu gemeinsamem Nutzen war unbekannt.

Gridley sah die riesige Menge von Tieren, die abgeschlachtet worden waren, die meisten davon sinnlos. War doch viel mehr Fleisch vorhanden, als die überlebenden Tiger verschlingen konnten, ehe es einen Zustand der Zersetzung erreichte, der es selbst für die großen Katzen ungenießbar machte. Diese Tatsache brachte ihn zu der Überzeugung, daß die Schläue der Tiger eine Stufe erreicht hatte, wo durchaus zu erwarten war, daß sie nicht ohne Auswirkungen auf sie selbst bleiben würde, und dies konnte letztendlich zu ihrer Ausrottung führen. In ihrer wilden Wut und Gier nach Fleisch hatten sie nämlich unterschiedslos Männchen und Weibchen, Junge und Alte niedergerissen. Ging dieses Gemetzel ungehemmt noch Jahrhunderte lang weiter, würde die natürliche Beute der Tiger verschwinden. Vom Hunger angetrieben, würden sie dann übereinander herfallen.

Die letzte Stufe der Überlegenheit der großen Katzen auf der Außenrinde muß demnach kurz und grauenvoll gewesen sein, und nicht anders würde es hier in Pellucidar ablaufen.

Genau wie die großen Katzen einmal vielleicht einen Punkt erreichten, wo ihre geistige Entwicklung ihnen zum Verhängnis wurde, hatten in vergangener Zeit vielleicht auch die gigantischen, fleischfressenden Dinosaurier des Jura die Ausrottung der damaligen

Tierarten und schließlich ihrer selbst herbeigeführt. Jason Gridley fiel es auch gar nicht schwer, dieselbe Gedankenlinie auf die Evolution des Menschen auf der Außenrinde und seine mögliche Ausrottung in nicht so ferner Zukunft anzuwenden. Er entsann sich recht genau, daß die Statistiker in der Tat bewiesen hatten, daß die menschliche Rasse im Verlauf von zweihundert Jahren oder noch weniger Zeit dermaßen zugenommen und die Ressourcen der Außenrinde in einem solchen Maße geplündert haben würde, daß die letzte Generation entweder verhungern oder sich dem Kannibalismus zuwenden würde, um ihre verhaßte Existenz eine kurze Zeit noch weiterzuführen.

Vielleicht stellte im Laboratorium der Natur jeder Typ, der zu einer bestimmten Zeit alle anderen beherrscht hatte, auf der ewigen Suche nach Vollendung ein Experiment dar, überlegte Gridley. Die wirbellosen Tiere wichen den Fischen, die Fische den Reptilien, diese wieder den Vögeln und Säugetieren, und die waren ihrerseits gezwungen, sich der größeren Intelligenz des Menschen zu beugen.

Was würde als nächstes kommen? Gridley war überzeugt, daß nach dem Menschen, der fraglos der größte Schnitzer des Schöpfers war, da er alle Fehler der vorhergehenden Arten von den Wirbellosen bis zu den Säugetieren in sich vereinte, während er nur wenige ihrer Tugenden besaß, noch etwas kommen werde.

Während ihm solche Gedanken durch das Schauspiel, das er unter sich verfolgte, aufgezwungen wurden, wurden sie bald von anderen unmittelbarerer Bedeutung verdrängt. Der erste betraf die Sorge um seine Gefährten.

Auf der Lichtung war nirgends ein Anzeichen für ein menschliches Wesen, ob lebendig oder tot, zu entdecken. Er rief mehrmals laut, erhielt jedoch keine Antwort, wobei er sich allerdings sagte, daß seine Stimme bei all dem Gebrüll und Geknurr der fressenden Tiere nicht weithin zu hören sein werde. Er machte sich einerseits Hoffnungen, daß seine Gefährten hatten alle entrinnen können, sorgte sich andererseits um das Schicksal von Horsts.

Gegenstand weiterer Überlegungen war sein eigenes Entkommen und die Rückkehr zur O-220. Der Gedanke kam ihm, die Tiere könnten sich bei Einbruch der Nacht zurückziehen, und so blickte er automatisch zur Sonne auf, um zu sehen, welche Zeit es sein mochte. Da wurde er sich bewußt, daß es nie eine Nacht geben werde. Bis in alle Ewigkeit würde hier Mittag herrschen. Nun fragte er sich, wie lange er schon vom Schiff weg war, aber als er auf die Uhr schaute, wurde ihm klar, daß dies gar nichts bedeutete. Der Stundenzeiger hatte vielleicht eine ganze Umdrehung vollzogen, seit er das letzte Mal nachgeschaut hatte, denn wie konnte der menschliche Verstand bei all den aufregenden Geschehnissen, seit sie die O-220 verlassen hatten, ohne Hilfsmittel den Überblick über den Zeitablauf behalten?

Er wußte jedoch, daß die Tiere einmal satt sein und verschwinden mußten. Nach ihnen würden jedoch die Hyänodons und die Schakale mit ihren gräßlichen Vettern, den wilden Hunden, kommen. Als er sie sich ansah, wie sie in respektvoller Entfernung von den Tigern warteten oder hungrig im Hintergrund hin und her schlichen, wurde ihm klar, daß sie sein Entkommen ebenso leicht verhindern konnten wie die säbelzähnigen Tiger.

Der Anblick der Hyänodons war besonders entmutigend. Sie waren so groß wie ausgewachsene Bulldoggen, hatten kurze, kräftige Beine und einen breiten, massigen Rachen. Dunkles, zottiges Fell bedeckte die Flanken und den Rücken und färbte sich auf Brust und Bauch weißlich.

Nagender Hunger befiel Jason Gridley. Hinzu kam ein überwältigendes Verlangen nach Schlaf. Beides überzeugte ihn, daß seit seinem Verlassen der O-220 schon viele Stunden vergangen waren. Dennoch fraßen die Tiere unter ihm weiterhin in aller Ruhe.

Am Fuße des Baumes, in dem der Amerikaner seine einsame Nachtwache hielt, lag ein toter Auerochse. Bislang hatte ihn niemand angefressen, und der nächste Tiger war fünfzig Yards entfernt. Gridley war hungrig, so hungrig, daß er den Auerochsen begierig beäugte. Dann blickte er in die Runde, maß die Entfernung vom Baum zum nächsten Tiger und versuchte, die Zeitspanne zu berechnen, die er brauchte, um wieder in die Sicherheit des Baumes zu klettern, sollte er jetzt absteigen. Er hatte die Tiger in Aktion erlebt und wußte, wie schnell sie sein konnten, und daß einer von ihnen fast so hoch springen konnte wie der Zweig, auf dem er saß.

Die Erfolgschancen für das Vorgehen, das er ins Auge gefaßt hatte, schienen also höchst gering zu sein, gesetzt den Fall, der nächste Tiger erhob Einwände. Aber wie groß die Gefahr auch war, der Hunger siegte. Gridley zog sein Jagdmesser und ließ sich sanft zu Boden, wobei er den nächsten Tiger ständig im Auge behielt. Schnell schnitt er einige lange Streifen Fleisch aus dem Hinterviertel des Auerochsen.

Der etwa fünfzig Yards entfernt fressende Tarag blickte auf. Jason schnitt einen weiteren Streifen ab, steckte das Messer in die Scheide und kletterte schnell zurück in Sicherheit. Der Tarag legte den Kopf auf sein Opfer und schloß die Augen.

Der Amerikaner sammelte tote Zweige und kleine Äste, die noch an dem lebenden Baum hingen, und entfachte damit in einer großen Astgabel ein kleines Feuer.

Hier briet er etwas von dem Ochsenfleisch. Die Außenränder waren verkohlt, das Innere roh, doch Jason Gridley hätten schwören können, nie zuvor in seinem Leben solche köstliche Speise genossen zu haben.

Wie lange seine kulinarischen Aktivitäten ihn in Anspruch nahmen, wußte er nicht, aber als er wieder auf die Lichtung blickte, sah er, daß die meisten Tiger ihre Beute verlassen hatten und gemächlich dem Wald zustrebten, wobei ihre aufgeblähten Bäuche Zeugnis ablegten, wie sehr sie sich vollgestopft hatten. Als die Tiger sich zurückzogen, kamen die Hyänodons, die wilden Hunde und die Schakale heran, um ihre Mahlzeit zu beginnen.

Die Hyänodons hielten die anderen fern, und Gridley erkannte, daß noch eine lange Wartezeit vor ihm lag. Darin irrte er auch nicht, denn nachdem die Hyänodons ihre Bäuche gefüllt hatten und verschwunden waren, kamen die wilden Hunde und hielten die Schakale fern.

In der Zwischenzeit hatte Gridley in den Zweigen des Baumes eine primitive Plattform errichtet und war eingeschlafen. Er erwachte ausgeruht, spürte jedoch brennenden Durst, der fast schon übermächtig war.

Die wilden Hunde trotteten jetzt davon, und Gridley beschloß, nicht länger zu warten. Schon warnte ihn der Geruch faulenden Fleisches, daß noch Schlimmeres bevorstand, außerdem war zu befürchten, daß die Tiger zu ihrer Beute zurückkehrten.

Er stieg vom Baum, umrundete die Lichtung, hielt sich dabei dicht am Wald und suchte nach dem Weg, auf dem sein Trupp die Lichtung erreicht hatte. Die wilden Hunde strichen davon, wandten sich um, knurrten ihn an und fletschten drohend die Zähne. Da er jedoch wußte, wie ihre Bäuche gefüllt waren, hatte er kaum Angst vor ihnen. Für die Schakale hegte er gleich allen anderen Geschöpfen nur Verachtung.

Mit Entsetzen stellte er fest, daß viele Wege auf die Lichtung mündeten. Auch konnte er kein besonderes Merkmal entdecken, woraus er hätte ersehen können, auf welchem er hergekommen war. Sämtliche Fußspuren, die der Trupp hinterlassen hatte, waren durch die Pranken der Raubtiere verwischt worden.

Er versuchte, sich ins Gedächtnis zu rufen, wie er die Lichtung zu dem Baum überquert hatte, auf dem er Zuflucht gefunden hatte, und auf diese Weise den Weg zu finden, den er einschlagen mußte, obwohl er keine Gewißheit hatte, ob es der richtige war. Die verwirrende Mittagssonne, die auf ihn niederprasselte, schien ihn ob seiner Hilflosigkeit noch zu verspotten.

Während er allein den einsamen Weg entlang ging, wurde er sich bewußt, daß er jeden Augenblick dem grauenerregenden Tier einer längst toten Vergangenheit begegnen konnte. Er fragte sich, wie die affenähnlichen Vorfahren des Menschen hatten überleben können, um einige ihrer Merkmale, so unangenehm sie sein mochten, einer Nachwelt zu überliefern. Er zweifelte sehr daran, die O-220 erreichen zu können. Der Gedanke, er werde in seinem Leben noch eine Gefährtin finden und eine Familie gründen, war absurd.

Da ihm das allgemeine Erscheinungsbild des Waldes, den er durchquerte, bekannt erschien, dämmerte ihm, daß dies für jeden Weg gelten konnte, ganz gleich, welchen er einschlug. Nun machte er sich Vorwürfe, daß er die Bäume nicht weiter hatte markieren lassen. Was für ein dummer Esel bin ich doch gewesen, dachte er, doch bedauerte er in diesem Falle weniger sich selbst als die anderen, für deren Sicherheit er verantwortlich war.

Nie zuvor in seinem Leben hatte er sich nutzloser und hilfloser gefühlt. Sich unaufhörlich den endlosen Weg entlang zu schleppen, ohne die geringste Vorstellung, ob er ihn zur O-220 führte oder in die entgegengesetzte Richtung, war bedrückend, ja, fast hätte er den Verstand verloren. Dennoch war nichts dagegen zu tun. Und ständig prasselte die verdammte Mittagssonne unvermindert auf ihn nieder - die grausame Sonne, die sein Schiff sehen konnte, ihn jedoch nicht dorthin führen würde.

Sein Durst machte ihm zu schaffen, dennoch war er noch zu ertragen. Als er an einen kleinen Fluß kam, den der Weg kreuzte, trank er, ruhte sich eine Weile aus, entfachte ein kleines Feuer, briet sich noch mehr von dem Auerochsenfleisch, trank noch einmal und nahm seinen bedrückenden Marsch wieder auf - allerdings sehr ausgeruht.

Als die Stunden verstrichen und die Hoffnung schwand, machte sich unter den restlichen Offizieren und Mannschaften an Bord der

O-220 zunehmend eine lastende Unruhe breit, da die Sorge um die Sicherheit ihrer vermißten Genossen allmählich zunahm, um schließlich in die fast absolute Überzeugung zu münden, ihnen müsse ein Unglück zugestoßen sein.

„Sie sind jetzt fast zweiundsiebzig Stunden unterwegs", sagte Zuppner, der mit Dorf und Hines die meiste Zeit in der oberen Beobachtungskabine verbrachte oder auf dem schmalen Steig auf dem Rücken des Schiffes umherspazierte. „Nie zuvor habe ich mich in meinem Leben hilflos gefühlt", fuhr er bekümmert fort. „Jetzt aber muß ich zugeben, daß ich nicht weiß, was zum Teufel wir tun sollen."

„Jetzt stellt sich heraus, wie sehr wir bei der Festlegung unserer Vorgehensweise selbst angesichts von etwas, das wir so gern Notfall nennen, von der Gewohnheit, dem Brauch und der Vorrangigkeit abhängen. Diese drei Dinge stehen uns zur Anleitung hier nicht zur Verfügung", sagte Hines.

„Wir haben sonst unsere eigenen Hilfsmittel, auf die wir zurückgreifen können, und es ist erniedrigend zu erkennen, daß wir nicht einmal die besitzen", sagte Dorf.

„Nicht unter den Bedingungen, die uns umgeben", erwiderte Zuppner. „Auf der Außenrinde stünde außer Frage, daß wir jetzt umherfliegen und nach den vermißten Mitgliedern des Trupps suchen müßten. Wir könnten schnelle Streifzüge unternehmen und oft zu unserer Basis zurückkehren. Sollten wir hier in Pellucidar jedoch unsere Basis aus dem Auge verlieren, so ist wohl jedem klar, daß wir niemals zum Schiff an diesem Ankerplatz zurückfinden würden. Und das ist ein Wagnis, das wir einfach nicht eingehen können, denn die einzige Hoffnung, die diese Männer haben, ist, daß wir hier sind, wenn sie zurückkehren."

Einhundertundfünfzig Fuß unter ihnen lehnte sich Robert Jones weit aus der Kombüsenluke im Bemühen, die Mittagssonne zu sehen, die auf das Schiff schien. Sein schlichtes, gutmütiges Gesicht zeigte einen Ausdruck der Verwirrung, vermischt mit Ehrfurcht, und als er sich wieder in die Kombüse zurückgezogen hatte, förderte er einen Kaninchenfuß aus der Hosentasche. Er strich damit sanft über jedes Auge und rieb ihn sodann energisch auf seinem Kopf, gleichzeitig murmelte er etwas Unzusammenhängendes vor sich hin.

Aus der günstigen Position auf dem Steig weit oben suchte Leutnant Hines die Umgebung nach allen Richtungen mit seinem starken

Fernglas ab, wie er es schon so lange getan hatte, so daß er jeden Strauch, jeden Baum und jedes Grasblatt in seinem Gesichtsfeld kannte. Das Wild von Pellucidar, das immer wieder die Lichtung hin und zurück überquerte, war diesen drei Männern längst vertraut. Wann immer das eine Tier oder das andere aus dem fernen Wald auftauchte, hatten sie ihre Gläser darauf gerichtet, bis sie genau wußten, daß es kein Mensch war. Jetzt stieß Hines jedoch einen aufgeregten Ruf aus.

„Was ist los?“ fragte Zuppner. „Was sehen Sie?“

„Einen Menschen! Ich bin ganz sicher“, antwortete Hines.

„Wo?“ fragte Dorf, wobei er und Zuppner die Gläser an die Augen hoben.

„Etwa zwei Strich Backbord.“

„Stimmt, es ist entweder Gridley oder von Horst, doch wer immer es ist, er ist allein“, sagte Dorf.

„Nehmen Sie sofort zwei Mann“, sagte Zuppner an Dorf gewandt. „Kontrollieren Sie, daß sie gut bewaffnet sind, und gehen Sie ihm entgegen. Verlieren Sie keine Zeit“, rief er dem Leutnant noch nach, der bereits den Ausstiegsschacht hinunterkletterte.

Die zwei Offiziere oben auf der O-220 schauten zu, wie Dorf und sein Trupp aufbrachen, um dem Mann entgegenzugehen, der sich jetzt beharrlich auf das Schiff zuschleppte. Sie sahen sie aufeinander zugehen, obwohl infolge des leicht gewellten Geländes weder Dorf noch der Mann, dem er entgegenging, einander sehen konnten, ehe sie sich schon auf einhundert Yards genähert hatten. Da erkannte der Leutnant den anderen als Jason Gridley.

Als sie aufeinander zurannten und sich die Hände schüttelten, erkundigte sich Gridley bezeichnender Weise zuerst nach den vermißten Mitgliedern der Gruppe.

Dorf schüttelte den Kopf. „Sie sind der einzige, der zurückgekehrt ist“, sagte er.

Das begierige Leuchten in Gridleys Augen erlosch, und er sah plötzlich sehr müde und viel älter aus, als er die Ingenieure und Mechaniker begrüßte, aus denen der Trupp bestand, der ihn zum Schiff zurückbringen wollte.

„Ich habe das Schiff schon lange gesehen“, sagte er. „Wie lange, weiß ich nicht. Ich habe meine Uhr ein ganzes Stück hinten im Wald zerschlagen, als ich versuchte, mit einem Tiger um die Wette einen Baum zu erklimmen. Dann jagte mich ein anderer schon am Rand der Lichtung ins Geäst, als ich das Schiff schon deutlich sehen konnte. Mir kommt es vor, als sei ich eine ganze Woche lang dort gewesen. Wie lange war ich weg, Dorf?"

„Etwa zweiundsiebzig Stunden."

Gridleys Miene hellte sich auf. „Dann besteht kein Grund, in Hinblick auf die anderen jede Hoffnung aufzugeben", sagte er. „Ich war fest überzeugt, eine Woche unterwegs gewesen zu sein. Mehrmals habe ich geschlafen und konnte nie sagen wie lange. Dann habe ich eine mir jetzt endlos erscheinende Zeit ohne Schlaf auskommen müssen, obwohl ich sehr müde, und sehr hungrig und durstig war."

Auf dem Rückmarsch zum Schiff bestand Jason auf einen genauen Bericht über alles Geschehen seit ihrem Abmarsch, doch erst als sie bei Zuppner und Hines waren, erzählte Gridley von den Abenteuern, die er und seine Gefährten auf dieser unglückseligen Expedition zu bestehen hatten.

„Das erste, was ich mir jetzt wünsche, ist ein Bad", sagte er, nachdem Zuppner und Hines ihn begrüßt hatten. „Und wenn Sie Bob dann für mich ein paar Kühe kochen lassen, werde ich ihnen die Einzelheiten der Expedition berichten, während ich esse. Die wenigen Händevoll Bos Primigenius und ein paar wilde Früchte haben meinen Appetit nur gesteigert."

Eine halbe Stunde später erschien er, vom Bad erfrischt, rasiert und umgekleidet, wieder bei ihnen in der Offiziersmesse.

Als die drei Männer sich gesetzt hatten, tauchte Robert Jones aus der Kombüse auf und strahlte über das ganze Gesicht.

„Ich bin bestimmt froh, Sie alle zu seh'n", sagte er. „Ich wußte, daß was passier'n würde, obwohl ich aber auch wußte, wir würd'n doch Glück dabei haben."

„Ja, ich bin froh, wieder hier zu sein, und weiß Gott, Ihr Anblick stimmt mich besonders froh, denn ich habe Ihre Küche wirklich lange vermißt. Aber was machte Sie glauben, daß wir Glück haben würden?"

„Ich hatte da so'n kurzes Gespräch mit meiner Kaninchenpfote. Die hat mich nie im Stich gelass'n. Würde ich sie verlieren, wär's mit unserm Glück bald aus."

„Ich habe Unmengen von Kaninchen in der Umgebung gesehen, Bob", sagte Zuppner. „Wir können Ihnen in kürzester Zeit ein ganzes Bündel Pfoten verschaffen."

„Mag wohl sein, Käpt'n, abe'r Sie könn'n sie nich' bei Mondschein beschaffen, wo es keine Dunkelheit gibt und sie kein'n Mond habe'n, un' da wirkt so was nich'."

„Nur gut, daß wir Sie mitgenommen haben", sagte Jason. „Und welch Glück für Pellucidar, denn es hat in seinem ganzen Dasein ja noch nie eine richtig wirksame Kaninchenpfote besessen. Aber ich sehe deutlich, daß Sie die Pfote in einer Minute ganz dringend selbst benötigen werden, Bob."

„Wie mein'n Sie das, Sir?" fragte Robert.

„Die Geister sagen mir, daß Ihnen etwas zustößt, wenn Sie nicht schleunigst hier was zu essen auf den Tisch stellen", sagte Gridley lachend.

„Jawohl, Sir, bin gleich wieder da", rief der Mann und hastete in die Kombüse.

Während Gridley aß, berichtete er gewissenhaft und in allen Einzelheiten über die Abenteuer der letzten zweiundzwanzig Stunden, und die Männer versuchten, hinsichtlich der Entfernung, die er vom Schiff zurückgelegt hatte, und der Richtung zu einem bestimmten Ergebnis zu gelangen.

„Meinen Sie, Sie könnten einen weiteren Trupp zur Lichtung führen, wo Sie von von Horst und den Waziris getrennt wurden?" fragte Zuppner.

„Natürlich könnte ich das, denn von der Stelle, in der wir in den Wald drangen, haben wir die Bäume bis zum Erreichen des Pfades markiert, dem wir dann nach links folgten", erwiderte Gridley. „Ich würde dabei wohl auch kaum benötigt, und wenn wir beschließen, einen solchen Trupp auszusenden, werde ich ihn nicht begleiten."

Die anderen Offiziere blickten ihn überrascht an, und eine Weile herrschte verlegenes Schweigen.

„Ich habe nämlich einen meiner Ansicht nach besseren Plan", fuhrt Gridley fort. „Von uns sind noch siebenundzwanzig übrig. Im absoluten Notfall können zwölf das Schiff steuern. Demnach hätten wir fünfzehn für einen neuen Suchtrupp. Ohne mich wären es vierzehn, und sollten Sie noch am Ausschicken eines solchen Trupps festhalten, nachdem ich Ihnen meinen Plan erläutert habe, möchte ich vorschlagen, daß Leutnant Dorf ihn befehligt und Sie, Kapitän Zuppner, sowie Hines das Schiff steuern für den Fall, daß keiner von uns zurückkehrt oder Sie letztendlich entscheiden, nach uns zu suchen."

„Aber ich dachte, Sie würden nicht mitgehen", sagte Zuppner.

„Nicht mit dem Suchtrupp. Ich fliege allein mit dem Aufklärungsflugzeug, und mein Rat wäre, daß Sie nach meinem Abflug zumindest vierundzwanzig Stunden lang keinen Suchtrupp ausschicken, denn in dieser Zeit habe ich die Vermißten entweder gefunden oder gleichfalls keinen Erfolg gehabt."

Zuppner schüttelte zweifelnd den Kopf. „Hines, Dorf und ich haben uns über die Möglichkeit, das Aufklärungsflugzeug zu benutzen, unterhalten", sagte er. „Hines wollte unbedingt einen Versuch unternehmen, obwohl er besser als jeder von uns weiß, daß ein Pilot den Standort der O-220 vielleicht nie wieder lokalisieren kann, nachdem er sie erst einmal aus dem Auge verloren hat, denn Sie müssen daran denken, daß wir in der Richtung, in der unsere Suche durchgeführt werden muß, keine Ahnung von auffallenden Merkmalen der Landschaft haben."

„Das habe ich alles in Betracht gezogen, und mir ist klar, daß es sich bestenfalls um eine vergebliche Hoffnung handelt", erwiderte Gridley.

„Dann will ich das übernehmen", sagte Hines. „Sie wissen, daß ich mehr Flugerfahrung als sonst jemand hier habe, Kapitän Zuppner ausgenommen, und es kommt nicht in Frage, daß wir riskieren, ihn zu verlieren."

„Jeder von Ihnen dreien ist wahrscheinlich besser für solch einen Flug geeignet als ich", erwiderte Gridley. „Das enthebt mich jedoch nicht meiner Verantwortung. Ich trage mehr als jedes andere Mitglied dieser Gruppe Schuld daran, daß wir jetzt hier stecken, wo wir sind, deshalb bin ich für die Sicherheit der vermißten Expeditionsmitglieder mehr verantwortlich als jeder der übrigen. Unter diesen Umständen darf ich nicht zulassen, daß jemand anderes diesen Flug übernimmt. Ich glaube, das werden Sie alle verstehen und auch erfassen, wie ich mich fühle. So würden Sie mir einen Gefallen tun, keine weiteren Einwände zu erheben."

Es dauerte einige Minuten, ehe jemand etwas sagte, da alle vier in die Tätigkeit versunken zu sein schienen, den Kaffee zu schlürfen und die Zigaretten zu rauchen. Zuppner brach als erster das Schweigen.

„Doch ehe Sie so etwas unternehmen, sollten Sie lange schlafen. In der Zwischenzeit werden wir das Flugzeug herausholen und gründlich überprüfen. Ihre Erfolgsaussichten sollen so groß sein, wie wir nur immer gewährleisten können."

„Vielen Dank!“ sagte Gridley. „Ich glaube, da haben Sie recht. Zwar ist es mir zuwider, Zeit durch Schlafen zu vergeuden, doch wenn Sie mich zu dem Zeitpunkt rufen, wenn das Flugzeug fertig ist, begebe ich mich sofort in meine Kajüte und versuche so viel wie möglich zu schlafen.“

Während Gridley schlief, wurde das in der Kielkabine achtern mitgeführte Aufklärungsflugzeug zu Boden gelassen, einer gründlichen Überprüfung unterzogen und durch die Ingenieure und Offiziere der O-220 getestet.

Noch ehe das Flugzeug fertig war, tauchte Gridley in der Kabinentür der O-220 auf und stieg zu Boden.

„Sie haben nicht lange geschlafen“, sagte Zuppner.

„Ich weiß nicht wie lange, doch ich fühle mich ausgeruht und hätte ohnedies nicht länger schlafen können bei dem Gedanken, daß die Burschen da draußen irgendwo warten und auf Rettung hoffen“, sagte Gridley.

„Welcher Route gedenken Sie zu folgen, und was wollen Sie tun, um zu gewährleisten, daß Sie mit einem höchstmöglichen Wahrscheinlichkeitsgrad zurückkehren können?“ fragte Zuppner.

„Ich werde soweit direkt über den Wald fliegen, wie ich glaube, daß sie in der Zeit, die sie weg sind, haben marschieren können, da ich annehme, daß sie jede Orientierung verloren und sich immer mehr vom Schiff entfernt haben. Sobald ich genügend Höhe erreicht habe, um Beobachtungen anzustellen, werde ich markante Punkte in der Landschaft suchen und mir einprägen, sei es ein Berg oder eine Wasserfläche, sowohl nahe beim Schiff und als auch später immer wieder im weiteren Verlauf des Fluges. Ich denke, daß ich meinen Rückweg dadurch leicht wiederfinden kann, zumal die weiteste Strecke, die ich von der O-220 hin und zurück fliegen kann, höchstens zweihundertfünfzig Meilen beträgt. Soweit reicht der Treibstoff, den ich mitführe.

Habe ich die äußerste Grenze des Gebietes erreicht, auf dem der Trupp vielleicht zu finden wäre, fange ich an, Kreise zu ziehen. Ich nehme an, daß das Motorengeräusch ihre Aufmerksamkeit erregen wird, und denke mir, sie werden auch eine Möglichkeit finden, mir ihren Standort mitzuteilen. Das läßt sich selbst in einem Waldgebiet durchführen, indem man stark rauchende Feuer entfacht.“

„Gedenken Sie zu landen?“ fragte Zuppner mit einem Blick auf das schwere Gewehr, das Gridley in den Händen hielt.

„Finde ich offenes Gelände, so werde ich landen. Doch selbst wenn ich sie nicht finde, könnte ich dazu gezwungen sein, und meine kürzlichen Erfahrungen haben mich gelehrt, daß ich mich in Pellucidar besser nicht allzu weit ohne ein Gewehr bewege."

Nach der gründlichen Durchsicht schüttelte Gridley den verbleibenden drei Offizieren die Hand und sagte der Schiffsmannschaft Lebewohl, die die Vorbereitungen für den Abflug begierig verfolgt hatte.

„Leben Sie wohl, alter Freund, und möge Gott und das Glück mit Ihnen sein", sagte Zuppner.

Gridley drückte dem Mann die Hand, in dem er nun schon seit langem einen beständigen und loyalen Freund sah, und schwang sich dann in das offene Cockpit des Aufklärungsflugzeuges. Zwei Mechaniker drehten den Propeller durch, der Motor brüllte auf, einen Augenblick später wurde der Bremsblock weggezogen, und die Maschine rollte über das Grasland auf den Wald an der anderen Seite zu. Die Beobachter sahen, wie sie schnell aufstieg und einen großen Kreis beschrieb. Sie wußten, daß Gridley nach markanten Geländepunkten suchte. Zweimal kreiste er über der Ebene, dann schoß er Richtung Wald davon.

Erst nach Beendigung des ersten Kreises erkannte Jason Gridley das Handicap, das diese horizontlose Landschaft von Pellucidar den Chancen für seine Rückkehr auferlegte. Er hatte an einen Berg gedacht, der sich steil gegen den Himmel abhob, denn ein solches Zeichen hätte er während des gesamten Fluges ständig im Blickfeld gehabt.

Wohl gab es Berge in der Ferne, doch hoben sie sich gegen keinen blauen Himmel ab oder ragten am Horizont hervor. Sie verschmolzen einfach mit der dahinterliegenden Landschaft, die sich in der Ferne aufwärts schwang. Zweimal kreiste er und suchte mit scharfem Blick nach einem auffallenden Punkt in der Topographie der Landschaft unter ihm, doch es gab nichts, was hervorstechender gewesen wäre als die grasbewachsene Ebene, auf der die O-220 stand.

Er spürte, daß er nicht weiter Zeit und Treibstoff auf der Suche nach auffallenden Landmalen vergeuden durfte, die es nicht gab, und während er sich sagte, daß die Ebene nur auf eine vergleichsweise kurze Entfernung sichtbar sein würde, war er gezwungen, sie als einzigen Wegweiser statt eines besseren zu akzeptieren.

Als er über das Blätterdach des Urwalds brauste, war alles, was sich auf dem Boden unten abspielte, seinen Blicken entzogen, und er erkannte qualvoll, daß er vielleicht schon direkt über die Köpfe seiner Gefährten geflogen war, doch es gab keine andere Möglichkeit. Auf dem Rückweg würde er entweder kreisen oder einen übertriebenen Zickzackkurs fliegen und sorgsam nach einem Signal Ausschau halten.

Fast zwei Stunden flog Jason Gridley geraden Kurs über Wald, Ebene und leicht gewelltes Hügelland, doch nirgends sah er ein Anzeichen von den Gesuchten. Schon hatte er den Endpunkt der Strecke erreicht, die er abfliegen wollte, als vor ihm in der Ferne eine Kette hoher Berge aufragte. Diese allein hätten ihn zur Umkehr veranlaßt, da sein Verstand ihm sagte, daß die vermißten Mitglieder der Gruppe, sollten sie zufällig so weit gekommen sein, nun bestimmt erkannt hatten, daß sie in der falschen Richtung liefen.

Als er zur Wende ansetzte, erhaschte er flüchtig aus dem Augenwinkel etwas in der Luft über ihm, und als er schnell zurückblickte, verschlug es ihm vor Staunen den Atem.

Nun fast direkt über ihm schwebte ein riesiges Geschöpf, dessen gewaltige Flügelspannweite nahezu der seines Flugzeuges gleichkam. Er sah noch kurz einen gräßlichen, mit mächtigen Zähnen ausgestatteten Rachen, und erkannte im selben Moment, daß dieser mächtige Anachronismus sich anschickte, ihn anzugreifen.

Gridley flog in einer Höhe von etwa dreitausend Fuß, als der riesige Pteranodon stracks auf sein Flugzeug herabstieß. Jason versuchte, ihm im Sturzflug zu entkommen, aber da gab es auch schon einen entsetzlichen Krach, ein Gebrüll, Splittern von Holz und Knirschen von Metall, als der Pteranodon auf sein Opfer niederfuhr und genau in die Luftschraube geriet.

Was nun folgte, geschah dermaßen schnell, daß Jason Gridley die Szene fünf Sekunden später nicht hätte wiedergeben können.

Das Flugzeug überschlug sich, und im gleichen Augenblick sprang Gridley. Er riß an der Leine seines Fallschirms. Da erhielt er einen heftigen Schlag auf den Kopf und verlor das Bewußtsein.

Die Phororhacos des Miozän

„Wo ist dein Volk?“ fragte Tar-gash abermals.

Tarzan schüttelte den Kopf. „Ich weiß es nicht“, sagte er.

„Wo ist dein Land?“ forschte Tar-gash weiter.

„Sehr weit weg von hier“, antwortete der Affenmensch. „Es liegt nicht in Pellucidar.“ Aber das konnte der Sagoth ebensowenig verstehen wie die Tatsache, daß sich jemand verirren könne, denn ihm war derselbe Heimatinstinkt eigen, der alle Lebewesen von Pellucidar kennzeichnete und eine weise Vorsorge der Natur in einer Welt darstellte, die der richtungweisenden Himmelskörper entbehrte.

Wäre es möglich gewesen, Tar-gash sofort an irgendeinen Punkt in dieser gewaltigen Innenwelt zu versetzen, irgendwohin auf der weiten Fläche eines Ozeanes, hätte er unfehlbar zu dem Ort zurückgefunden, an dem er geboren worden war. Da diese Fähigkeit instinktiv war, konnte er nicht begreifen, warum Tarzan sie nicht besaß.

„Ich weiß, wo ein Menschenstamm ist“, sagte er dann. „Vielleicht sind das deine Leute. Ich werde dich zu ihnen führen.“

Da Tarzan nicht die geringste Ahnung hatte, in welcher Richtung das Schiff lag, und es immerhin möglich war, daß Tar-gash sich auf die Expeditionsmitglieder der O-220 bezog, sagte er sich, daß er gut daran tat, Tar-gash zu folgen, statt irgendwohin zu gehen, und so willigte er ein.

„Wie lange ist es her, seit du diesen Menschenstamm gesehen hast, und wie lange leben sie schon dort, wo du sie entdecktest?“ fragte er nach einer Weile.

Er sagte sich, daß sich aus der Antwort Tar-gashs auf diese Fragen bestimmen ließ, ob die von dem Sagoth erwähnten Leute Mitglieder seines Erkundungstrupps waren, denn sollten sie kürzlich erst in diesem Gebiet aufgetaucht sein, waren die Aussichten hervorragend, daß sie die von ihm Gesuchten waren. Er erhielt auf seine Fragen jedoch keine klare Antwort aus dem einleuchtenden Grund, daß Zeit für Targash nicht existierte, wie sie auch für die Existenz des Affenmenschen kein wesentlicher Faktor war, höchstens in Notfällen.

Sie stellten ein seltsames Paar dar - der eine ein Geschöpf, das eben erst die Schwelle zum Menschsein betrat, der andere ein englischer Lord in eigener Person, der gleichzeitig in vieler Hinsicht jedoch ebenso primitiv war wie das wilde, zottige Affenwesen, mit dem das Schicksal ihn zusammengeworfen hatte.

Tar-gash war zunächst geneigt gewesen, mit Verachtung auf das Geschöpf einer anderen Rasse herabzublicken, da er glaubte, daß sie gegenüber seiner eigenen an Stärke, Gewandtheit, Mut und Erfahrung im Dschungelleben weit unterlegen sei. Sehr bald brachte er dem Affenmenschen jedoch große Hochachtung entgegen. Da er dessen Gewandtheit anerkennen mußte, fühlte er sich ihm in Kürze durch Loyalitätsbande verbunden, die der Freundschaft so nahe kamen, wie die wilde Natur dieses primitiven Geistes es gestattete.

Sie jagten zusammen und verteidigten zusammen. Sie schwangen sich durch die Bäume, wenn die großen Katzen auf dem Erdboden jagten, oder sie folgten uralten Wildpfaden unter den altersgrauen Bäumen von Pellucidar oder draußen im leicht gewellten, mit Blumen übersätem Grasland.

Sie lebten gut vom Reichtum des Landes, denn beide waren mächtige Jäger.

Tarzan fertigte sich einen neuen Bogen und Pfeile sowie einen soliden Speer an. Zuerst weigerte sich der Sagoth, sie auch nur zur Kenntnis zu nehmen. Als er dann jedoch sah, wie leicht und schnell sie ihnen Wild bescherten, bekundete er großes Interesse. Tarzan zeigte ihm, wie er die Waffen benutzen mußte, und später auch, wie man sie herstellte.

Das Land, durch das sie zogen, war gut bewässert, und es gab Wild die Fülle. Teilweise war es bewaldet, dazwischen lagen weite, offene Strecken, wo riesige Herden von Pflanzenfressern unter der ewigen Mittagssonne grasten, und wegen dieser großen Herden waren auch die Raubtiere zahlreich vertreten - und was für Exemplare!

Tarzan hatte bisher angenommen, daß es außer seiner Welt keine ihr vergleichbare gebe und auch keinen solchen Dschungel wie den seinen. Je tiefer er jedoch in die Wunder von Pellucidar eintauchte, desto mehr bezauberte ihn diese wilde, primitive Welt, deren Wildbestand ihn in Begeisterung versetzte. Daß es so wenige Menschen hier gab, war Pellucidars größter Vorzug. Wären überhaupt keine hier gewesen, so hätte der Affenmensch dieses Land als das höchst vollendete angesehen, denn wer kennt die Grausamkeit und

Rücksichtlosigkeit des Menschen besser als die wilden Tiere des Dschungels?

Die Freundschaft, die zwischen ihm und dem Sagoth entstanden war - und die vorrangig auf der gegenseitigen Hochachtung für die außergewöhnliche Tapferkeit des anderen basierte -, nahm in dem Maße zu, in dem jeder bei seinem Gefährten andere bewundernswerte Qualitäten und Merkmale erkannte, von denen die gemeinsame Schweigsamkeit nicht die geringste war. Sie redeten nur, wenn es unbedingt erforderlich war, und das war in der Tat selten der Fall.

Würde der Mensch nur reden, wenn er wirklich etwas Wichtiges zu sagen hat, und dies auch so schnell als möglich tut, könnten achtundneunzig Prozent der menschlichen Rasse durchaus taub sein und so eine himmlische Harmonie vom Scheitel bis zur Rachenmandel herstellen.

So wirkte die Gesellschaft von Tar-gash im Verein mit der Romantik seltsamer Bilder, Laute und Gerüche in dieser neuen Welt auf den Affenmensch wie eine starke Droge, erfüllte ihn mit Begeisterung und schwächte sein Verantwortungsgefühl, so daß die Notwendigkeit, seine Leute zu finden, immer mehr als zweitrangig in den Hintergrund rückte. Hätte er gewußt, daß einige von ihnen in Schwierigkeiten waren, so hätte er sofort eine andere Haltung eingenommen, aber schließlich hatte er keine Ahnung. Im Gegenteil, ihm war nur bekannt, daß sie über alle Mittel verfügten, um ihre Sicherheit und die letztendliche Rückkehr zur Außenwelt zu gewährleisten. So würde seine Abwesenheit sie nicht besonders belasten. Wenn er die Sache jedoch gründlich bedachte, wurde ihm klar, daß er zu ihnen zurückkehren, daß er sie finden und früher oder später mit ihnen in die Welt zurückkehren mußte, aus der sie gekommen waren.

Noch standen all diese Überlegungen jedoch im Hintergrund seiner Gedankenwelt, als er mit Tar-gash auf der Suche nach dem Menschenstamm, zu dem der Sagoth ihn führte, eine leicht gewellte, dünn mit Bäumen bestandene Ebene überquerte. Im Vergleich zu anderen Ebenen, die sie hinter sich gelassen hatten, wirkte diese hier seltsam verlassen, doch die Ursache lag offensichtlich in dem stark gestutzten Gras, welches darauf hindeutete, daß große Herden es abgeweidet hatten, ehe sie zu neuen Weidegründen zogen. Das Fehlen jeglichen Lebens und jeder Bewegung wirkte leicht bedrückend, und Tarzan bedauerte fast, daß hier nicht einmal die Gefahren des wildreichen Landes drohten, durch das sie soeben gekommen waren.

Sie befanden sich schon weit auf der Ebene und konnten die solide grüne Mauer eines großen Waldes sehen, der sich nach oben in dunstige Ferne schwang, als die Aufmerksamkeit der beiden von einem seltsamen, brummenden Geräusch geweckt wurde, das sie plötzlich stehenbleiben ließ. Gleichzeitig wandten sich beide um und blickten zurück und in den Himmel, aus dem das Geräusch zu kommen schien.

Hoch oben tauchte aus dem Dunst der Ferne ein winziger Punkt auf. „Schnell!“ rief Tar-gash. „Es ist ein Thipdar.“ Damit winkte er Tarzan, dieser solle ihm folgen und rannte schnell in die Deckung eines großen Baumes.

„Was ist ein Thipdar?“ fragte Tarzan, als beide im schützenden Schatten haltmachten.

„Ein Thipdar ist ein Thipdar“, sagte der Sagoth. Er konnte dieser Beschreibung auch nichts weiter hinzufügen als die Tatsache, daß die Mahars sie zuweilen zu ihrem Schutz oder zur Jagd auf Beutetiere benutzten.

„Ist der Thipdar ein lebendes Wesen?“ fragte Tarzan weiter.

„Ja, er lebt und ist sehr stark und sehr wild“, antwortete Tar-gash.

„Dann ist das keiner“, erklärte Tarzan.

„Was sollte es sonst sein?“ fragte der Sagoth.

„Ein Flugzeug“, erwiderte Tarzan.

„Was ist das?“ fragte der Sagoth.

„Dir dies zu erklären würde schwierig sein“, erwiderte der Affenmensch. „Es ist etwas, das die Menschen meiner Welt gebaut haben und womit sie durch die Luft fliegen.“ Bei diesen Worten trat er hinaus ins Freie, damit er dem Pilot des Flugzeugs, das bestimmt dasjenige war, welches die O-220 mit sich führte, und seiner festen Überzeugung nach zweifellos nach ihm suchte, ein Signal geben konnte.

„Komm zurück“, rief Tar-gash. „Du kannst nicht gegen ein Thipdar kämpfen. Es stößt herab und trägt dich fort, wenn du dich im Freien aufhältst.“

„Mir wird es nichts zuleide tun“, sagte Tarzan. „Einer meine Freunde sitzt drin.“

„Und du wirst auch bald drin sein, wenn du nicht wieder unter den Baum kommst.“

Als das Flugzeug näher kam, rannte Tarzan in einem kleinen Kreis umher, um die Aufmerksamkeit des Piloten zu erregen, blieb ab und zu stehen und winkte, doch die Maschine flog über ihn weg, und man konnte erkennen, daß der Pilot ihn nicht gesehen hatte.

Tarzan von den Affen blieb allein auf der menschenleeren Ebene stehen, bis das Flugzeug in der Ferne verschwunden war, und beobachtete die Maschine, die seinen Gefährten von ihm wegtrug.

Sein Anblick weckte bei Tarzan das Gefühl für seine Verantwortung. Er erkannte, daß jemand zu seiner Rettung sein Leben aufs Spiel setzte, und mit diesem Gedanken kam die Entschlossenheit, alles Mögliche zu unternehmen, um den Standort der O-220 ausfindig zu machen.

Der Überflug der Maschine ließ ihn viele Möglichkeiten in Betracht ziehen. Sollte sie kreisen, was durchaus möglich war, so ergab die Flugrichtung, als sie über ihn hinwegbrummte, keinen Hinweis auf die Richtung der O-220, und wenn sie nicht kreiste, wie sollte er dann erkennen, ob sie nicht gerade vom Luftschiff wegflog, um die Suche anzutreten, oder im Gegenteil dorthin zurückkehrte, nachdem sie den Flug beendet hatte?

„Das war kein Thipdar", sagte Tar-gash, kam unter dem Baum hervor und blieb neben Tarzan stehen. „Es ist ein Geschöpf, wie ich es nie zuvor gesehen habe. Es ist größer und muß demnach noch schrecklicher als ein Thipdar sein. Bestimmt war es sehr zornig, denn es hat die ganze Zeit grauenvoll geknurrt."

„Es ist nicht lebendig", erwiderte Tarzan. „Es ist etwas, was die Menschen meines Landes gebaut haben, um damit durch die Luft zu fliegen. Einer meiner Freunde sitzt darin. Er hält nach mir Ausschau."

Der Sagoth schüttelte den Kopf. „Ich bin froh, daß er nicht heruntergekommen ist", sagte er. „Er war entweder sehr zornig oder sehr hungrig, sonst hätte er nicht so laut gebrummt."

Tarzan erkannte, daß Tar-gash gar nicht in der Lage war, seine Erklärung eines Flugzeuges zu verstehen, und daß er es immer für ein riesiges, fliegendes Reptil ansehen würde. Aber das war unwichtig - das einzige, was Tarzan jetzt beschäftigte, war die Frage der Richtung, in der er seine Suche nach der O-220 antreten sollte. Letztlich entschloß er sich, der von dem Flugzeug eingeschlagenen Richtung zu folgen, denn da dies die Richtung war, in der sie nach Tar-gashs Versicherungen auch den Stamm menschlicher Wesen finden würden, nach dem sie suchten, schien dies nach allem die klügste Vorgehensweise zu sein.

Das Motorengeräusch war in der Ferne verklungen, als Tarzan und Tar-gash ihren unterbrochenen Marsch über die Ebene und in das von niedrigen, felsigen Bergen durchbrochene Land fortsetzten.

Der gut erkennbare und nach Tar-gashs Worten durch das Gebirge führende Weg folgte den Windungen eines flachen Cañons, der auf einer Seite von nicht allzu hohen Felsklippen gesäumt wurde, auf deren Oberfläche Höhlen und Spalten zu erkennen waren. Die Sohle des Cañons war mit Steinbrocken verschiedener Größe bestreut. Die Vegetation war spärlicher, und alles deutete auf eine Trockenheit hin, wie sie Tarzan seit Verlassen der O-220 nicht gesehen hatte. Da sowohl Wild als auch Wasser höchstwahrscheinlich hier kaum zu finden sein würden, setzten die zwei ihren Marsch in schnellem, schwingenden Schritt fort.

Ringsum herrschte Totenstille, und Tarzan lauschte unentwegt in die Runde, um den ersten Anflug des Motorengeräuschs der zurückkehrenden Maschine zu erfassen, als die Stille plötzlich durch ein heiseres Kreischen gebrochen wurde, das von einer Stelle weiter oben im Cañon herzurühren schien.

Tar-gash blieb stehen. „Ein Dyal“, sagte er.

Tarzan blickte ihn fragend an.

„Es ist ein Dyal“, wiederholte Tar-gash. „Und er ist sehr ergrimmt.“

„Was ist ein Dyal?“ fragte Tarzan.

„Ein gräßlicher Vogel, doch sein Fleisch ist vortrefflich, und Tar-gash ist hungrig.“

Das genügte. Da spielte keine Rolle, wie schrecklich der Dyal wohl war, er lieferte Fleisch, und Tar-gash war hungrig, deshalb schlichen die zwei Raubtiere wachsam vorwärts und pirschten sich an ihr Opfer an. Ein leichtes Lüftchen wehte sanft den Cañon herab und trug dem Affenmenschen eine seltsame, neuartige Witterung zu. Es war Vogelgeruch, der auch leicht an den eines Straußes erinnerte, und auf Grund seiner Intensität vermutete Tarzan, daß er von einem sehr großen Vogel herrühren müsse, eine Vermutung, die durch das laute Kreischen der Kreatur unterstützt wurde, in die sich ein kratzendes, scharrendes Geräusch mischte.

Tar-gash ging voran und nutzte jedwede natürliche Deckung, die die Felsenstücke auf der Sohle des Cañons boten. An der Unterseite eines großen Felsblockes machte er jählings halt und zog sich schnell dahinter zurück. Als Tarzan bei ihm war, gab er ihm ein Zeichen, um die Ecke des Felsens zu blicken.

Tarzan folgte dem Vorschlag seines Begleiters und erblickte den Verursacher des Tumults, der ihre Aufmerksamkeit erregt hatte. Als wildes Dschungelgeschöpf ließ er sich äußerlich nicht anmerken, wie erstaunt er war, als er die gewaltige Kreatur erblickte, die wie von Sinnen auf einen Felsspalt in der Wand der Felsenklippe hackte.

Für ihn war es das namenlose Geschöpf einer anderen Welt, für Targash einfach ein Dyal. Keiner der beiden wußte, daß sie einen Phororhacos des Miozän vor sich hatten. Sie sahen nur ein gewaltiges Wesen, dessen mit einer Federhaube versehener Kopf größer als der eines Pferdes war und acht Fuß über dem Erdboden aufragte. Sein mächtiger, krummer Schnabel war weit aufgerissen, sooft er ein zorniges Kreischen ausstieß. Während es mit mächtigen, dreikralligen Füßen auf etwas in dem Felsspalt vor ihm einschlug, wedelte es heftig mit dem kurzen, nutzlosen Flügel in einem Anfall wilden Zorns. Nun erkannte Tarzan auch das Ding, nach dem es schlug - es war ein Speer, von Menschenhänden gehalten - eine erbärmlich unangemessene Waffe, mit der jemand versuchte, den Angriff des mächtigen Dyal abzuwehren.

Beim Anblick dieses Ungeheuers fragte sich Tarzan, wie der nur mit einem kümmerlichen Knüppel bewaffnete Tar-gash hoffen konnte, es mit Erfolg zu bekämpfen. Er sah, wie der Sagoth sich unauffällig aus ihrer Deckung hinter dem Felsen anpirschte, indem er langsam zu einem anderen schlich, von wo aus er dem Dyal näher war und ihn vor allem von hinten überfallen konnte. Der Vogel war dermaßen von seinen Angriff auf den Menschen im Felsspalt in Anspruch genommen, daß er den Feind in seinem Rücken nicht bemerkte.

In dem Augenblick, als Tar-gash wohlbehalten in seiner neuen Deckung angelangt war, folgte ihm Tarzan, und nun waren sie nur noch fünfzig Fuß von dem großen Vogel entfernt.

Der Sagoth packte seinen Knüppel fest am dünnen Ende, erhob sich und rannte aus seiner Deckung rasch auf den riesigen Dyal zu. Tarzan folgte und setzte unterwegs einen Pfeil auf den Bogen.

Tar-gash hatte erst die halbe Strecke zurückgelegt, als das Geräusch seines Vorstoßes die Aufmerksamkeit des Vogels erregte. Er fuhr herum, entdeckte die zwei unbesonnenen Geschöpfe, die es wagten, den Angriff auf sein Opfer zu stören, und griff nunmehr die beiden laut kreischend mit weit aufgerissenem Schnabel an.

In dem Moment, als sich der Dyal umdrehte und sie entdeckte, wirbelte Tar-gash schnell seinen Knüppel über dem Kopf, und als der Vogel angriff, schleuderte er ihn gegen eines der mächtigen Beine, und nun verstand Tarzan den Sinn von Sagoths Angriffsmethode. Der schwere Knüppel, von den kraftvollen Muskeln des Tiermenschen zielsicher geworfen, würde den Beinknochen zertrümmern, und dann war der riesige Vogel der Gnade des Sagoth ausgeliefert. Was aber, wenn er das Bein nicht traf? Dann war Tar-gashs Tod sicher.

Tarzan hatte schon seit langem Anlaß zu beobachten, wie gering sein Gefährte das Leben achtete, wenn es um die Beschaffung von Fleisch ging, doch dies hier schien der Gipfel der Unbekümmertheit zu sein, zu dem sich unüberlegtes Handeln hinreißen lassen konnte, ohne die Grenzen zum Wahnsinn zu überschreiten.

In der Tat geschah das, was Tarzan befürchtet hatte - der Knüppel verfehlte sein Ziel. Tarzans Bogensehne surrte, und ein Pfeil drang dem Dyal tief in die Brust. Tar-gash sprang schnell zur Seite, um dem Angriff auszuweichen, und ein weiterer Pfeil durchdrang das Federkleid und die Haut des Vogels. Nun huschte der Affenmensch schnell nach rechts, als die Lawine der Zerstörung über ihn hereinbrach, deren Geschwindigkeit durch die Kraft der zwei tief im Vogelkörper steckenden Pfeile kaum gemindert wurde.

Ehe der Dyal sich umwenden konnte, um einen von ihnen zu verfolgen, warf Tar-gash einen Felsbrocken. Es lagen genug auf dem Boden um sie herum. Er traf den Dyal an der Seite des Kopfes und betäubte ihn kurzzeitig, so daß Tarzan zwei weitere Pfeile abschießen konnte. Da wandte sich der Dyal benommen ihm zu, und als er um sich blickte, schoß ein großer Speer an Tarzans Schulter vorbei und der tollwütigen Kreatur tief in die Brust. Unter dem Aufprall dieses letzten Geschosses ging sie zu Boden und fiel dem Affenmenschen fast zu Füßen.

Obwohl Tarzan keine Ahnung von der Kraft und den Angriffs- und Verteidigungsmethoden dieses seltsamen Vogels hatte, zögerte er nichtsdestotrotz keinen Augenblick, und als der Dyal stürzte, war er auch schon mit gezücktem Messer über ihm.

Er stieß so schnell zu, daß er die Luftröhre zerschnitt und wieder zurückgesprungen war, ehe er in den Todeskampf dieses Vogels verwickelt werden konnte, und da sah er den Mann zum ersten Mal, der den Speer geworfen hatte.

Es war ein großer, kräftiger Krieger, dessen leicht dunkelbraune Haut im Sonnenlicht glänzte. Sein zottiger Haarschopf war mit einem Riemen aus Wildleder zusammengebunden, und seine Miene spiegelte gewisse Verwirrung. Er stand aufrecht.

Außer mit dem Speer war er noch mit einem Steinmesser bewaffnet, das in seinem Gürtel steckte. Seine Augen blickten klug, die Gesichtszüge waren regelmäßig und scharf geschnitten. Insgesamt stellte er ein so prachtvolles Exemplar der Gattung Mensch dar, wie Tarzan noch nie gesehen hatte.

Tar-gash hatte sich seinen Knüppel zurückgeholt und ging gegen den Fremden vor. „Ich bin Tar-gash", sagte er. „Ich töte."

Der Fremde zog sein Steinmesser und wartete, wobei er zuerst auf Tar-gash und dann zu Tarzan blickte.

Dieser vertrat Tar-gash den Weg. „Warte", befahl er. „Warum willst du töten?"

„Er ist ein Gilak", erwiderte der Sagoth.

„Er hat dich vor dem Dyal gerettet", erinnerte ihn Tarzan. „Meine Pfeile hätten den Vogel nicht gestoppt. Hätte er nicht seinen Speer geworfen, so wäre einer von uns getötet worden, vielleicht auch beide."

Der Sagoth schien verblüfft zu sein und kratzte sich verwirrt am Kopf. „Aber wenn ich ihn nicht töte, wird er mich töten", sagte er schließlich.

Tarzan wandte sich an den Fremden. „Ich bin Tarzan", sagte er. „Dies hier ist Tar-gash." Er wies auf den Sagoth und wartete.

„Ich bin Thoar", sagte der Fremde.

„Wir wollen Freunde sein", sagte Tarzan. „Wir suchen keinen Streit mit dir."

Abermals blickte der Fremde verwirrt.

„Verstehst du die Sprache der Sagoths?" fragte Tarzan, da er es für möglich hielt, daß dieser Mann ihn vielleicht nicht verstanden hatte.

Thoar nickte. „Ein wenig", sagte er. „Aber warum sollten wir Freunde sein?" fragte er.

„Warum sollten wir Feinde sein?" hielt der Affenmensch dagegen.

Thoar schüttelte den Kopf. „Ich weiß nicht", sagte er. „Es ist immer so."

„Wir haben gemeinsam den Dyal getötet", sagte Tarzan. „Wären wir nicht gekommen, so hätte er dich getötet. Hättest du nicht den Speer geworfen, so hätte er uns getötet. Deshalb sollten wir Freunde, keine Feinde sein. Wohin gehst du?"

„Zurück in mein Land", sagte er und wies mit einem Kopfnicken in die Richtung, die Tarzan und Tar-gash eingeschlagen hatten.

„Wir wollen gleichfalls dorthin“, sagte Tarzan. „Gehen wir doch zusammen. Sechs Hände sind besser als vier.“

Thoar blickte auf den Sagoth.

„Werden wir alle als Freunde weiterziehen, Tar-gash?“ fragte Tarzan.

„Das hat es noch nie gegeben“, sagte der Sagoth, als lägen Jahrtausende von Zivilisation und Kultur hinter ihm.

Tarzan lächelte, was er nur selten tat. „Dann werden wir damit anfangen“, sagte er. „Kommt!“

Als sehe er es für die natürlichste Sache der Welt an, daß die anderen beiden ihm gehorchten, wandte er sich jetzt dem toten Dyal zu, zog sein Jagdmesser und schnitt große Portionen Fleisch heraus. Thoar und Tar-gash zögerten einen Augenblick und beäugten sich argwöhnisch, dann ging der dunkelbraune Krieger zu Tarzan hin, und Tar-gash schloß sich den beiden an.

Thoar zeigte großes Interesse für Tarzans Stahlmesser, das so leicht durch das Fleisch glitt, während er mit seinem Steinwerkzeug hackte und sich abmühte. Tar-gash wiederum schien beiden Instrumenten keine besondere Beachtung zu schenken, sondern schlug die starken Zähne in die Brust des Dyal und riß einen großen Fetzen Fleisch heraus, den er roh verschlang. Tarzan war im Begriff, dasselbe zu tun, da er seit der Kindheit an rohes Fleisch als Nahrung gewöhnt war. Da sah er, wie Thoar Anstalten machte, nach der uralten Methode mittels Reibung ein Feuer zu entfachen. Die drei aßen schweigend, wobei der Sagoth sein Fleisch in einiger Entfernung von den anderen verzehrte, vielleicht, weil der Instinkt des wilden Tieres bei ihm stärker war.

Als sie zu Ende gegessen hatten, folgten sie dem Weg hinauf zum Paß, der durch die Berge führte, und unterwegs versuchte Tarzan, Thoar über sein Land und sein Volk auszufragen. Der primitive Wortschatz war jedoch so begrenzt und Thoars Kenntnis dieser Sprache so kümmerlich, daß sie einen Gedankenaustausch schwierig fanden. Also beschloß Tarzan, sich Thoars Sprache anzueignen.

Beträchtliche Erfahrung im Erlernen neuer Dialekte und Sprachen erleichterte ihm die Aufgabe wesentlich, und da er ein einmal gestecktes Ziel keinen Moment aus dem Auge verlor und eine selbst gestellte Aufgabe stets zu einem erfolgreichen Ende führte, machte er große Fortschritte. Sein Lernprozeß wurde jedoch auch durch das Interesse erleichtert, das Thoar seiner Unterweisung entgegenbrachte.

Als sie den Gipfel der niedrigen Berge erreicht hatten, erblickten sie in weiter Ferne etwas, das wie eine hoch aufragende Bergkette aussah.

Thoar wies hin und sagte: „Dort liegt Zoram."

„Was ist Zoram?" fragte Tarzan.

„Es ist mein Land", erwiderte der Krieger. „Es liegt im Thipdar-Gebirge."

Tarzan hörte diesen Namen nun schon das zweite Mal. Tar-gash hatte erklärte, das Flugzeug sei einer, und nun sprach Thoar von dem Thipdar-Gebirge.

„Was ist ein Thipdar?" fragte er.

Thoar blickte ihn erstaunt an. „Aus welchem Land kommst du denn, daß du nicht weißt, was ein Thipdar ist, und die Sprache der Gilaks nicht sprichst?"

„Ich bin nicht aus Pellucidar", sagte Tarzan.

„Das würde ich gern glauben, wenn es einen anderen Ort gäbe, von dem du kommen könntest, aber es gibt keinen, abgesehen von Molop Az, dem Flammenmeer, auf dem Pellucidar schwimmt. Die einzigen Bewohner des Molop Az sind jedoch kleine Dämonen, die die in der Erde bestatteten Toten Stück für Stück hinunter nach Molop Az tragen. Obgleich ich keinen dieser Dämonen je gesehen habe, bin ich überzeugt, daß sie nicht wie du sind."

„Nein, ich bin nicht aus Molop Az, doch ich dachte schon manchmal, daß die Welt, aus der ich komme, von Dämonen bewohnt sei, großen wie kleinen", sagte Tarzan.

Während diese drei Wesen gemeinsam jagten, aßen, schliefen und marschierten, gelangten sie in einem solchen Maße zu gegenseitigem Vertrauen, daß selbst Tar-gash Thoar nicht länger mißtrauisch beobachtete, und obwohl sie drei verschiedene Perioden in der Entwicklung des Menschen verkörperten, die voneinander durch zahllose Jahrtausende getrennt waren, hatten sie dennoch soviel miteinander gemein, daß der Fortschritt, den der Mensch von Tar-gash zu Tarzan gemacht hatte, kaum ein gleichwertiger Ersatz für die Zeit und die Bemühungen zu sein schien, welche die Natur hatte aufwenden müssen.

Tarzan konnte nicht einmal mehr die Zeitspanne ermessen, die er schon von der O-220 weg war, doch er war ziemlich sicher, daß er sich auf dem falschen Weg befand. Dennoch erschien es ihm nutzlos, einfach umzukehren, weil er nicht die geringste Vorstellung hatte, welche Richtung er einschlagen müsse. Seine alleinige Hoffnung gründete sich auf die Möglichkeit, daß der Pilot des Flugzeuges, das gewiß nach ihm Ausschau gehalten hatte, ihn gesichtet hatte, und daß die O-220 beim Umherkreuzen möglicherweise in einer Entfernung vorbeikam, die es ihm ermöglichte, Signale zu geben. In der Zwischenzeit konnte er ebensogut bei Tar-gash und Thoar bleiben wie anderswo.

Die drei hatten gegessen, abermals geschlafen und nahmen ihren Marsch wieder auf, als Tarzans scharfe Augen vom Gipfel eines niedrigen Hügels in beträchtlicher Entfernung etwas im offenen Gelände vor ihnen liegen sahen. Er wußte nicht, was es war, glaubte jedoch mit Bestimmtheit sagen zu können, daß es keinen Teil der natürlichen Landschaft darstellte, denn ihm haftete jener unbestimmbare Hauch von Dissonanz oder, besser gesagt, fehlender Harmonie mit der Umgebung an, die jedermann sofort erfassen wird, dessen Wahrnehmungsvermögen nicht durch das Stadtleben abgestumpft wurde. Da Tarzan rein instinktiv alles erforschte, was er nicht verstand, lenkte er seine Schritte in die Richtung des Dinges, das er gesehen hatte.

Der Gegenstand, der seine Neugier geweckt hatte, verschwand fast sofort aus seinem Blickfeld, als er von dem Hügel herabstieg, von dessen Gipfel aus er ihn entdeckt hatte. Auch konnte er ihn erst wieder sehen, als er schon ziemlich nahe daran war. Zu seinem Erstaunen und größtem Entsetzen erkannte er, daß es sich um ein Flugzeugwrack handelte.

Die Rote Blume von Zoram

Jana, die Rote Blume von Zoram, machte halt und blickte zurück über die Felsenklippen hinter und unter ihr. Sie war sehr hungrig, und es war auch lange her, seit sie geschlafen hatte, doch ihr dicht auf den Fersen folgten die vier gräßlichen Männer aus Pheli. Das liegt am Fuße des Thipdar-Gebirges jenseits des Landes Zoram.

Nur einen kurzen Augenblick stand sie aufrecht, dann ließ sie sich ausgestreckt hinter einem hervorspringenden Felsstück, das sie teilweise verbarg, auf den rauhen Felsen fallen. Von hier blickte sie auf den Weg zurück, den sie gekommen war, über die unwegsame Wüste verstreuter Granitblöcke. In den Bergen aufgewachsen, hatte sie ihr Leben zwischen den steilen Gipfeln des Thipdar-Gebirges verbracht und verächtlich auf die Leute des Flachlands herabgeschaut, zu denen auch diejenigen gehörten, die sie verfolgten. Wenn sie ihr bis hierher nachsetzten, war sie vielleicht gezwungen, ihnen ein gewisses Maß an Mut zuzugestehen und sie vielleicht weniger geringschätzig zu betrachten, aber auch dann würde sie in ihren Bemühungen nicht nachlassen, ihnen zu entkommen.

Der Abscheu für die Männer von Pheli, die sich gelegentlich in die Festen des Thipdar-Gebirges wagten, um Frauen zu stehlen, war ihr in Fleisch und Blut übergegangen, denn der Stolz und der Ruhm der Bergmenschen gründete sich auf die Schönheit ihrer Mädchen, und dieser Ruhm hatte sich so weit verbreitet, daß Männer aus fernen Ländern, aus der weiten Flußebene unter ihren hoch aufragenden Berggraten, herkamen und hundertfach den Tod riskierten in ihren Bemühungen, eine solche Gefährtin wie Jana, die Rote Blume von Zoram, zu rauben.

Ihre Schwester Lana war so von den Männern der Tiefebene geraubt worden, und soweit sie zurückdenken konnte, noch zwei Mädchen von Zoram. Daher war die Angst wie auch die Gefahr allgegenwärtig. Ein solches Schicksal erschien der Roten Blume schlimmer als der Tod, denn dann würde sie nie mehr in ihre geliebten Berge zurückkehren. Man würde sie zu einer Tieflandsfrau machen und ihre Kinder zu Tieflandskindern, und für die Bergmenschen konnte es keine größere Schande geben, denn sie heirateten nur Bergfrauen, die Männer von Zoram, Clovi und Daroz, indem sie Gefährtinnen aus ihren eigenen Stämmen nahmen oder sie von den Nachbarn raubten.

Viele junge Krieger von Zoram liebten Jana, und obwohl es bislang noch keinen gegeben hatte, der das Feuer der Liebe in ihrem Herzen hatte entfachen können, wußte sie, daß sie eines Tages sich mit einem von ihnen zusammentun werde, es sei denn, sie wurde in der Zwischenzeit von dem Krieger eines anderen Stammes geraubt.

Würde sie in die Hände eines Mannes der Clovi oder Daraz fallen, so bedeutete dies keine Schande für sie. Sie konnte sogar glücklich sein. Doch sie war entschlossen, lieber zu sterben, als von den Männern aus Pheli ergriffen zu werden.

Für sie, die sie keine Mittel hatte, die Zeit zu messen, schien es lange her zu sein, daß sie in den steilen Klüften über den Höhlen, die die Heimstätten ihres Volkes waren, nach Thipdar-Eiern gesucht hatte, als ein großer, behaarter Mann hinter einem Felsen hervorgesprungen war und sie hatte packen wollen. Hurtig wie eine Gemse war sie ihm mit Leichtigkeit entwischt, doch er stand zwischen ihr und dem Dorf, und als sie trachtete, ihn zu umgehen, entdeckte sie, daß er noch drei Kumpane hatte, die ihr wirksam den Weg versperrten. Da hatte sie die Flucht angetreten, und die Verfolger hatten sie weit weg von Zoram zwischen die steilen Berggipfel getrieben, wo sie zuvor noch nie gewesen war.

Die vier gedrungenen, behaarten Gestalten hatten haltgemacht, um sich auszuruhen. „Wir wollen umkehren“, murrte einer. „In einem Land wie diesem hier, das nur für Thipdars taugt und kein Platz für Menschen ist, kannst du sie nie einfangen, Skruk.“

Der schüttelte seinen runden Kopf. „Ich habe sie gesehen, und ich werde sie haben, selbst wenn ich sie zu dem Gestade von Molop Az treiben müßte.“

„Unsere Hände sind von scharfen Felsen zerschunden, unsere Sandalen fast nicht mehr vorhanden, und unsere Füße bluten. Wir können nicht weiter. Wir werden sterben.“

„Du kannst es meinetwegen, doch bis dahin wirst du weiter mitkommen. Ich bin Skruk, der Häuptling, und ich habe gesprochen.“

Die anderen murrten unzufrieden, aber als Skruk die Verfolgung wieder aufnahm, folgten sie ihm. Da sie aus dem Tiefland kamen, fanden sie das mühsame Erklimmen dieser großen Höhen im höchsten Maße kräftezehrend, doch der eigentliche Grund für ihre Abneigung, die Verfolgung fortzusetzen, war der Schrecken, den diese schwindelnden Höhen ihnen einflößten, und der gefährliche Weg, den die Rote Blume von Zoram sie entlangführte.

Jana sah sie von oben heraufsteigen, und da sie wußte, daß sie wieder auf dem richtigen Weg waren, stellte sie sich aufrecht, so daß sie sie gut sehen konnten. Das einzige Kleidungsstück, zusammengenäht aus den Fellen kleiner Tigerjungen, wehte um ihre nackten Beine und verhüllte halb den Zauber ihrer mädchenhaften Gestalt, halb enthüllte es ihn wieder. Die Mittagssonne schien auf ihre hellbraune Haut, ließ die nackten Konturen einer vollkommenen Schulter glänzen und verlieh ihrem Haar, das manchmal strahlend braun, dann wieder kupferfarben leuchtete, einen goldenen Schimmer. Sie trug es aufgetürmt auf dem Kopf und hatte es mit den hohlen Knochen des Dimorphodon, einem kleinen, langschwänzigen Vetter des Thipdars, festgesteckt. Die oberen Spitzen dieser Knochennadeln waren mit Schnitzereien verziert, einige auch bunt gefärbt. Ein Stirnband aus weichem Fell, ebenfalls bunt verziert, umgab ihre Stirn. Sie trug Arm- und Fußringe aus den Rückenwirbeln kleiner Tiere, die auf Lederschnüre aufgefädelt waren. Auch sie waren geschnitzt und bunt gefärbt. An den Füßen trug sie feste, kleine Sandalen, besohlt mit der Haut des Mastodons, und aus der Mitte des Stirnbandes ragte eine einzelne Feder. An der Hüfte trug sie ein Steinmesser, in der rechten Hand einen leichten Speer.

Sie bückte sich, hob einen kleinen Felsbrocken auf und schleuderte ihn auf Skruk und seine Kumpane hinab. „Geht zurück in eure Sümpfe, Schakale des Tieflands“, rief sie. „Die Rote Blume von Zoram gehört euch nicht.“ Dann wandte sie sich um und eilte über den weglosen Granit davon.

Links von ihr lag Zoram, indes klaffte eine gewaltige Schlucht zwischen ihr und der Stadt. Sie schlug den Weg längs der Kante ein, manchmal sehr nahe dem Rand, doch ohne Furcht vor dem schrecklichen Abgrund unter ihr. Ständig suchte sie nach einer Abstiegsmöglichkeit, denn sie wußte: Gelangte sie hinüber, konnte sie in einem weiten Bogen zurück nach Zoram kommen. Doch die Felswände fielen zweitausend Fuß glatt nach unten ab und boten auf einhundert Fuß kaum einen Halt für die Hände.

Als sie um den Vorsprung einer Bergspitze bog, erblickte sie ein weites Land unter sich - ein Land, das sie zuvor nie gesehen hatte, und sie wußte, daß sie den gewaltigen Gebirgszug überquert hatte und auf das dahinterliegende Gebiet blickte. Sie sah, daß die Kluft, der sie gefolgt war, sich unter ihr zu einem gewaltigen Cañon verbreiterte, der durch die Ausläufer in eine unendliche Ebene mündete. Die Hänge der niedrigeren Berge waren bewaldet, auch jenseits der Ebene stand Wald.

Das war eine neue Welt für Jana von Zoram, doch sie reizte sie nicht. Sie lockte sie nicht zu sich, denn sie wußte, daß wilde Tiere und wilde Menschen des Tieflandes Ebenen und Wälder durchstreiften.

Rechts von ihr ragte das Gebirge auf, das sie umrundet hatte. Links klaffte die tiefe Schlucht, und hinter ihr lauerten Skruk und seine drei Kumpane.

Einen Augenblick lang befürchtete sie, in der Falle zu sitzen, aber nachdem sie ein paar Yards weitergegangen war, bemerkte sie, daß die senkrecht abfallende Wand der Kluft in eine verworrene Masse gebrochener Simse überging. Doch selbst hier war ungewiß, ob eine Abstiegsmöglichkeit bestand - sie konnte nur hoffen.

Da sie oft stehenblieb und nach einem Weg hinunter in die Schlucht Ausschau hielt, verlor sie kostbare Zeit. Da erkannte sie plötzlich, daß ihre Verfolger dicht hinter ihr waren. Abermals stürzte sie weiter, sprang von Fels zu Fels, während die anderen ihre Geschwindigkeit verdoppelten und ihr hinterdrein stolperten, nun fest überzeugt, daß sie sie bald ergreifen würden.

Jana blickte nach unten und sah einhundert Fuß unter sich eine Masse verstreuter Granitblöcke, die von oben herabgefallen waren und ein breites Gesims bildeten. Genau vor ihr ragte der Berg weit hinaus und bildete eine überhängende Klippe.

Sie blickte zurück. Skruk war bereits in Sicht. Er stolperte ungeschickt voran und atmete schwer, war jedoch sehr nahe, und sie mußte schnell ihre Wahl treffen.

Es gab nur eine Möglichkeit - jenseits der Felsenkante lag zeitweilige Flucht oder der sichere Tod. Sie legte sich den einen unter der Speerspitze angebrachten Lederriemen um den Hals, ließ den Speer den Rücken herabhängen, warf sich hin und glitt über das Felsgesims. Vielleicht fand sie einen Halt für die Füße, vielleicht nicht. Sie blickte hinunter. Die Oberfläche der Wand war rauh und fiel nicht genau senkrecht ab, sondern lehnte sich ein wenig bergwärts. Sie tastete mit den Zehen und spürte bald einen Vorsprung, der ihr

Gewicht tragen konnte. Nun ließ sie die Oberkante der Klippe mit einer Hand los und suchte nach einem Spalt, in den sie die Hände stecken konnte, oder einen weiteren Vorsprung, an den sie sich klammern konnte.

Sie mußte schnell handeln, denn schon hörte sie die Schritte der Phelier über sich. Schließlich fand sie eine Stelle, wo sie sich mit kaum mehr als den Fingerspitzen anklammern konnte, doch es war etwas, und der Schrecken des Tieflands war nun über ihr und nur der Tod unter ihr.

Sie ließ die Felsenkante mit der anderen Hand los und glitt sehr langsam die Oberfläche der Felsenklippe hinab, wobei sie mit dem freien Fuß nach einem weiteren Halt tastete. So stieg sie ein, zwei, drei Fuß hinunter, dann hörte sie ein Geräusch über sich, blickte hinauf und sah das behaarte Gesicht von Skruk dicht über sich.

„Haltet meine Beine fest", brüllte er seinen Kumpanen zu und legte sich gleichzeitig an der Felsenkante flach hin, und als sie seinem Befehl nachgekommen waren, streckte er den langen, behaarten Arm aus, um Jana zu ergreifen. Das Mädchen war drauf und dran, allen Halt fahren zu lassen und auf die gezackten Felsen unter ihr zu stürzen, als Skruks Hand sie berührte. Noch immer aufwärts blickend, sah sie die Faust des Pheliers nur wenige Zoll von ihrem Gesicht entfernt.

Die ausgestreckten Finger des Mannes berührten ihr Haar. Ihr tastender Fuß fand einen winzigen Vorsprung. Sie ließ sich weiter hinab und entging so der unmittelbaren Gefahr einer Gefangennahme. Skruk war wütend, doch dieser einzige Blick in das zu ihm aufgewandte Gesicht des Mädchens so dicht unter ihm steigerte nur seine Entschlossenheit, sie zu besitzen. Nun scheute er keine Mühen, sich seinen Herzenswunsch zu erfüllen. Doch als er die schreckliche Felswand hinabblickte, beschlich ihn die Angst um die Sicherheit seiner Beute. Es war schon unglaublich genug, daß sie so weit abgestiegen war, ohne zu fallen, dabei hatte sie den Abstieg gerade erst begonnen. Er wußte, daß er und seine Kumpane ihr auf dem Weg nicht folgen konnten, den sie sich suchte. Ihm war weiterhin klar, daß sie zu größerer Eile angespornt werden könnte, wenn sie sie von oben bedrohten, und das wäre ihr Verhängnis.

Bei diesen Gedanken stand Skruk auf und wandte sich an seine Gefährten. „Wir werden einen leichteren Weg nach unten suchen", sagte er in gedämpften Ton. Dann lehnte er sich über die Felsenkante und rief Jana zu: „Ich gebe mich geschlagen, Bergmädchen. Jetzt gehe ich zurück nach Pheli im Tiefland. Aber ich werde wiederkommen und dich dann als meine Gefährtin mit mir nehmen."

„Mögen die Thipdare dich fangen und dir das Herz aus dem Leib reißen, ehe du Pheli jemals wieder erreichst", rief Jana. Aber Skruk gab keine Antwort, und sie sah, daß sie denselben Weg zurückgingen, den sie gekommen waren. Allerdings wußte sie nicht, daß sie lediglich nach einem leichteren Abstieg zur Sohle der Schlucht suchten, in die sie hinunterstieg, und daß Skruks Worte nur eine Täuschung waren, damit sie nicht mehr so wachsam sei.

Die Rote Blume von Zoram brauchte sich jetzt nicht mehr so sehr zu beeilen, sondern suchte sich bedächtig einen Weg die Felswand hinab zum ersten Gesims aus verwittertem Granit. Zu ihrem Glück fand sie hier das Ei eines Thipdars, das ihr sowohl Nahrung als auch Getränk lieferte.

Es war ein langer, langsamer Abstieg zur Sohle der Schlucht, doch schließlich hatte sie ihn bewältigt. In der Zwischenzeit hatten Skruk und seine Kumpane einen leichteren Weg nach unten gefunden und waren einige Meilen oberhalb von ihr in der Schlucht angelangt.

Unten stand Jana eine Weile unschlüssig, welche Richtung sie einschlagen sollte. Ihr Instinkt drängte sie, sich die Schlucht hinauf zu wenden in der allgemeinen Richtung, wo Zoram lag, doch ihr Verstand sagte ihr, sie solle besser talwärts gehen und am Fuße der Berge links nach einem leichteren Rückweg suchen, um sie wieder zu überqueren. So ging sie gemächlich talwärts, und hinter ihr folgten die vier Männer aus Pheli.

Die linke Wand des Cañons verlor zwar ständig an Höhe, während Jana hinunterging, stellte indes noch ein beträchtliches Hindernis dar, das man klugerweise besser umging, als daß man versuchte, es zu erklimmen. So bewegte sie sich auf die Öffnung des Cañons zu, wo er in ein liebliches Tal mündete.

Nie zuvor in ihrem ganzen Leben hatte Jana das Tiefland so nahe gesehen. Nie zuvor hätte sie gedacht, wie reizvoll es sein könne, denn man hatte ihr ständig eingeschärft, es sei ein grauenvolles Land und kein tauglicher Aufenthaltsort für die mannhaften Stämme der Berge.

Die verlockende Schönheit und der neue Anblick, der sich ihren Augen bot, trieben sie im Verein mit einem ihr angeborenen Forscherdrang viel weiter ins Tal hinunter, als es notwendig gewesen wäre.

Plötzlich wurde ihre Aufmerksamkeit durch ein seltsames Geräusch erregt, das von hoch oben zu kommen schien - ein fremder, neuartiger Laut auf der Tonleiter ihrer wilden Welt, und als sie nach oben blickte, entdeckte sie das Geschöpf, das ihn hervorbringen mußte.

Ein großer Thipdar, so schien es ihr, brummte gräßlich weit über ihrem Kopf - doch was für ein Thipdar! Nie zuvor hatte sie einen so großen gesehen wie diesen.

Während sie noch zuschaute, sah sie einen anderen viel kleineren darüber fliegen. Plötzlich stieß der kleinere auf die ins Auge gefaßte Beute herab. Ganz schwach hörte sie ein Prasseln und Reißen, dann stürzten die zwei Kämpfer Richtung Erde. Da sah sie, wie sich etwas von der Masse löste, und während die zwei Wesen, zum Teil unterstützt durch die Schwingen des größeren, in einer weiten, gleitenden Spirale herabstürzten, geschah etwas höchst Merkwürdiges mit dem Stück, das sich von den Trümmern gelöst hatte. Etwas schoß aus ihm heraus und entfaltete sich in der Luft - es erinnerte an einen gewaltigen Pilz und schien den schnellen Flug des fallenden Körpers aufzuhalten, so daß er jetzt langsam erdwärts glitt und dabei hin und her pendelte wie ein schwerer Stein am Ende eines Rehlederriemens.

Als das seltsame Ding näher herankam, weiteten sich Janas Augen vor Überraschung und Schreck, als sie den hin und her schwingenden Körper als den eines Menschen erkannte.

Ihre Leute hatten kaum abergläubische Vorstellungen, da sie nicht genügend in Richtung der Zivilisation fortgeschritten waren, um eine Priesterschaft aufzubauen. Doch hier war etwas, das sich durch keine natürliche Logik erklären ließ. Sie hatte gesehen, wie die zwei großen, fliegenden Reptile hoch in der Luft kämpfend aufeinandertrafen, und aus einem davon war ein Mensch herausgekommen. Das war unglaublich, vor allem aber unheildrohend. So reagierte die Rote Blume von Zoram auf die natürlichste Weise, wandte sich um und floh.

Sie rannte zurück zum Cañon, hatte jedoch erst eine kurze Strecke zurückgelegt, als sie direkt vor sich Skruk und seine drei Kumpane sah.

Die hatten den Luftkampf gleichermaßen verfolgt und auch das Ding gesehen, das langsam zur Erde herabschwebte, und obwohl sie es nicht als das erkannt hatten, was es war, hatten sie es dennoch mit der Angst bekommen und waren schon drauf und dran gewesen, zu fliehen, als Skruk Jana erspähte, die auf sie zugerannt kam. Sofort verdrängte der Wunsch, sie zu besitzen, alle anderen Erwägungen. Er brummte seinen verängstigten Henkersknechten Befehle zu und führte sie zu dem Mädchen.

Als Jana sie entdeckte, wandte sie sich nach rechts und versuchte, sie zu umgehen, doch Skruk schickte einen seiner Männer, sie abzufangen, und als sie sich in die entgegengesetzte Richtung wandte, verteilten sich die vier, um ihr den Rückweg abzuschneiden und so jegliches Entkommen in dieser Richtung wirksam zu verhindern.

Da Jana jedes andere Schicksal vorzog, nur nicht das, welches ihrer Gefangennahme durch Skruk folgen würde, machte sie abermals kehrt und floh das Tal hinunter, und ihr auf den Fersen folgten die vier gedrungenen, behaarten Männer von Pheli.

In dem Augenblick, als Jason Gridley die Reißleine des Fallschirms gezogen hatte, hatte ein Bruchstück der zerborstenen Luftschraube seines Flugzeuges ihn am Kopf gestreift, und als er das Bewußtsein wiedererlangte, lag er auf einem weichen Grasbett am Ende eines Tales, wo ein Cañon sich aus einem hoch aufragenden Gebirge wand und in ebeneres Land öffnete.

Entmutigt durch das unglückselige Ende seiner vergeblichen Suchen nach seinen Gefährten, erhob sich Gridley und schnallte den Fallschirm ab. Er war erleichtert zu entdecken, daß er keine schwereren Verletzungen davongetragen hatte als eine leichte Hautabschürfung an der Schläfe.

Seine erste Sorge galt seinem Flugzeug, und obwohl er wußte, daß es ein totales Wrack sein mußte, hoffte er gegen jede Vernunft, daß er wenigstens sein Gewehr und die Munition herausholen konnte. Doch kaum war ihm dieser Gedanke gekommen, wurde er schon durch vielstimmiges wildes Gebell und Knurren abgelenkt, so daß er schnell nach rechts blickte. Auf dem Gipfel einer kleinen Bodenerhebung nur ein kurzes Stück entfernt sah er vier der wilden Wolfshunde von Pellucidar. Die Paläontologen der Außenrinde kennen sie als Hyänodons, die Menschen der Innenwelt als Jaloks. Groß wie ausgewachsene Doggen, standen sie dort auf ihren kurzen, kräftigen Beinen, die breiten, massigen Kiefer klafften in zornigem Geknurr, die Lefzen waren zurückgezogen und ließen die bedrohlichen Fangzähne sichtbar werden.

Als Jason sie entdeckte, bemerkte er, daß ihre Aufmerksamkeit nicht ihm galt - sie schienen ihn noch gar nicht bemerkt zu haben. Als er ihrer Blickrichtung folgte, sah er zu seinem Erstaunen ein

Mädchen schnell in ihre Richtung laufen, dichtauf gefolgt von vier Männern, die sie offensichtlich verfolgten.

Als das böse Knurren der Jaloks die vergleichsweise Stille der Szene brach, hielt das Mädchen inne, und man sah ihr an, daß ihr die neue Bedrohung noch nicht bewußt geworden war. Sie blickte erst zu ihnen und dann zurück auf ihre Verfolger.

Die Hyänodons kamen in leichtem Trab auf sie zugetrottet. In mitleiderregender Verwirrung blickte sie in die Runde. Ihr blieb nur noch ein Fluchtweg offen, und als sie in diese Richtung rennen wollte, entdeckte sie Jason Gridley, der genau auf ihrem Weg stand, und abermals zögerte sie.

Der Mann erriet intuitiv das Dilemma, in dem sie sich befand. Von hinten und auf zwei Seiten von ihr bekannten Feinden bedroht, sah sie sich plötzlich einem Wesen gegenüber, das in der Tat ein weiterer sein konnte und jegliche Hoffnung auf einen Rückzug zunichte machte.

Rein impulsiv handelnd und dem Kodex entsprechend, von dem sich seinesgleichen leiten ließ, rannte Gridley auf das Mädchen zu, rief ihr Worte der Ermutigung zu und winkte ihr, zu ihm zu kommen.

Von hinten und rechts kamen Skruk und seine Kumpane ihr immer näher, während links von ihr die Jaloks herantrotteten. Sie zögerte nur noch einen Augenblick, dann rang sie sich anscheinend durch, ihr Schicksal in die Hände eines Unbekannten zu legen, statt sich mit dem unvermeidlichen Verhängnis abzufinden, das sie entweder seitens der Phelier oder der Zähne der Jaloks erwartete. Sie wandte sich zu Gridley und kam auf ihn zugerannt, gefolgt von den vier Bestien und den vier Männern.

Während Gridley ihr entgegenlief, zog er einen seiner Revolver, einen schweren 45er Colt.

Die Hyänodons griffen jetzt an, und das Leittier war dicht hinter ihr. In diesem Augenblick trat Jana fehl und fiel. Fast gleichzeitig war Jason bei ihr, doch die wilde Bestie war so nahe, daß ihr Körper, nachdem Jason geschossen hatte, auf den des Mädchens fiel.

Der Schuß, ein erschreckender Laut, an den niemand hier gewöhnt war, brachte die anderen Hyänodons zu jähem Halt, ebenso die vier Männer, die unter Skruks Befehl schnell angerannt kamen, um das Mädchen vor den Tieren zu retten.

Jason rollte den toten Jalok schnell von dem Mädchen und stellte sie auf die Füße. Da riß sie ihr Steinmesser aus der Scheide. Jason

Gridley wußte nicht, wie nahe er in diesem Augenblick dem Tod war. Für Jana war jeder Mann außer denen von Zoram ein natürlicher Feind. Das erste Naturgesetz riet ihr, zu töten, damit nicht sie getötet wurde, doch in dem kurzen Moment, ehe die Waffe ihr Ziel erreichte, sah sie etwas in den Augen dieses Mannes und in seinem Gesichtsausdruck, das sie bei anderen Männern zuvor nie gesehen hatte. Sie verstand auf einmal so eindeutig, als sei es in Worte gekleidet worden, daß dieser Fremde sich von der Sorge um ihre Sicherheit leiten ließ, daß er von dem Wunsch beseelt wurde, ihr Gutes zu tun und nicht, ihr Leid zuzufügen, und obwohl sie wie die Jaloks und die Phelier von dem lauten Geräusch und dem Lärm sehr eingeschüchtert war, der aus dem seltsamen Stock in seiner Hand gekommen war, wußte sie, daß dies das Mittel war, zu dem er Zuflucht genommen hatte, um sie vor den Bestien zu schützen.

Die Hand mit dem Messer sank herab, und als ein behutsames Lächeln das Antlitz des Fremden erhellte, erwiderte die Rote Blume von Zoram es auf gleiche Weise.

Sie standen noch immer so wie in dem Moment, als er sie auf die Füße gestellt hatte. Er hatte den linken Arm um ihre Schultern gelegt, um sie zu stützen, und behielt diese unbewußte Geste des Schutzes bei, während er sich nun den Feinden des Mädchens zuwandte, die nach dem ersten Schreck offensichtlich drauf und dran waren, den Angriff zu erneuern.

Zwei von den Hyänodons hatten ihre Aufmerksamkeit jedoch Skruk und seinen Kumpanen zugewandt, während das dritte zähnefletschend auf Jason und Jana zukam.

Die Männer von Pheli waren bereit, dem Angriff der Hyänodons zu begegnen. Sie hatten sich in einer Linie mit Blick zu den Angreifern aufgestellt, genügend weit voneinander entfernt, damit sie ihre Knüppel wirksam einsetzen konnten. Als die Bestien angriffen, schleuderten zwei der Männer ihre Waffen, wobei sich jeder eines der gräßlichen Raubtiere aussuchte. Skruk warf genauer und brach dem ihm angreifenden Tier das Vorderbein, und als es zu Boden ging, sprang der neben Skruk stehende Phelier vor und ließ einen Hagel schwerer Schläge auf den Schädel der Bestie niedergehen.

Der nach dem anderen Tier geschleuderte Knüppel streifte es nur an der Schulter, brachte es jedoch nicht zum Halt, und einen Augenblick später war es auf dem Phelier, dessen einzige Verteidigung jetzt in dem primitiven Steinmesser bestand. Sein Kumpan hatte seinen

Knüppel für einen solchen Fall jedoch behalten, sprang herbei und schwang ihn wie tollwütig nach dem wilden Tier, wobei Skruk und der andere, die ihre Gegner erledigt hatten, dem Gefährten nun zu Hilfe eilten.

Jason achtete gar nicht auf den ungestümen Kampf zwischen Mensch und Tier, da seine ganze Aufmerksamkeit von dem vierten Wolfshund in Anspruch genommen wurde, der vorstürmte, um ihn und seine Gefährtin anzugreifen.

Jana erkannte nun deutlich, daß sich alle Männer voll auf die angreifenden Tiere konzentrierten, somit sich ein sehr günstiger Moment ergab, die Freiheit zu erringen. Sie spürte den Arm des Fremden um ihre Schultern, doch er hielt sie nur leicht - so leicht, daß sie sich mühelos durch eine einzige schnelle Bewegung freimachen konnte. Indes lag etwas in dem sie umfassenden Arm, das ihr ein Gefühl größerer Sicherheit vermittelte, als sie je gefühlt hatte, seit sie die Höhlen ihres Volkes verlassen hatte - vielleicht übte der Beschützerinstinkt, der den Mann beseelte, seinen natürlichen Einfluß unbewußt auch auf das Mädchen aus, so daß sie schließlich lieber blieb, wo sie war, statt zu fliehen, da sie sich hier in größerer Sicherheit wähnte als sonstwo.

Nun griff das vierte Hyänodon knurrend an, doch nur um von dem krachenden Gebell des Colts empfangen zu werden. Die Bestie stolperte und ging zu Boden, gestoppt durch die Kraft der schweren Ladung, jedoch nur für einen Augenblick. Schon war sie wieder auf den Beinen, halb wahnsinnig vor Schmerz und verzweifelt angesichts des Todes. Blutiger Schaum trat ihr auf die Lefzen, als sie Jason an die Kehle springen wollte.

Abermals krachte der Colt, dann stürzte der Mann unter der schweren Last des Wolfshundes zu Boden. Im gleichen Augenblick hatten die Phelier die zweite der Bestien erledigt, die sie angegriffen hatten.

Jason Gridley spürte das große Gewicht auf ihm, das ihn zu Boden drückte, und suchte, den schrecklichen Rachen von seiner Kehle fernzuhalten, indem er den linken Unterarm dazwischen schob. Doch der Rachen schloß sich nie, und als er sich unter dem toten Tier hervorgearbeitet und sich auf die Beine gestellt hatte, sah er das Mädchen an dem Schaft des primitiven, mit einer Feuersteinspitze bewehrten Speeres rütteln, um ihn aus dem Körper des toten Jaloks herauszuziehen.

Ob seine letzte Kugel oder diese Waffe die Bestie erledigt hatten, wußte der Mann nicht. Er empfand nur Dankbarkeit und Bewunderung für die tapfere Tat des schlanken Mädchens, das an seiner Seite ausgeharrt und sich dem gräßlichen Tier entgegengestellt hatte, ohne die Ruhe und Geistesgegenwart zu verlieren.

Die vier Jaloks waren niedergestreckt, Jason Gridleys Probleme jedoch keineswegs vorüber, denn kaum hatte er sich nach dem Erlegen der zweiten Bestie erhoben, packte das Mädchen ihn am Arm und wies auf etwas hinter ihm.

„Sie kommen", sagte sie. „Sie werden dich töten und mich rauben. Oh, laß nicht zu, daß sie mich rauben!"

Jason verstand kein Wort von dem Gesagten, erkannte jedoch am Ton ihrer Stimme und an ihrem Gesichtsausdruck, daß sie die vier Männer, die sich ihnen nun näherten, mehr fürchtete als die Hyänodons, und als er nun auch auf sie blickte, wunderte er sich nicht im geringsten, denn die Männer von Pheli sahen genauso brutal aus wie die Hyänodons, und in ihrem Erscheinungsbild lag ebenso wenig Beeindruckendes oder Großartiges wie in den Fratzen der wilden Raubtiere - eine Tatsache, die fast allgemein festzustellen ist, führt man einen Vergleich zwischen der menschlichen Rasse und den sogenannten niederen Arten durch.

Gridley hob den Revolver und richtete ihn auf den vordersten Phelier, der zufällig nicht Skruk war.

„Schwirrt ab! Eure Visagen ängstigen die junge Dame!" sagte er.

„Ich bin Gluf, ich töte", erklärte der Phelier.

„Wenn ich dich verstünde, könnte ich dir vielleicht zustimmen", erwiderte Jason. „Dein abstehender Schnurrbart und deine fliehende Stirn deuten jedoch darauf hin, daß du ein bißchen bekloppt bist."

Er wollte den Mann nicht töten, war sich jedoch im klaren, daß er ihn nicht allzu nahe herankommen lassen durfte. Doch wenn er hinsichtlich des Totschlags irgendwelche Skrupel hatte, trat klar zu Tage, daß das Mädchen anders dachte, denn sie redete gewaltig auf ihn ein und drängte ihn offensichtlich zur Tat. Als sie erkannte, daß er sie nicht verstand, tippte sie mit ihrem braunen Zeigefinger auf seine Pistole und wies dann drohend auf Gluf.

Der Bursche war jetzt nur noch fünfzehn Schritt von ihnen entfernt, und Jason konnte sehen, daß seine Gefährten sie einkreisten. Er wußte, daß sofort etwas getan werden mußte. Von humanitären Motiven geleitet, schoß er, zielte jedoch über den Kopf des herannahenden Pheliers. Der scharfe Knall ließ alle vier stehenbleiben, aber als sie erkannten, daß keiner von ihnen verletzt war, gaben sie einen wahren Sturzbach von Schmähungen und Drohungen von sich. Gluf kam weiter auf ihn zu, nur noch getrieben von dem Verlangen, das Mädchen zu ergreifen, damit sie nach Pheli zurückkehren konnten. Gleichzeitig schwang er drohend seinen Knüppel. Nun blieb Jason Gridley doch nichts anderes übrig, als zu schießen, zu schießen und zu töten. Gluf blieb auf der Stelle stehen, wurde ganz steif, fuhr herum und fiel nach vorn auf sein Gesicht.

Gridley drehte sich schnell nach den anderen um und schoß wieder, denn er hatte gesehen, daß die bedrohlichen Knüppel auf kurze Entfernung fast so wirksam waren wie sein Colt. Ein weiterer Phelier fiel zu Boden. Nun wandten sich Skruk und der noch verbliebene Kumpan um und gaben Fersengeld.

„In der Tat", sagte Gridley und blickte auf die Kadaver der vier Hyänodons und die Leichen der zwei Männer. „Dies ist ein gewaltiges kleines Land, doch ich will verdammt sein, wenn ich erkennen könnte, wie hier jemand aufwächst, um seine Freude daran zu haben."

Die Rote Blume von Zoram blickte ihn bewundernd an. Alles an diesem Fremden weckte ihr Interesse, stachelte ihre Neugier an und erregte ihr Vorstellungsvermögen. Er glich in keiner Weise irgendeinem anderen Mann, den sie je gesehen hatte. Kein Detail seiner seltsamen Kleidung entsprach dem, was alle anderen menschlichen Wesen ihrer Bekanntschaft trugen. Die merkwürdige Waffe, die unter der Begleitmusik eines lauten Knalls Rauch und Feuer spie, flößte ihr Ehrfurcht und Bewunderung ein. Die auffallendste Ursache für ihre Verwunderung, wenn sie richtig darüber nachdachte, war indes die Tatsache, daß sie diesen Mann nicht fürchtete. Die Furcht vor Fremden war ihr nicht nur angeboren. Seit frühester Kindheit hatte man sie gelehrt, von Männern, die nicht ihrem eigenen Stamm angehörten, nur das Schlimmste zu erwarten und auf jeden Fall vor ihnen zu fliehen. Vielleicht war es sein Lächeln, das sie entwaffnet hatte, möglicherweise lag auch etwas in seinen freundlichen, ehrlichen Augen, das sofort ihr Vertrauen geweckt hatte. Was immer der Grund sein mochte, die Tatsache bleibt, daß die Rote Blume von Zoram keine Anstrengungen unternahm, vor Jason Gridley zu fliehen, der sich nun völlig verloren in einer fremden Welt fand, die an sich traurig genug war, auch ohne daß sie ihm noch die Verantwortung für den Schutz einer fremden jungen Frau aufbürdete, die nichts von dem verstand, was er ihr sagte, und die er seinerseits auch nicht verstehen konnte.

Jana und Jason

Tar-gash und Thoar betrachteten erstaunt das Flugzeugwrack. Tarzan forschte hastig nach dem Körper des Piloten und spürte zumindest zeitweilige Erleichterung, als er keinen Toten entdeckte. Kurz darauf fand er Fußabdrücke im Rasen auf der anderen Seite des Flugzeuges - Abdrücke von Stiefeln, die er sofort als die von Jason Gridley erkannte. Dies verschaffte ihm endgültige Gewißheit, daß der Amerikaner nicht getötet, durch den Absturz offensichtlich nicht einmal schwer verletzt war. Mit den Fußspuren Gridleys vermischten sich solche eines kleinen Fußes in Sandalen, sie waren anscheinend zur gleichen Zeit verursacht worden.

Eine weitere kurze Untersuchung ergab, daß zwei Personen, eine davon Gridley, die andere offenbar eine Frau oder ein Jüngling irgendeines pellucidarischen Stammes, der ihn begleitet hatte, zur Absturzstelle gekommen waren, sich kurzzeitig in der Nähe der Maschine aufgehalten hatten und dann in die Richtung gegangen waren, aus der sie gekommen waren. Mit dieser Spur klar vor Augen gab es für Tarzan nichts weiter, als ihr zu folgen.

Allen Anzeichen zufolge hatte Gridley das Flugzeug in der Luft verlassen müssen und war daraufhin mit dem Fallschirm sicher gelandet. Wo und unter welchen Umständen er jedoch seinen Begleiter aufgelesen hatte, konnte Tarzan nicht einmal annähernd erraten.

Er hatte Mühe, Thoar von dem Flugzeug wegzubringen. Das seltsame Ding hatte seine Neugier und Vorstellungskraft in einem Maße geweckt, daß er unbedingt noch verweilen und hundert Fragen dazu stellen mußte.

Tar-gashs Reaktion war dagegen ganz anders. Er betrachtete es mit nur flüchtigem Interesse und stellte lediglich eine Frage: „Was ist das?“

„Es ist das Ding, das vorhin über uns hinweg flog und das du für ein fliegendes Reptil gehalten hast“, erwiderte Tarzan. „Ich sagte dir daraufhin, einer meiner Freunde säße drin. Dann ist etwas passiert, und das Ding ist abgestürzt, mein Freund blieb jedoch unverletzt.“

„Es hat keine Augen, wie konnte es sehen, wohin es fliegt?“ fragte Tar-gash.

„Es war nicht lebendig“, erwiderte Tarzan.

„Ich hörte es brummen“, sagte der Sagoth, auch ließ er sich nicht überzeugen, daß dieses Ding nicht doch eine fremde Form von Lebewesen war.

Sie hatten erst eine kurze Strecke auf den Spuren von Gridley und Jana zurückgelegt, nachdem diese das Flugzeug verlassen hatten, als sie auf den Kadaver eines riesigen Pteranodons stießen. Der Schädel war zerschmettert und zerschlagen und fast vom Körper getrennt, und ein Splitter glatten Holzes ragte heraus, den Tarzan als Bruchstück eines Flugzeugpropellers erkannte. Sofort war ihm die Ursache von Gridleys Absturz klar.

Eine halbe Meile weiter entdeckten die drei noch mehr Beweisstücke, und einige davon waren höchst überraschend. Auf der Erde lag ein geöffneter Fallschirm dort, wohin er aufgetroffen war, und gar nicht weit davon lagen die Körper von vier Hyänodons und zweier behaarter Menschen.

Eine Untersuchung ihrer Körper ergab, daß beide Männer und zwei der Hyänodons von Kugeln getötet worden waren. Überall auf dem zertrampelten Rasen waren die Spuren der kleinen Sandalen von Jasons Begleiter zu sehen. Tarzan erkannte mit scharfem Blick, daß noch zwei andere Männer, beide Eingeborene, an dem Kampf teilgenommen hatten, der sich hier abgespielt hatte. Sie gehörten demselben Stamm wie die zwei Getöteten an, man sah es an den Eindrücken ihrer nach derselben Methode hergestellten Sandalen, während die von Tarzans Begleiter sich im Material von allen anderen unterschieden.

Als er die Gegend im Kreis nach weiteren Hinweisen absuchte, entdeckte er, daß die zwei Männer, die entkommen waren, schnell ein ganzes Stück auf die Mündung eines großen Cañons zugerannt waren, und daß sich Jason und sein Begleiter nach deren Rückzug offensichtlich auf die Suche nach dem Flugzeug begeben hatten. Später waren sie zum Kampfplatz zurückgekehrt und von hier aus ebenfalls auf die Berge zumarschiert, doch entlang einer Linie, die ein beträchtliches Stück rechts der von den fliehenden Eingeborenen hinterlassenen Spur verlief.

Thoar interessierte sich gleichfalls sehr für die verschiedenen Spuren, die die Teilnehmer am Kampf bei dem Fallschirm hinterlassen hatten, doch er redete erst, nachdem Tarzan seine Nachforschungen beendet hatte.

„Es waren vier Männer und entweder eine Frau oder ein junger Mann mit meinem Freund“, sagte Tarzan.

„Vier davon waren Tieflandbewohner aus Pheli", antwortete Thoar. „Die andere war eine Frau aus Zoram."

„Woher willst du das wissen?" fragte Tarzan, der stets begierig war, sein Kenntnisse auf dem Gebiet des Lebens in der Wildnis zu mehren.

„Die Sandalen der Tieflandsleute sind dem Fuß nie so genau angepaßt wie die der Gebirgsstämme", erwiderte Thoar. „Auch sind ihre Sohlen viel dünner, da sie gewöhnlich aus der Haut des Auerochsen hergestellt werden. Sie ist zäh genug für Leute, die nur selten über anderes Gelände als weiches Grasland oder feuchte Sumpfgebiete gehen. Die Sandalen der Bergstämme sind mit der dicken Haut von Maj, dem Vetter von Tantor, besohlt. Wenn du dir die Spur ansiehst, wirst du entdecken, daß sie überhaupt nicht abgelaufen sind, während die Sandalen dieser Toten aus Pheli Löcher aufweisen.

„Sind wir in der Nähe von Zoram?" fragte Tarzan.

„Nein", erwiderte Thoar. „Es liegt hinter der höchsten Bergkette dort vor uns."

„Bei unserer ersten Begegnung sagtest du mir, du kämst aus Zoram, Thoar."

„Stimmt, das ist meine Heimat", erwiderte Thoar.

„Dann ist diese Frau vielleicht jemand, den du kennst?"

„Sie ist meine Schwester", erwiderte Thoar.

Tarzan von den Affen blickte ihn überrascht an. „Woher willst du das wissen?" forschte er.

„Ich habe eine Fußspur an einer Stelle entdeckt, wo kein Rasen, nur weiche Erde war, und dort war sie so deutlich, daß ich ihre Sandalen erkannte. Ich bin mit ihrer Arbeit dermaßen vertraut, daß ich die Naht erkenne, wo die Sohle an den oberen Teil der Sandale angeheftet ist. Außerdem sind da noch die Einkerbungen, die auf den Stamm verweisen. Die Leute von Zoram haben auf der Sohle der linken Sandale unter der großen Zehe drei Einkerbungen."

„Was hat deine Schwester hier so weit von der Heimat entfernt gemacht, und wie kommt es, daß sie bei meinem Freund ist?"

„Das ist ganz einfach", erwiderte Thoar. „Diese Männer von Pheli wollten sie entführen. Einer von ihnen wünschte sie sich zur Frau, aber sie entwischte ihnen, und sie verfolgten sie über das Thipdar-Gebirge bis hinunter in dieses Tal, wo sie von Jaloks angegriffen wurde. Da kam der Mann aus deinem Heimatland, tötete die Jaloks und zwei von den Pheliern und vertrieb die restlichen zwei. Meine

Schwester konnte ihm offensichtlich nicht entfliehen, und so hat er sie geraubt."

Tarzan von den Affen lächelte. „Die Spur weist nicht darauf hin, daß sie je einen Fluchtversuch unternahm", sagte er.

Thoar kratzte sich am Kopf. „Das stimmt, und ich kann es nicht verstehen", erwiderte er. „Die Frauen meines Stammes wollen sich nämlich nie mit Männern anderer Stämme zusammentun, und ich weiß, daß Jana, meine Schwester, eher sterben würde, als sich mit einem Gefährten jenseits des Thipdar-Gebirges zu verbinden. Sie hat das viele Male gesagt, und Jana verzapft kein leeres Geschwätz."

„Mein Freund würde sie niemals mit Gewalt nehmen", sagte Tarzan. „Wenn sie mit ihm gegangen ist, dann aus freien Stücken. Ich glaube, wenn wir sie finden, wirst du sehen, daß er sie einfach zurück nach Zoram begleitet, denn er gehört zu den Männern, die nicht zulassen, daß eine Frau allein und ohne Schutz bleibt."

„Das werden wir sehen", sagte Thoar. „Sollte er Jana jedoch gegen ihren Willen mitgenommen haben, muß er sterben."

Während Tarzan, Tar-gash und Thoar der Spur von Jason und Jana folgten, umrundete eine entmutigte Gruppe von Männern die Ausläufer des großen Thipdar-Gebirges fünfzig Meilen östlich von ihnen und marschierte auf die Gyor Cors oder die großen Ebene von Gyor hinaus.

Die Gruppe bestand aus zehn schwarzen Kriegern und einem Weißen, und in der Geschichte der Menschheit haben sich elf Menschen kaum jemals so vollständig und hoffnungslos verirrt wie diese hier.

Muviro und seine Krieger, die als Spurenleser ihresgleichen suchen konnten, waren völlig fassungslos angesichts ihrer Unfähigkeit, auch nur dieselbe Spur zurück zu finden.

Die Massenflucht der wie von Sinnen davonstürmenden Tiere, der sie mit knapper Not lebend entkommen waren, was an sich schon an ein Wunder grenzte, hatte alle Hinweise auf die früheren Spuren der Gruppe so gründlich verwischt, daß sie, obwohl überzeugt, sie sei nur ein kurzes Stück von der Lichtung entfernt vorübergezogen, auf der die Tarags die anderen Tiere zusammengetrieben hatten, völlig außerstande waren, die Lichtung wiederzufinden. Jetzt wanderten sie mutlos umher und hielten sich entsprechend von Horsts Plänen so viel wie möglich in offenem Gelände auf in der Hoffnung, die kreuzende O-220 könnte sie auf diese Weise entdecken, denn von Horst war überzeugt, daß seine Gefährten schließlich die Suche nach ihnen einleiten würden.

An Bord der O-220 hatte sich die belastende Furcht um die Sicherheit der dreizehn vermißten Angehörigen der Schiffsbesatzung allmählich zu der Überzeugung gewandelt, Gridley müsse ein Unglück zugestoßen sein, da die Zeitspanne längst verstrichen war, in der er das Aufklärungsflugzeug vernünftigerweise in der Luft halten konnte.

Daraufhin hatte Zuppner Dorf mit einem anderen Suchtrupp losgeschickt, doch sie waren nach siebzig Stunden zurückgekehrt und meldeten einen absoluten Fehlschlag. Sie waren der Spur bis zu einer Lichtung gefolgt, wo Schakale sich an verrotteten Tierkadavern gütlich taten, doch darüber hinaus war keine Spur zu erkennen gewesen, aus der sie hätten ersehen können, in welche Richtung ihre Gefährten marschiert waren.

Auf dem Hin- wie auf dem Rückweg waren sie von wilden Tieren angefallen worden, und die Angriffe der riesigen Tarags waren so gnadenlos und entschlossen erfolgt, daß Dorf Zuppner mitteilte, er sei überzeugt, alle vermißten Mitglieder des Suchtrupps müßten inzwischen von diesen großen Raubkatzen getötet worden sein.

„Bis wir klare Beweise dafür haben, dürfen wir die Hoffnung nicht aufgeben“, erwiderte Zuppner. „Auch dürfen wir unsere Bemühungen nicht einstellen, sie wiederzufinden, tot oder lebendig, und das können wir nicht tun, indem wir hier bleiben.“

Es bestand kein Grund mehr, den Start zu verzögern. Während die Motoren warmliefen, wurde der Anker eingezogen und die Luft aus den unteren Vakuumtanks getrieben. Als das riesige Schiff vom Boden abhob, kritzelte Robert Jones eine kurze Notiz in ein schmieriges Merkbuch: „Wir sind mittags von hier abgeflogen.“

Nachdem Skruk und sein Kumpan dem siegreichen Jason das Feld überlassen hatte, steckte dieser seinen sechsschüssigen Revolver ins Halfter und wandte sich zu dem Mädchen. „Und was nun?“ fragte er.

Sie schüttelte den Kopf. „Ich kann dich nicht verstehen“, sagte sie. „Du sprichst die Sprache der Gilaks nicht.“

Jason kratzte sich am Kopf. „So stehen die Dinge“, sagte er, „und da klar ersichtlich ist, daß wir bei einer Konversation, die keiner von uns versteht, nicht weit kommen, werde ich jetzt nach meinem Flugzeug suchen und in der Zwischenzeit zu allen Göttern beten, daß meine Büchse und die Munition noch vorhanden sind. Todsicher ist, daß die Maschine nicht verbrannt ist, denn sie muß ganz in der Nähe abgestürzt sein, und ich hätte den Rauch gesehen."

Jana lauschte aufmerksam und schüttelte den Kopf.

„Komm", sagte Jason und machte sich in der Richtung auf den Weg, wo seiner Meinung nach das Flugzeug liegen mußte.

„Nein, nicht dorthin", rief Jana, stürzte vor, packte ihn beim Arm und versuchte, ihn aufzuhalten. Dabei wies sie zu den hohen Gipfeln des Thipdar-Gebirges, wo Zoram lag.

Er unternahm den schwierigen Versuch, ihr in einer grotesken Zeichensprache eigener Erfindung klarzumachen, daß er nach einem Flugzeug suchen wollte, das irgendwo in der Nähe abgestürzt war, gelangte jedoch sehr bald zu der Überzeugung, daß es ein sehr kompliziertes Unterfangen war, selbst wenn die Person, der er sein Vorhaben vermitteln wollte, wußte, was ein Flugzeug war. Also gab er den Versuch mit einem gutmütigen Grinsen auf, nahm das Mädchen bei der Hand und führte sie sanft in die Richtung, die er einschlagen wollte.

Abermals entwaffnete sein bezauberndes Lächeln die Rote Blume von Zoram, und obwohl sie wußte, daß dieser Fremde sie von den Höhlen ihres Volkes wegführte, folgte sie ihm gelehrig, wenngleich sie verwirrt die Stirn runzelte im Bemühen, zu begreifen, warum sie sich nicht fürchtete, oder warum sie so bereitwillig mit diesem Fremden mitging, der offensichtlich nicht einmal ein Gilak war, da er die Sprache dieser Menschen nicht sprechen konnte.

Eine halbe Stunde Suchens wurde schließlich durch die Entdeckung des Flugzeugs belohnt, das weit weniger Schaden genommen hatte, als Jason befürchtet hatte.

Offenbar hatte es sich bei seinem Absturz zur Erde doch wieder aufgerichtet und eine Bauchlandung vollzogen. Natürlich war es dermaßen zerstört, daß man es nicht reparieren konnte, selbst wenn die Möglichkeiten hierfür gegeben gewesen wären. Doch es war nicht ausgebrannt, und Jason setzte sich in den Besitz seiner Büchse und der gesamten Munition.

Jana zeigte sich sehr interessiert an dem Flugzeug und untersuchte jedes Teil genauestens. Nie zuvor in ihrem Leben wünschte sie so sehr, Fragen stellen zu können. Hatte sie doch auch nie zuvor in ihrem Leben etwas gesehen, das sie so erstaunen ließ. Hier war die einzige Person in der Welt, die ihre Fragen hätte beantworten können, doch sie konnte sich ihm gegenüber nicht verständlich machen.

Einen Augenblick lang haßte sie ihn fast, aber da lächelte er ihr wieder zu und drückte ihre Hand, und sie vergab ihm und lächelte zurück.

„Und wohin gehen wir nun von hier aus?“ fragte Jason. „Soweit es mich betrifft, ist für mich ein Ort so gut wie der andere.“

In der klaren Erkenntnis, daß er sich hoffnungslos verirrt hatte, spürte er, daß seine einzige Chance, jemals wieder zu seinen Gefährten zu gelangen, in der Möglichkeit lag, daß die O-220 zufällig über eben der Gegend kreuzte, wo er sich gerade befand, und dabei spielte es keine Rolle, wohin er wanderte, ob nach Norden oder Süden, Osten oder Westen - die Chance war in der einen Richtung genau so kümmerlich wie in der anderen, oder umgekehrt gleich aussichtsreich. In einer Stunde konnte die O-220 eine Strecke zurücklegen, zu deren Bewältigung er mehrere Tage der Außenweltzeit benötigte. Selbst wenn er zufällig eine Richtung einschlug, die ihn vom ersten Ankerplatz des Luftschiffs wegführte, konnte er dennoch nie so weit gehen, daß es ihn nicht leicht und schnell einholte, sollte die Suchaktion es in seine Richtung führen. Deshalb wandte er sich an das Mädchen und wies zuerst in die eine Richtung und dann in eine andere, wobei er sie fragend anblickte und so versuchte, ihr den Gedanken begreiflich zu machen, daß er bereit und willens war, jede Richtung einzuschlagen, die sie für gut erachtete. Jana erfaßte die Bedeutung und wies auf die steilen Zinnen des Thipdar-Gebirges.

„Dort liegt Zoram, das Land meines Volkes“, sagte sie.

„Deine Logik ist unwiderlegbar, und ich wünschte nur, ich könnte verstehen, was du sagst, denn ich bin überzeugt, daß jemand mit solch schönen Zähnen bestimmt interessant sein muß.“

Jana wartete nicht, um die Sache groß zu erörtern, sondern machte sich Richtung Zoram auf den Weg, und neben ihr ging Jason Gridley aus Kalifornien.

Janas aktiver Verstand arbeitete schnell, und sie war zu dem Schluß gelangt, den ständig wachsenden Druck unbefriedigter Neugier nicht viel länger ertragen zu können. Sie mußte eine Form der Kommunikation mit diesem interessanten Fremden finden, und um dieses Ziel zu erreichen, erschien ihr kein besserer Plan vorstellbar, als ihn ihre Sprache zu lehren. Aber wie damit anfangen? Weder sie noch ihr Volk hatten je vor der Notwendigkeit gestanden, eine Sprache zu lehren. Bislang hatte sie überhaupt nicht an das Vorhandensein eines solchen Mittels gedacht. Können wir uns einen solchen Zustand vorstellen, was zweifelhaft ist, so müssen wir diesem primitiven Mädchen des Steinzeitalters einen hohen Grad von Intelligenz einräumen. Hier handelt es sich auch nicht um das zufällige Hochschnellen des Deckels eines Teetopfes, auf das sich eine Theorie gründen ließ. Es bedurfte tatsächlich einer weit höheren Denkfähigkeit. Man gebe einem Menschen, der nie etwas von Dampf gehört hatte, eine Dampfmaschine und beauftrage ihn, sie in Betrieb zu setzen - Janas Problem war fast ebenso schwierig. Die Größe der Belohnung spornte sie jedoch an, denn was unternimmt man nicht, um seine Neugier zu befriedigen, besonders, wenn man zufällig ein junges, schönes Mädchen ist und der Gegenstand der eigenen Neugier ein ausnehmend gut aussehender junger Mann. Röcke mögen sich ändern, die menschliche Natur niemals.

So wies die Rote Blume von Zoram mit dem schlanken, braunen Zeigefinger auf sich und sagte „Jana". Sie wiederholte es mehrere Male und zeigte sodann auf Jason, wobei sie fragend die Augenbrauen hob.

„Jason", sagte er, denn ihr Verhalten war nicht mißzuverstehen. So begann die langsame, mühsame Aufgabe, während die zwei sich zu den Ausläufern des Thipdar-Gebirges schleppten.

Vor ihnen lag ein langer, schwerer Anstieg zu größeren Höhen, doch in den munteren Bächen, die den Hang hinabplätscherten, gab es Wasser im Überfluß. Jana kannte außerdem eßbare Pflanzen, Nüsse und Früchte, die in so mancher dunklen, tiefen Felsspalte üppig wucherten. Auch Wild war genug vorhanden, das er mit seiner Büchse erlegen konnte, wenn sie Fleisch brauchten.

Während ihrer weiteren Suche nach Zoram fand Jason mehr Gelegenheit, seine Begleiterin zu studieren, und er gelangte zu dem Schluß, daß die Natur mit dem Erschaffen dieser kleinen Wilden eine weitere Gipfelleistung physischer Vollkommenheit erbracht hatte. Jede Linie, jede Kurve dieses geschmeidigen, braunen Körpers sang das Hohelied der Symmetrie, denn die Rote Blume von Zoram war ein lebendiges Poem der Schönheit. Hatte er bislang geglaubt, ihre Zähne seien besonders schön, so war er jetzt zu dem Eingeständnis gezwungen, daß ihre Augen, die Nase und jeder einzelne Gesichtszug diesen nicht nachstanden. Und wenn sie ihr primitives Steinmesser ergriff und ihm half, erlegtes Wild zu häuten und das Fleisch für den Braten zuzubereiten; wenn er sah, wie geschickt und schnell sie mit den einfachsten und primitivsten Utensilien Feuer entfachte, wenn er erlebte, mit welcher fast unheimlichen Sicherheit sie Vogelnester, eßbare Früchte und Pflanzen ausfindig machte, wurde er sich bewußt, daß ihre Vollkommenheit nicht nur physischer Natur war. Dies steigerte seine Begierde nur noch, eine ausreichende Beherrschung ihrer Sprache zu erlangen, um sich mit ihr verständigen zu können, obwohl er sich bewußt war, daß ihm zweifellos ein rauhes Erwachen und eine Desillusionierung bevorstand, wenn er nach Beherrschung ihrer Sprache die Grenzen ihres Verstandes klarer erkennen konnte.

War sie müde, ging sie unter einen Baum, bereitete sich eine Lagerstatt aus Gras, rollte sich zusammen und schlief sofort ein. Während sie schlief, hielt Gridley Wache, denn die Gefahren dieses primitiven Landes waren zahlreich und ständig präsent. Fast eben so häufig, wie er zwecks Fleischbeschaffung schoß, mußte er sich eines grimmigen Tieres erwehren, bis derartige Begegnungen ebenso alltäglich und gewohnt wurden wie uns Fußgängern das ständige Aufpassen, um an verkehrsreichen Straßeneinmündungen in den Städten der Außenrinde nicht überfahren zu werden.

Hatte er das Bedürfnis zu schlafen, dann hielt Jana Wache. Manchmal ruhten sie sich nur aus, ohne zu schlafen, gewöhnlich unter einem Baum, denn hier bot sich der beste Schutz vor der größten Gefahr, den wilden und gefräßigen Thipdaren, nach denen das Gebirge benannt worden war. Diese gräßlichen fliegenden Reptilien stellten eine ständige Bedrohung dar, doch die Natur hatte einen wirksamen Schutz gegen sie entwickelt, indem das Mädchen ihre Schwingen schon aus weiterer Ferne hören konnte, als beide die Ungeheuer noch lange nicht zu Gesicht bekamen.

Jason verfügte über keine Möglichkeit, zu bestimmen, wie weit sie schon marschiert oder wie lange sie bereits unterwegs waren, doch er war überzeugt, daß eine beträchtliche Spanne äußerer Erdenzeit verstrichen sein mußte, seit er dem Mädchen begegnet war, als sie zu einem anscheinend unüberwindbaren Hindernis kamen. Inzwischen hatte er in der Erlernung ihrer Sprache schon beträchtliche Fortschritte gemacht, und sie tauschten kurze Bemerkungen aus, sehr zu Janas Entzücken, wobei ihr fröhliches Gelächter oft einen besonders auffallenden Schnitzer in seiner Aussprache oder im Satzbau kennzeichnete.

Jetzt waren sie zu einer tiefen Schlucht mit überhängenden Wänden gekommen, die nicht einmal Jana bewältigen konnte. Für Jason stellte sie eine gewaltige Verwerfung dar, die durch die Senkung des Gebirgszugs hervorgerufen worden war, denn sie verlief parallel zur Hauptachse des Grates. Traf dies zu, dann konnte sie sich seines Wissens über Hunderte von Meilen ausdehnen und die Überquerung des Gebirges auf dem Weg, dem sie jetzt folgten, wirksam versperren.

Jana suchte lange nach einer Möglichkeit, in die Spalte hinabzusteigen. Sie wollte nicht nach links abbiegen, da dieser Weg unter Umständen zurück in den Cañon führte, in den sie abgestiegen war, als Skruk und seine Kumpane sie verfolgt hatten. Außerdem wußte sie sehr wohl, daß die senkrechten Wände dieser schrecklichen Schlucht fast unbezwingbar waren. Ein weiterer Grund, der ihren Entschluß beeinflußte, sich nicht nach links zu wenden, war vielleicht die Möglichkeit, daß sie in dieser Richtung wieder mit Pheliern in Berührung kamen. Daher führte sie Jason nach rechts und suchte ständig nach einem Weg zur Sohle der Kluft.

Jason erkannte, daß sie sehr viel Zeit für den Versuch einer Überquerung verschwendeten, doch er sah auch ein, daß im zeitlosen Pellucidar Zeit nichts bedeutete. Sie war nie ein Faktor, mit dem man rechnen mußte, aus dem einfachen Grund, daß sie nicht existierte, und als er sich diese Sache durch den Kopf gehen ließ, mußte er mit gewisser Überraschung eingestehen, daß er, der ständig ein Sklave der Zeit gewesen war, die verantwortungslose Existenz von Pellucidar so leicht und natürlich aufnahm. Es ging ja nicht nur darum, daß Zeit als solche keine Rolle spielte, sondern daß das Fehlen dieses gestrengen Auftraggebers die Ansichten über jede andere Betrachtung des Daseins auf einzigartige Weise beeinflußte. Ohne Zeit schien es auch keine Verantwortlichkeit für die Handlung des einzelnen zu geben, da es keine Zukunft gibt, die die Sklaven der Zeit für eine eventuelle Belohnung oder Bestrafung zu berücksichtigen gelernt haben. Wo es keine Zeit gibt, existiert auch keine Zukunft. Jason Gridley war in gleichem Maße davon beeinflußt, wie auch Tarzans Verantwortungsgefühl für das Wohlergehen seiner Gefährten abgestorben zu sein schien. Was ihnen widerfahren war, war geschehen und konnte durch keine Handlung geändert werden. Sie waren nicht hier bei ihm, deshalb konnte er ihnen nicht behilflich sein, und da es schwer fiel, sich unter einer ewigen Mittagssonne die Zukunft vor Augen zu halten, wie sollte jemand da für sich oder andere im voraus planen?

Jason Gridley gab es kopfschüttelnd auf, sich weiter mit dem Rätsel zu befassen, und fand Trost in der Betrachtung des Profils der Roten Blume von Zoram.

„Warum siehst du mich so häufig an?“ fragte das Mädchen, denn inzwischen konnten sie sich einigermaßen miteinander verständigen.

Jason Gridley errötete leicht und blickte schnell zur Seite. Ihre Frage war sehr unerwartet und überraschend gekommen und hatte ihm zum ersten Mal bewußt gemacht, daß er sie in der Tat sehr oft anschaute. Er wollte antworten, zögerte und blieb stehen. Warum sah er sie überhaupt so viel an? Ihm erschien es töricht zu sagen, es geschehe, weil sie so schön sei.

„Warum sagst du es nicht, Jason?“ fragte sie.

„Was soll ich sagen?“ fragte er zurück.

„Das, was in deinen Augen ist, wenn du mich ansiehst“, erwiderte sie.

Gridley blickte sie verwundert an. Nur ein Irrer hätte die Bedeutung ihrer Worte mißverstanden, und Jason Gridley war nicht irr.

War es möglich, daß er sie so angesehen hatte? War er völlig verrückt geworden, daß er so über diese kleine Barbarin dachte, die Fleisch mit beiden Händen packte und mit ihren blitzenden weißen Zähnen Stücke herausriß, und die fast ebenso nackt umherlief wie die Tiere des Feldes, ebenfalls ohne sich ihrer Unschicklichkeit bewußt zu sein? War es möglich, daß seine Augen dieser ungebildeten Wilden vermittelt hatten, daß er Gedanken der Liebe für sie hegte? Die künstlichen Barrieren von eintausend Jahren Zivilisation richteten sich entsetzt auf angesichts solch eines Gedankens.

Auf der Mattscheibe seiner Erinnerung tauchte blitzartig ein Bild der arroganten Cynthia Furnois aus Hollywood auf, Tochter des berühmten Direktors Abelard Furnois, vormals Abe Fink. Er dachte daran, wie kleinlich Cynthia die nichtigsten Details gesellschaftlicher Normen beachtete, und sah die einstudierte Vollkommenheit ihrer Haltung vor sich, die ihn manchmal mit Hochachtung erfüllt hatte. Er sah auch die aristokratischen Züge von Barbara Green vor sich, Tochter des alten John Green, dem aus Texas stammenden Grundstücksmakler in Los Angeles. Der alte John war wahrhaftig kein Purist, und seine völlig Mißachtung des gesellschaftlichen Vorrangs der Gabeln schockte oft das feinere Empfinden von Mrs. Green und Barbara, das beide sich mühsam auf den Universitäten von Montmartre und Cocoanut Grove angeeignet hatten, aber Barbara hatte zwei Jahre in Marlborough verbracht und kannte ihre Höflichkeitsfloskeln und ihr Geschirr.

Gewiß war Cynthia ein verdorbener kleiner Snob, nicht nur an der Oberfläche, sondern bis zum Grund ihrer oberflächlichen, eigensüchtigen Seele, während Barbaras Snobismus seinem Empfinden nach nur aufgesetzt war, Ergebnis der falschen Einstellung, das alberne, gekünstelte Auftreten und affektierte Gehabe der Fast-Berühmtheiten und Neureichen, die die öffentlichen Plätze Hollywoods heimsuchen, für echt anzusehen.

Ungeachtet dessen widerspiegelten die zwei in gewisser Weise das soziale Umfeld wider, an das er gewöhnt war, und als er versuchte, Janas Frage zu beantworten, konnte er sie sich nur bei einem Essen in einer Gesellschaft wie jener beiden vorstellen. Gewiß, Jana war ein prächtiger Kumpel bei einem Abenteuer wie diesem, in das sie verwickelt waren, doch der moderne Mensch kann nicht ständig Abenteuern im Steinzeitalter nachgehen. Hatten seine Augen Jana eine andere Botschaft als die freundschaftlicher Kameradschaft vermittelt, so tat es ihm leid, denn wenn er sowohl sich als auch ihr Gerechtigkeit widerfahren ließ, mußte er sich sagen, daß nie mehr als das zwischen ihnen bestehen konnte.

Während er noch nach einer Antwort suchte, erforschten die Augen der Roten Blume von Zoram seine Seele, und langsam schwand das halb erwartungsvolle Lächeln von ihren Lippen. Vielleicht war sie eine wilde, kleine Barbarin aus der Steinzeit, doch sie war keine Törin, und sie war eine Frau.

Langsam richtete sich ihre schlanke Gestalt auf, als sie sich von ihm abwandte und den Rand des Erdspalts entlang zu der großen Schlucht zurückging, durch welche sie von den höheren Berggipfeln abgestiegen war, als Skruk und seine Kumpane sie verfolgt hatten.

„Jana, sei nicht böse“, rief er. „Wohin gehst du?“

Sie blieb stehen, reckte stolz ihr kleines Kinn nach oben und warf ihm über eine vollkommene Schulter einen vernichtenden Blick zu. „Geh du deiner Wege, Jalok“, sagte sie. „Jana wird den ihren gehen.“

Zum Nest des Thipdars

Schwere Wolken ballten sich über den steilen Gipfeln des Thipdar-Gebirges - schwarze, zornige Wolken, die sich die Nordhänge hinabwälzten und sich weit nach Osten und Westen ausbreiteten.

„Das Wasser ist wieder da“, sagte Thoar. „Es fällt auf Zoram. Bald wird es auch hier fallen.“

Es sah sehr dunkel aus dort oben über ihnen, dann fegten auch schon die Wolken über den Himmel und verdeckten die Mittagssonne.

Nun blickte Tarzan auf eine völlig neue Landschaft - eine düstere, bleiche, abweisende Landschaft. Zum ersten Mal sah er Pellucidar im Schatten, und es behagte ihm gar nicht. Diese Veränderung hatte eine verblüffende Wirkung auf Thoar und Tar-gash. Sie schienen auf einmal bedrückt, fast ängstlich zu sein. Doch nicht nur der Mensch wurde durch das Auslöschen des ewigen Sonnenlichts so seltsam beeinflußt, denn nun tauchte in den oberen Bereichen der Berge das kleinere Getier auf, das dem Sonnenlicht gefolgt war. Auch sie waren ganz seltsam verändert und erfüllt von Ängsten, man ersah es aus der Tatsache, daß die Raubtiere Seite an Seite mit ihren Beutetieren trotteten und keines den drei Männern irgendwelche Beachtung schenkte.

„Warum greifen sie uns nicht an, Thoar?“ fragte Tarzan.

„Sie wissen, daß jeden Augenblick das Wasser fallen wird, und sie fürchten das fallende Wasser“, erwiderte er. „Sie vergessen ihren Hunger und ihre Streitigkeiten und trachten nur, dem allgemeinen Schrecken zu entrinnen.“

„Ist die Gefahr denn so groß?“ fragte der Affenmensch.

„Nicht, wenn wir auf erhöhtem Gelände bleiben“, erwiderte Thoar. „Manchmal füllen sich Schluchten und Klüfte binnen eines Augenblicks mit Wasser, doch die einzige Gefahr im Hochland geht von den brennenden Speeren aus, die aus den schwarzen Wolken geschleudert werden. Aber wenn wir in offenem Gelände bleiben, sind selbst die nicht gefährlich, weil sie in der Regel auf Bäume zielen. Tritt nicht unter einen Baum, wenn die Wolken ihre Feuerspeere schleudern.“

Als die Wolken das Sonnenlicht verdrängt hatten, wurde die Luft plötzlich kalt. Ein rauher Wind fegte von oben herab, und die drei Männer schauderten in ihrer Nacktheit.

„Sucht Holz, wir müssen ein Feuer entfachen, um uns zu wärmen", sagte Tarzan. So sammelten die drei Feuerholz, und Tarzan entzündete ein Feuer, um das sie sich setzten und ihre nackte Haut wärmten, während zu beiden Seiten von ihnen Tiere auf ihrem Weg talwärts in Richtung des schwindenden Sonnenlichts vorbeikamen.

Der Regen setzte ein. Er fiel nicht in Tropfen, sondern in großen, sie einhüllenden Gießbächen, die sie niederzuschlagen und zu ersticken schienen. Zolltief wälzten sie sich den Hang talwärts, füllten Vertiefungen und Schluchten und verwandelte die Cañons in reißende Ströme.

Der Wind peitschte das herabstürzende Wasser zu einem jegliche Sicht verwehrenden Wirbelstrom, den die Augen nicht einmal auf ein Dutzend Fuß durchdringen konnte. Verängstigte Tiere stampften blindlings weiter und bildeten die größte Bedrohung des Sturmes. Blitze zuckten, Donner krachten, und die Tiere fielen aus bloßer Panik in wahnsinnige Angst.

Über dem Gebrüll des Donners und dem Heulen des Windes hörte man die durchdringenden Schreie und das Kreischen der Monster eines anderen Tages, und in der Luft oben den Flügelschlag kreischender Reptile, die sich durch den blindwütigen Zorn der Elemente einen Weg zum Sonnenlicht erkämpften. Riesige Pteranodons, die zu Boden geworfen worden waren, stolperten unsicher auf Beinen umher, die nicht an diese Aufgabe gewöhnt waren, und in all dem Durcheinander drängten sich die drei Tiermenschen an der Stelle zusammen, wo ihr Feuer gewesen war, von dem jedoch nicht einmal Asche übrig war.

Tarzan hatte den Eindruck, daß der Sturm lange Zeit tobte, war jedoch wie auch die anderen an die Mühseligkeiten und Härten primitiven Lebens gewöhnt. Wo ein zivilisierter Mann gegen sein Schicksal aufbegehrt und die Elemente verwünscht hätte, saßen die drei Tiermenschen in stoischem Schweigen, den Rücken gegen den Sturm gewandt, denn jeder wußte, daß dieser nicht ewig dauern würde, und daß es nichts gab, was er sagen oder tun konnte, um dessen Zeitdauer zu verringern oder seinen Ingrimm zu mäßigen.

Wären Tarzan und Thoar nicht mit gutem Beispiel vorangegangen, so wäre Tar-gash mit den anderen Tieren der Sonne nach geflohen, nicht weil er mehr Angst hatte als sie, sondern weil er sich eher durch den Instinkt als den Verstand leiten ließ. Aber wo sie blieben, war er es zufrieden gleichfalls auszuharren, und so hockte er in stumpfem Elend bei ihnen und wartete, daß die Sonne wieder auftauchte.

Der Regen ließ nach, der heulende Wind nahm ab, die Wolken zogen vorbei, und die Sonne brach hervor über einer dampfenden Welt. Die drei Tiermenschen erhoben sich und schüttelten sich.

„Ich bin hungrig", sagte Tarzan.

Thoar wies in die Runde, wo die Körper der kleineren Tiere lagen, die bei der wahnwitzigen Massenflucht der größeren, die sich in Sicherheit bringen wollten, niedergetrampelt worden waren.

Nun war selbst Thoar gezwungen, das Fleisch roh zu essen, denn es fehlte an trockenem Holz, womit sie Feuer machen konnten. Für Tarzan und Tar-gash war dies kein Problem. Während Tarzan aß, lag die Andeutung eines Lächelns in seinen Augen. Er mußte an einen pingeligen alten Adligen denken, mit dem er einst in einem Londoner Klub zu Mittag aß, und der beinahe einen Schlaganfall erlitt, weil sein Geflügel nicht ganz durchgebraten war.

Als die drei ihre Mägen gefüllt hatten, erhoben sie sich, um die Suche nach Jana und Jason fortzusetzen. Sie mußten jedoch feststellen, daß die Regengüsse jeden Rest der Spur, der sie gefolgt waren, wirksam verwischt hatten.

„Wir können ihre Fährte erst wieder aufnehmen, wenn wir die Stelle erreichen, wo sie weitermarschiert sind, nachdem der Regen aufgehört hatte. Links liegt ein tiefer Cañon, dessen Wände schwer zu erklimmen sind. Vor uns klafft eine Felsspalte, die am Fuße des Gebirges eine beträchtliche Strecke nach beiden Richtungen verläuft. Gehen wir nach rechts, so werden wir eine Möglichkeit finden, wo wir hinabsteigen und sie durchqueren können. Diesen Weg müßten auch sie eingeschlagen haben. Vielleicht können wir ihre Fährte dort wieder aufnehmen." Doch obwohl sie weitergingen, die Spalte durchquerten und die höheren Gipfel erklommen, fanden sie kein Anzeichen vor, daß Jana oder Jason diesen Weg gegangen waren.

„Vielleicht haben sie dein Land auf einer anderen Route erreicht", mutmaßte Tarzan.

„Möglich", sagte Thoar. „Wir wollen weiter Richtung Zoram gehen. Etwas anderes bleibt uns nicht übrig. Dort können wir die Männer meines Stammes zusammenrufen und das Gebirge nach ihnen absuchen."

Beim Aufstieg zum Gipfel folgte Thoar zuweilen Wegen, die seit undenklichen Zeiten von den Pranken der Raubtiere gebahnt worden waren, oder er führte sie über weglose Granitflächen und in schwindelerregenden Gratwanderungen an gefährlichen Stellen vorbei, so daß Tarzan sich fragte, wie sie alle drei heil und unversehrt durchkamen.

Auf einem kahlen Gipfel raubten sie die Eier aus einem Thipdarnest und verzehrten sie gerade, als Thoar plötzlich aufmerksam wurde und lauschte. Dem Affenmenschen klang schwach ein Geräusch ans Ohr, das ihn an das häßliche Klatschen von Flügeln erinnerte.

„Ein Thipdar, und wir können hier nirgends Deckung finden", sagte Thoar.

„Wir sind unserer drei, was haben wir zu fürchten?" fragte Tarzan.

„Du kennst sie nicht", sagte Thoar. „Sie sind schwer zu töten und nie richtig überwunden, ehe sie tot sind. Ihr Gehirn ist sehr klein. Wenn wir sie manchmal aufgeschnitten haben, hatten wir Schwierigkeiten, es überhaupt zu finden, und da sie kein Gehirn haben, fürchten sie auch nichts, nicht einmal den Tod, denn sie können nicht wissen, was das ist. Auch scheinen Schmerzen ihnen nicht viel auszumachen. Es macht sie nur wütend und dadurch um so gefährlicher. Vielleicht können wir ihn töten, doch ich wünschte, hier wäre ein Baum."

„Woher willst du wissen, daß er uns angreift?" fragte Tarzan.

„Er kommt auf uns zu geflogen. Er muß uns sehen, und welches Lebewesen sie auch sehen, sie greifen es an."

„Bist du je von einem angegriffen worden?" fragte Tarzan.

„Ja, aber immer nur, wenn ein Baum oder eine Höhle in der Nähe war. Die Männer von Zoram schämen sich nicht zuzugestehen, daß sie die mächtigen Thipdare fürchten."

„Aber wenn ihr sie in der Vergangenheit getötet habt, warum sollten wir den hier nicht auch töten?" fragte der Affenmensch.

„Möglich wär's, doch ich bin einem Thipdar bisher immer nur begegnet, wenn eine große Zahl meiner Stammesangehörigen bei mir waren. Der Grund für unsere Furcht vor dem Thipdar ist der einsame Jäger, der aufbricht und nie zurückkehrt. Selbst wenn viele von uns ihn bekämpfen, werden stets einige getötet und viele verletzt."

„Da kommt er", sagte Tar-gash und wies in die Richtung.

„Da kommt er", wiederholte Thoar und packte den Speer fester.

An ihre Ohren drang ein Geräusch, das an entweichenden Dampf aus einem Kondenswasserhahn erinnerte.

„Er hat uns gesehen", sagte Thoar.

Tarzan legte den Speer zu seinen Füßen ab, zog eine Handvoll Pfeile aus dem Köcher und setzte einen auf den Bogen. Tar-gash schwang langsam seinen Knüppel hin und her und knurrte.

Nun kam das riesige Reptil heran und übertönte das gräßliche Schlagen seiner Schwingen dann und wann durch ein lautes und zorniges Zischen. Die drei Männer warteten in ruhiger Haltung, bereit, wachsam.

Es gab kein einleitendes Geplänkel. Der mächtige Pteranodon steuerte geradewegs auf sie zu. Tarzan schoß einen Pfeil ab, der genau ins Ziel traf, so daß die Pfeilspitze dem Pterodaktylus tief in die Brust drang. Das Zischen verwandelte sich zu einem Wutschrei, dann bohrten sich ihm drei weitere Pfeile in schneller Folge ins Fleisch.

Daß dies ein wärmerer Empfang war, als er erwartet hatte, war an der Tatsache zu erkennen, daß er plötzlich aufwärts stieg und über ihren Köpfen umherflog, als habe er den Angriff aufgegeben. Dann fuhr er ganz plötzlich und mit einer Geschwindigkeit herum, die man einem Geschöpf von so gewaltiger Größe gar nicht zugetraut hätte, und stieß wie ein Sperber auf Tarzans Rücken herab.

Der Angriff des Ungeheuers erfolgte so schnell, daß es keine Verteidigung gab. Der Affenmensch spürte, wie sich die scharfen Krallen zur Hälfte in sein nacktes Fleisch bohrten, gleichzeitig wurde er vom Boden abgehoben.

Thoar hob den Speer, und Tar-gash schwang den Knüppel, doch keiner wagte, etwas zu unternehmen aus Furcht, ihren Gefährten zu verletzen. So waren sie zu hilfloser Untätigkeit gezwungen und mußten zuschauen, wie das Monster Tarzan von den Affen über die Gipfel des Thipdar-Gebirges wegtrug.

Schweigend blieben sie stehen und beobachteten, wie das Ungeheuer hinter einem fernen Berggipfel aus ihrem Blickfeld verschwand, wobei es den Körper des Affenmenschen noch in den Krallen hielt. Dann wandte sich Tar-gash zu Thoar und schaute ihn an.

„Tarzan ist tot", sagte der Sagoth. Thoar von Zoram nickte bekümmert. Wortlos machte Tar-gash kehrt und begann den Abstieg zu dem Tal, aus dem sie soeben aufgestiegen waren. Das einzige Band, das die beiden Erzfeinde miteinander verbunden hatte, war gerissen, und Tar-gash nahm den Weg zurück zu den Versammlungsstätten seines Stammes.

Thoar sah ihm einen Augenblick nach und wandte sich dann schulterzuckend in die Richtung, wo Zoram lag.

Solange das Pteranodon ihn über die Granitgipfel trug, hing Tarzan schlaff in seinen Krallen, denn er sagte sich: Sollte das Schicksal für ihn doch noch eine Fluchtmöglichkeit bereithalten, dann gewiß nicht hier in der Luft, denn sollte er wagen, sich gegen seinen Widersacher zu wehren oder gar trachten, mit ihm zu kämpfen, so war der Tod auf den spitzen Felsen unter ihm die einzige kümmerliche Erfolgsaussicht. Seine Hoffnung lag darin, bei Bewußtsein zu bleiben und die Kraft zu behalten, gegen das Reptil zu kämpfen, sobald es mit ihm auf der Erde landete. Er wußte, daß es Raubvögel gab, die ihre Opfer töteten, indem sie sie aus großen Höhen fallen ließen, doch er hoffte, die Pteranodons hatten diese beunruhigende Gewohnheit nicht angenommen.

Während er das Panorama der Berggipfel betrachtete, die unter ihm vorüberzogen, erkannte er, daß er von der Stelle, wo er ergriffen worden war, schon eine beträchtliche Strecke entfernt war, vielleicht zwanzig Meilen.

Der Flug brachte sie schließlich über eine schreckenerregende Schlucht. Ein kurzes Stück dahinter umkreiste das Pteranodon eine steile Bergspitze und senkte sich langsam zu seinem Gipfel herab. Dort unter sich entdeckte Tarzan von den Affen ein Nest kleiner Thipdare, die mit weit aufgerissenen Rachen begierig auf das Fleisch warteten, das ihr wilder Elternteil ihnen brachte.

Das Nest ruhte auf dem Gipfel einer steilen Granitspitze, deren gesamte Fläche nur einige Yards im Quadrat betrug. Die Wände fielen senkrecht Hunderte von Fuß bis zu dem rauhen Granitfelsen ab, dessen steiler Gipfel die Spitze krönte. Es war in der Tat ein höchst gefährlicher Platz, um einen Kampf auf Leben und Tod auszufechten.

Vorsichtig zog Tarzan von den Affen sein scharfes Jagdmesser aus der Scheide. Langsam kroch seine linke Hand an seinem Körper nach oben und über die linke Schulter, bis er mit den Fingern das Bein des Thipdars berührte. Behutsam schlossen sich seine Finger dicht über den Krallen um den schuppigen, vogelähnlichen Fußknöchel.

Das Reptil ließ sich langsam zum Nest herab. Die gräßlichen Dämonen unter ihm kreischten und zischten erwartungsvoll. Tarzans Füße befanden sich fast schon bei ihren Rachen, als er plötzlich mit der Klinge nach der Brust des Thipdars stieß.

Das war kein Stoß auf gut Glück. So gering die Chance für den Affenmenschen war, mit dem Leben davonzukommen - sie hing von der Genauigkeit und Kraft dieses einzigen Stoßes ab. Das riesige

Pteranodon stieß einen schrillen Schrei aus, verkrampfte steif mitten in der Luft, und als es zusammensank, ließ es seine Beute fallen, so daß der Affenmensch genau in das Nest zwischen die aufgerissenen Schnäbel der widerlichen Brut stürzte.

Zu seinem Glück bestand sie nur aus drei Exemplaren, die noch sehr jung waren, obwohl ihre Zähne bereits scharf und ihre Schnäbel kräftig waren.

Schnell stieß er mit dem Messer nach rechts und links, so daß er mit nur wenigen Schnitten und Kratzern an den Beinen aus dem Nest kletterte.

Noch teilweise über der Felsenkante der Bergspitze lag der Körper des toten Thipdars. Tarzan gab ihm einen Stoß und schaute zu, wie er dreihundert Fuß nach unten auf die Felsen stürzte. Dann wandte er seine Aufmerksamkeit seiner Umgebung zu und blickte in die Runde, doch war dies ein fast hoffnungsloses Unterfangen, da der Überblick, den er von der Bergspitze erhalten hatte, als der Thipdar sie umkreiste, ihm gezeigt hatte, daß nur wenig oder gar keine Wahrscheinlichkeit bestand, eine Möglichkeit des Abstiegs zu finden.

Die jungen Thipdare schrieen und zischten, trafen jedoch keine Anstalten, das Nest zu verlassen, als Tarzan eine genaue Untersuchung der Granitspitze des steilen Gipfels vornahm, auf der er allem Anschein nach seine abenteuerliche Lebensbahn beschließen würde.

Flach auf dem Bauch liegend, blickte er über die Kante. Indem er sich nun langsam am Rand des luftigen Horsts entlangbewegte, erforschte er die Wände der Bergspitze mit größter Aufmerksamkeit nach jeder Einzelheit.

Immer wieder kroch er um die Kante herum, bis er sich schließlich jeden Vorsprung und jeden Spalt oder möglichen Halt eingeprägt hatte, den er von oben sehen konnte.

Einige Male kehrte er zu einem Punkt zurück, dann streifte er die Schlingen seines Grasseils von der Schulter, hielt die beiden Enden in einer Hand und ließ die Schlaufe über die Kante der Bergspitze gleiten. Sorgsam registrierte er die Entfernung, die sie vom Gipfel hinabglitt und die kläglich genug erschien - kümmerliche fünfundzwanzig Fuß gegenüber den dreihundert, die die Strecke von der Basis bis zum Scheitel kennzeichneten.

Er ließ ein Ende des Seil los, so daß es in voller Länge hinabfiel, und als er sah, wo das untere Ende die Granitwand berührte, war er befriedigt, wenigstens so weit hinabsteigen zu können, und darunter dann weitere fünfundzwanzig Fuß. Gleichwohl war es schwierig, die Entfernungen unter diesem Punkt abzuschätzen, so daß er von dort an alles dem Zufall überlassen mußte.

Er zog das Seil wieder hoch und legte das Mittelstück um einen vorspringenden Granitblock, so daß die Enden über die Kante der Klippe fielen. Dann ergriff er beide Stränge fest mit einer Hand und ließ sich über die Kante hinab. Zwanzig Fuß weiter unten war ein Vorsprung, der ihm einen unsicheren Halt bot, und ein kleiner Spalt, in den er die Finger der linken Hand stecken konnte. Fast direkt vor seinem Gesicht ragte die Spitze eines pfeilerartigen Felsstücks, und unter sich wußte er noch viele andere ähnliche. Darauf gründete sich seine geringe Hoffnung auf Erfolg.

Vorsichtig zog er einen Strang des Seils mit der rechten Hand nach. Der Stein, auf dem sein Fuß stand, war so klein, daß er nicht wagte, das Seil mit einmal mehr als einige Zoll herunterzuziehen, damit die Bewegung ihn nicht aus dem Gleichgewicht brachte. Stück für Stück zog er es weiter, bis das obere Ende über den Vorsprung geglitten war, über den er das Seil auf dem Gipfel gelegt hatte, und nun auf ihn fiel. Dabei hielt er den Atem an aus Angst, selbst dieses geringe Gewicht könnte ihn auf die spitzen Felsen unten werfen.

Nun folgte der langsame Prozeß, das Seil ohne Hilfe durch eine Hand zu ziehen, indem er es mit den Fingern langsam weiterschob, bis er die Mitte im Griff hatte. Diese legte er über die Spitze des Vorsprungs vor ihm, so sicher er nur konnte. Dann ergriff er abermals beide Stränge mit der rechten Hand und war bereit, sich weitere fünfundzwanzig Fuß hinabzulassen.

Dieser Abschnitt des Abstiegs war der gefährlichste von allen, da das Seil an einem schrägen Vorsprung gerade noch hielt und er sich bewußt war, daß es jeden Moment abrutschen konnte. Deshalb atmete er in unaussprechlicher Erleichterung auf, als sein Fuß am Ende der dünnen Stränge, die ihn hielten, einen Halt fand.

An diesem Punkt wurde die Oberfläche der Bergspitze viel rauher. Sie war nun von Spalten und Querrinnen durchzogen, die man von oben nicht hatte sehen können, mit dem Ergebnis, daß der Abstieg von hier zur Basis, verglichen mit den ersten fünfzig Fuß, ein Wunder an Leichtigkeit darstellte, und so dauerte es nicht lange, da stand Tarzan wieder sicher auf seinen zwei Beinen auf ebenem Grund. Jetzt hatte er das erste Mal Gelegenheit, sich seine Verletzungen genauer anzusehen.

Die Beine waren durch die Zähne und Krallen der jungen Thipdare zerschnitten und zerkratzt, doch diese Wunden waren nichts im Vergleich zu denen, die die Krallen des ausgewachsenen Reptils auf seinem Rücken und den Schultern hinterlassen hatte. Er konnte die tiefen Wunden spüren, sie jedoch nicht sehen, auch nicht das geronnene Blut, das auf der braunen Haut angetrocknet war.

Die Wunden schmerzten, und seine Muskeln waren steif und wund, doch das einzige, was ihn beschäftigte, war die Möglichkeit einer Blutvergiftung. Aber das bekümmerte ihn nicht weiter, war er doch seit seiner Kindheit schon öfters von Raubtieren zerkratzt und übel zugerichtet worden.

Eine kurze Überprüfung seiner Lage zeigte ihm, daß es praktisch unmöglich war, die gewaltige Schlucht zu durchqueren, die zwischen ihm und jener Stelle klaffte, an der er seinen Gefährten so gnadenlos entrissen worden war. Mit dieser Entdeckung kam die Erkenntnis, daß es höchst unwahrscheinlich war, daß die Leute, zu denen Tar-gash ihn geleiten wollte, die Mitglieder der O-220-Expedition waren. Folglich erschien es sinnlos, den offensichtlich unmöglichen Versuch zu wagen, Thoar und Tar-gash in diesem Wirrwarr gewaltiger Bergspitzen, Schluchten und Klüfte zu finden. Daher beschloß er, nach einem Weg aus dem Gebirge zurück zu den Wäldern und Ebenen zu suchen, die für ihn wesentlich verlockender waren als diese rauhen und gezackten Konturen der ungastlichen Berge. Um diese Aufgabe zu meistern, gedachte er, der Linie des geringsten Widerstands zu folgen und stets die leichtesten Abstiege zu suchen.

Unter sich konnte er in verschiedenen Richtungen die Baumgrenze erkennen, und schnell dorthin zu gelangen ließ er sich jetzt angelegen sein.

Im Maße des Abstieges wurde die Strecke leichter, obwohl er an verschiedenen Stellen wieder sein Seil zu Hilfe nehmen mußte, um sich von einer Ebene zur anderen abzulassen. Dann wichen die steilen Klippen an den Ausläufern des mächtigen Gebirgszuges ebenerem Gelände, und hier, wo sich Erde halten konnte, begann auch die Vegetation, zunächst in Gestalt von Gräsern und Strauchwerk. Dann begannen verkrüppelte Bäume und schließlich fast eine Art Wald. Hier stieß er auf einen Weg.

Dieser bot ihm eine unendliche Vielfalt. Eine Weile wand er sich durch Wald, dann stieg er zu einem Felsengesims empor, das aus der Wand einer Klippe ragte und über einem riesigen Cañon hing.

Er konnte den Weg nicht allzu weit voraus überblicken, da dieser ständig scharfe Felsvorsprünge umrundete.

Während er festen Schrittes, jedoch lautlos und wachsam, dort entlang ging, spürte er, daß irgendwo vor ihm andere Füße wahrscheinlich demselben Weg folgten.

Welcher Wind auch immer vom Cañon unten heraufwehte, er trug die Witterung des Wesens vor ihm wie auch seine eigene zum Berggipfel hoch, so daß es unwahrscheinlich war, daß einer der beiden die Anwesenheit des anderen wittern konnte. Im Geräusch der Schritte lag jedoch etwas, daß Tarzan selbst auf diese Entfernung sagte, sie könnten nicht von einem Menschen herrühren. Auch war offensichtlich, daß sie in dieselbe Richtung wie er gingen, denn sie wurden nicht schnell deutlicher, sondern ganz allmählich, als hole er ihren Verursacher sehr langsam ein.

Der Weg war schmal, und nur gelegentlich gab es eine Stelle, wo man ihn entweder nach unten verlassen oder von unten erreichen konnte, meistens wo er eine kleinere Schlucht oder einen flachen Graben kreuzte.

Hier einem wilden Tier zu begegnen konnte sich deshalb als recht bedenklich erweisen, um es gelinde auszudrücken, doch Tarzan hatte diesen Weg gewählt, und es lag nicht in seiner Natur, irgendwelchen Hindernissen in Gestalt eines Menschen oder Tieres, die ihm den Weg versperrten, den Rücken zu kehren. Auch befand er sich gegenüber dem Wesen vor ihm, was immer es sein mochte, in gewissem Vorteil, da er sich ihm langsam von hinten näherte und ziemlich sicher sein konnte, daß es von seiner Anwesenheit keine Ahnung hatte. Schließlich wußte er sehr gut, daß keine Kreatur sich lautloser bewegen konnte als er, wenn er es darauf anlegte, und so ging er jetzt den Weg so geräuschlos wie der Schatten eines Schattens entlang.

Die Neugier veranlaßte ihn, sein Tempo zu steigern, um herauszufinden, um welches Wesen es sich dort vor ihm handelte. Als das Geräusch der fremden Schritte lauter wurde, erkannte er, daß er sich einem schweren, vierfüßigen Tier mit weichen Pranken näherte - soviel ließ sich erkennen. Doch darüberhinaus hatte er keine Ahnung von der Identität des Geschöpfes. Auch verbarg der sich windende Pfad es ständig seinen Blicken. So setzte der lautlose Verfolger seinen Weg fort, bis er spürte, daß er sich nur noch ein kurzes Stück hinter seinem Opfer befand. Da schlug ihm plötzlich das grauenerregende Knurren und Brummen eines ergrimmten Tieres gleich vor ihm ins Ohr.

Im Ton dieser entsetzlichen Stimme lag etwas, das die Neugier des Affenmenschen steigerte. Er ersah aus der Lautstärke, daß es aus der Kehle einer schrecklichen Bestie kommen mußte, denn selbst die Berge schienen unter dem donnernden Gebrüll zu beben.

In der Ahnung, daß es irgendein anderes Lebewesen angriff oder im Begriff stand, es anzugreifen, und vielleicht einzig und allein durch seine Neugier angespornt, eilte Tarzan in schnellem Schritt vorwärts, und als er eine Felsenspitze umrundet hatte, bot sich ihm eine Szene, die ihn zu sofortiger Aktion trieb.

Einhundert Fuß voraus endete der Weg am Eingang zu einer großen Höhle, und in der Öffnung stand ein Junge - ein schlanker, hübscher Junge von zehn oder zwölf Jahren, auf den ein zwischen ihm und Tarzan hockender riesiger Höhlenbär zornig losging.

Der Junge erblickte Tarzan, und im ersten Moment leuchteten seine Augen hoffnungsvoll auf, doch einen Augenblick später kehrte der Ausdruck der Hoffnungslosigkeit wieder in sein Gesicht zurück, wohl weil er erkannt hatte, daß der Ankömmling nicht zu seinem Stamm gehörte. Dennoch wich er nicht zurück, sondern hielt tapfer den Speer und das primitive Steinmesser einsatzbereit.

Das sich dem Affenmenschen bietende Bild war beredt genug. Der Bär wollte in seine Höhle zurückkehren und hatte plötzlich den Jungen herauskommen sehen, der sich wiederum, zweifellos ebenfalls völlig überrascht, in die Enge getrieben sah, ohne daß ihm ein Fluchtweg offenstand.

Nach den primitiven Dschungelgesetzen, die ihn in der Jugend geleitet hatten, war Tarzan von den Affen keineswegs verpflichtet, die gefährliche Rolle des Retters zu übernehmen. In seiner Brust brannte jedoch ständig die Flamme der Ritterlichkeit, die ihm von seinen englischen Eltern vererbt worden war, so daß er mehr als einmal sein Leben für andere aufs Spiel setzte. Dieses Kind eines namenlosen Stammes in einer unbekannten Welt konnte auf das Mitgefühl eines wilden Tieres oder selbst wilder Menschen, die nicht seinem Stamm angehörten, keinen Anspruch erheben. Vielleicht hätte Tarzan von den Affen auch gar nicht eingeräumt, daß der Junge Ansprüche an ihn stellen konnte, doch in Wirklichkeit übte dieser einen großen Einfluß auf ihn aus - einen Einfluß, der einzig und allein in der Tatsache begründet lag, daß er ein Kind und hilflos war.

Man mag die Taten eines zum Handeln aufgerufenen Mannes analysieren und sich darüber Gedanken machen, während ihm selbst dergleichen überhaupt nicht einfällt - er handelt einfach. So war es auch bei Tarzan von den Affen. Er erkannte, daß hier jemand in Not war, und er war bereit, sich dieser Herausforderung zu stellen, denn seit dem Augenblick, da er erkannt hatte, daß ein Tier vor ihm auf dem Weg war, hatte er seine Waffen bereit gehalten. Jahrelange Erfahrung mit primitiven Menschen und wilden Tieren hatten ihn den Wert des Bereitseins vor Augen geführt.

Er hielt das Grasseil in der linken Armbeuge und mit der einen Hand den Speer, den Bogen und drei Ersatzpfeile, während die andere einen vierten umklammerte.

Ein Blick auf das Tier vor ihm hatte ihn überzeugt, daß er nur durch eine Verbindung von Gewandtheit und großem Glück hoffen konnte, dieses titanische Monster mit den relativ kümmerlichen Waffen zu vernichten, mit denen er ausgestattet war. Zumindest konnte er jedoch dessen Aufmerksamkeit von dem Burschen ablenken und es durch herausforderndes Gebaren weglocken, bis sich dem Jungen eine Möglichkeit zur Flucht eröffnete. So kam es, daß in demselben Augenblick, da seine Augen das Bild aufnahmen, sein Bogen surrte und ein schwerer Pfeil dem Bären dicht neben der Wirbelsäule tief in den Rücken drang. Gleichzeitig stieß Tarzan einen wilden Schrei aus, mit dem er der Bestie den Feind in ihrem Rücken ankündigen wollte.

Tollwütig vor Schmerz und überrascht durch die Stimme hinter sich, brachte der Unhold beides offensichtlich in Zusammenhang und wirbelte auf dem schmalen Gesims herum.

Tarzans erster Eindruck war, daß er in seinem ganzen Leben nie zuvor ein Bild solch wilder, bestialischer Wut gesehen hatte, wie es jetzt durch die knurrende Fratze des mächtigen Höhlenbären dargestellt wurde, als seine glühenden Augen auf den Urheber seiner Verletzung fielen.

In schneller Folge drangen ihm weitere drei Pfeile in die Brust, als er sich aufheulend auf den Affenmenschen warf.

Tarzan blieb noch einen kurzen Moment stehen. Den schweren Speer ausbalancierend, führte er die Speerhand weit hinter die rechte Schulter zurück, dann warf er die Waffe mit der ganzen Kraft seiner riesigen Muskeln, unterstützt noch durch das Gewicht seines hünenhaften Körpers.

Im Augenblick, da er den Speer fahren ließ, war der Bär fast bei ihm, und er wartete nicht erst, um die Wirkung seines Wurfes zu verfolgen, sondern wandte sich um und sprang schnell vom Weg herunter, während das wilde Brummen hinter ihm und die gewichtigen Schritte des Raubtieres die Weisheit seiner Strategie bezeugten.

Er war überzeugt, daß er dem Bären auf diesem schmalen, felsigen Gesims davonlaufen konnte, falls sich ihm kein Hindernis in den Weg stellte, denn nur Ara, der Blitz, ist schneller als Tarzan von den Affen.

Natürlich bestand die Möglichkeit, daß er der Gefährtin des Bären begegnen würde, die zu ihrer Höhle kam. In diesem Fall war seine Lage äußerst kritisch. Aber diese Möglichkeit lag natürlich ziemlich fern, außerdem war er überzeugt, dem großen Tier genügend schwere Wunden zugefügt zu haben, so daß seine Kraft nachließ und es schließlich dem Verderben geweiht war. Das Ungestüm und die Wildheit seiner Verfolgung zeigten jedoch, daß es über ungeheuere Reserven an Lebenskraft verfügte. Der Unhold schien überhaupt nicht zu ermüden, und obwohl es Tarzan genau so ging, fand er die Flucht vor einem Gegner doch seltsam lästig und bis zu einem beträchtlichen Grad seinem Selbstwertgefühl abträglich. So blickte er um sich auf der Suche nach einer Möglichkeit, die Flucht zu beenden. Zu diesem Zweck schaute er sich besonders die Wände der Felsenklippe an, die sich über dem Weg erhoben, welchen er entlangeilte. Schließlich entdeckte er, worauf er gehofft hatte - einen spitzen Felsvorsprung, der etwa fünfundzwanzig Fuß über dem Weg aus der Wand herausragte.

Das Seil lag einsatzbereit in der linken Hand, die Schlinge in der rechten, und als er in Wurfweite kam, schleuderte er letztere genau richtig nach oben. Der Bär kam hinter ihm den Weg entlanggestürmt. Der Affenmensch zog einmal heftig am Ende des Seiles, um sicherzugehen, daß es oben zuverlässig festhing. Dann kletterte er mit der Gewandtheit von Manu, der Meerkatze, aufwärts.

Nur ein Mann kann dort gehen

Es bedurfte nicht des Instinkts eines Sherlock Holmes, um zu erkennen, daß Jana zornig war, und Jason war nicht so beschränkt, als daß er den Grund ihres Unwillens nicht hätte erraten können. Er schrieb ihn der natürlichen weiblichen Befremdnis zu, die aus der Erkenntnis herrührte, daß sie sich doch geirrt hatte, als sie annahm, ihre Reize hätten zur Eroberung seines Herzens geführt. Er beurteilte Jana nach seiner eingebildeten Kenntnis der weiblichen Psychologie. Er wußte, daß sie schön war, und daß sie dies auch wußte. Sie hatte ihm von den vielen Männern in Zoram erzählt, die sie alle als Gefährtin haben wollen, und er hatte sie vor einem Bewerber gerettet, der sie über das grimmige Thipdar-Gebirge verfolgt und dabei ständig sein Leben aufs Spiel gesetzt hatte, um sie zu erringen. Nach seinem Dafürhalten war es ganz natürlich, daß Jana ihren Reizen einen hohen Wert beimaß und fest daran glaubte, jeder Mann müsse ihrem Zauber zum Opfer fallen, aber er sah keinen Grund für ihre Verärgerung, da sie es nicht fertiggebracht hatte, ihn zu fesseln. Sie waren zusammen sehr glücklich gewesen. Er konnte sich nicht entsinnen, wann er sich zuvor in der Gesellschaft eines Mädchens je so wohl gefühlt oder die Gesellschaft einer Vertreterin des anderen Geschlechts so genossen hatte. Nun tat es ihm leid, daß etwas die ausgeglichene Stimmung ihrer Freundschaft gestört hatte, und er sagte sich sofort, das Männlichste, was er jetzt tun konnte, war, ihren Wutanfall nicht zur Kenntnis zu nehmen und sich ihr gegenüber so wie vorher zu verhalten, bis sie wieder zu Verstand kam. Im Grunde blieb ihm gar nichts anderes übrig. Schließlich konnte er nicht zulassen, daß Jana den Marsch nach Zoram ohne männlichen Schutz fortsetzte. Gewiß war es nicht sehr nett von ihr, ihn einen Jalok geheißen zu haben. Er wußte, daß das hier in Pellucidar eine schwere Beleidigung war. Doch er wollte es für den Augenblick überhört haben. Gewiß würde sie bald einlenken und ihn um Vergebung bitten.

So folgte er ihr, doch er hatte kaum ein Dutzend Schritte getan, als sie wie eine junge Tigerin über ihn herfiel und ihr Steinmesser aus der Scheide zog. „Ich habe dir gesagt, du sollst deiner Wege gehen“, sagte sie. „Ich will dich nicht wiedersehen. Wenn du mir folgst, töte ich dich.“

„Ich kann dich nicht allein gehen lassen, Jana“, sagte er ruhig.

„Die Rote Blume von Zoram braucht keinen Schutz von jemandem wie deinesgleichen“, erwiderte sie hochmütig.

„Wir waren doch so gute Freunde, Jana“, sagte er flehentlich. „Laß uns zusammengehen wie in den vergangenen Tagen. Ich kann es nicht ändern, wenn...“ Er zögerte und blieb stehen.

„Mich kümmert gar nicht, daß du mich nicht liebst“, sagte sie. „Ich hasse dich. Ich hasse dich, weil deine Augen lügen. Manchmal lügen Lippen, und wir fühlen uns nicht verletzt, weil wir gelernt haben, dergleichen von Lippen zu erwarten. Doch wenn Augen lügen, dann lügt auch das Herz, und der ganze Mensch ist falsch. Ich kann dir nicht vertrauen. Auch will ich deine Freundschaft nicht. Ich will nichts mehr von dir. Geh weg.“

„Du verstehst nicht, Jana“, wandte er beharrlich ein.

„Ich verstehe, daß ich dich töten werden, falls du versuchst, mir zu folgen“, sagte sie.

„Dann mußt du mich töten, denn ich werde dir ganz bestimmt folgen“, erwiderte er. „Ich kann dich nicht allein gehen lassen, ganz gleich, ob du mich haßt oder nicht.“ Nach diesen Worten ging er auf sie zu.

Sie blickte ihn mit zornig blitzenden Augen an, die Füße fest aufgesetzt, den primitiven Steindolch in der rechten Hand.

Jason Gridley näherte sich ihr langsam mit beiderseits herabhängenden Händen, als biete er ihr die Brust zum Ziel für ihre Waffe. Die steinerne Klinge fuhr blitzend nach oben, verharrte einen Augenblick über ihrer Schulter, dann wandte sich die Rote Blume von Zoram um und rannte die Felsenkante entlang davon.

Sie lief sehr schnell und war ihm bald weit vorausgeeilt, da er durch die Kleidung, die schweren Waffen und die Munition behindert wurde. Er rief ihr ein-, zweimal nach, sie möge doch bitte stehenbleiben, doch sie beachtete ihn nicht, und so hastete er ihr verbissen nach, so schnell er konnte. Er fühlte sich verletzt und zornig, doch im Grunde überwog das Gefühl des Bedauerns, weil ihre Freundschaft so willkürlich zerstört worden war.

Langsam dämmerte ihm die Erkenntnis, daß er mit Jana sehr glücklich gewesen war und sich seine Gedanken fast ausschließlich mit ihr befaßt hatten, ohne die Vergangenheit oder Zukunft einzubeziehen.

Selbst die Erinnerung an seine vermißten Gefährten war angesichts der Verantwortung, die er auf sich genommen hatte, um das Mädchen sicher in ihre Heimat zu geleiten, in nebelhafte Ferne zeitweiligen Vergessens gerückt.

Weiß Gott, sie hat einen richtigen Affen aus mir gemacht, dachte er bei sich. Odysseus' Circe war nicht mächtiger als sie. Aber auch nicht halb so reizvoll, fügte er hinzu, wobei er sich bekümmert die Reize der kleinen Barbarin vor Augen hielt.

Und was für eine Barbarin sie dargestellt hatte! Sie hatte das Steinmesser gezückt und gedroht, ihn zu töten. Er kam nicht umhin zu lächeln, als er erkannte, daß sie sich in letzter Konsequenz doch ganz und gar weiblich verhalten hatte. Mit einem Seufzer schüttelte er den Kopf und trottete der Roten Blume von Zoram hinterdrein.

Manchmal konnte er sie ganz kurz sehen, sobald sie weit vor ihm einen Berggrat überquerte, und wenn sie auch nicht mehr so schnell zu laufen schien wie zu Beginn, konnte er sie dennoch nicht einholen. Ständig fürchtete er, sie könne von einem wilden Tier angegriffen und getötet werden, ehe er ihr mit dem Gewehr zu Hilfe eilen konnte. Er wußte, daß sie früher oder später haltmachen und sich ausruhen mußte. Dann bestand Hoffnung, daß er sie einholte und sie vielleicht dazu bewegen konnte, ihren Zorn zu vergessen und zu dem früheren freundschaftlichen Verhältnis zurückzufinden.

Es sah jedoch ganz so aus, als habe die Rote Blume von Zoram nicht die Absicht, sich auszuruhen, obwohl der Amerikaner längst schon einen Grad der Ermüdung erreicht hatte, der ihn jeden Augenblick zwingen konnte, die Verfolgung aufzugeben, da die empörte Natur ihre Rechte geltend machte. Dennoch schleppte er sich verbissen weiter durch das unwegsame Gelände, während das Gewicht seiner Waffen und der Munition ständig zuzunehmen schien, bis das Gewehr die gewichtigen Ausmaße eines Feldgeschützes anzunehmen schien. Entschlossen, nicht aufzugeben, taumelte er einen Berg abwärts und den nächsten hinauf. Seine Beine schienen sich automatisch zu bewegen, als seien sie eine von ihm losgelöste Foltermaschine, über die er keine Kontrolle hatte, und die ihn gnadenlos vorwärts trieb, während jede Faser seines Wesens nach Ruhe schrie.

Zu der physischen Qual der Ermüdung kamen Hunger und Durst, und da er wußte, daß die Zeit nur dadurch gemessen werden konnte, war er überzeugt, eine große Strecke zurückgelegt zu haben, seit sie das letzte Mal Rast eingelegt hatten. Dann stieg er zum Gipfel einer kleinen Erhebung auf und sah Jana direkt vor sich.

Sie stand am Rand der Felsspalte, wo diese in eine riesige Schlucht einmündete, die vom Gebirge herabführte, und man sah ihr an, daß sie nicht wußte, welchen Weg sie einschlagen sollte. Die Richtung, in die sie weiterzugehen wünschte, wurde durch die Felsspalte und die Schlucht blockiert. Links führte der Weg talwärts in einer Richtung, die der von Zoram genau entgegengesetzt war, während der Weg zurück zwangsläufig eine weitere Begegnung mit Jason in sich barg.

Sie blickte gerade über den Rand des Abgrunds und suchte offensichtlich nach einer Abstiegsmöglichkeit, als ihr bewußt wurde, daß Jason näherkam.

Zornig drehte sie sich zu ihm um. „Geh zurück, oder ich werde springen", sagte sie.

„Bitte, Jana, laß mich mit dir gehen", bat er. „Ich werde dich nicht belästigen. Ich werde nicht einmal sprechen, es sei denn, du möchtest es. Doch laß mich mit dir gehen, damit ich dich vor Raubtieren schützen kann."

Das Mädchen lachte. „Du mich schützen!" rief sie in sarkastischem Ton. „Du kennst ja die Gefahren nicht einmal, die am Weg lauern. Ohne den seltsamen Speer, der Feuer und Tod speit, wärst du hilflos, sollten dich die Thipdare angreifen, selbst wenn es nur kleinere Exemplare wären, und oben im Gebirge sind sie so riesig und grauenvoll, daß sie dich samt deinem Feuerspeer mit einem einzigen Schluck verschlingen können. Geh zu deinen Leuten zurück, Mensch einer anderen Welt, geh zurück zu den sanften Frauen, von denen du mir erzählt hast. Nur ein Mann kann dort gehen, wo die Rote Blume von Zoram geht."

„Du hast mich halb überzeugt, daß ich nur eine Raupe bin, doch selbst eine Raupe muß so etwas wie Mumm haben, deshalb werde ich dir weiterhin folgen, Rote Blume von Zoram, bis ein glotzäugiges Monster aus der Jurazeit mich diesem Tal der Tränen entreißt", sagte er mit bekümmertem Lächeln.

„Ich weiß nicht, wovon du redet, doch wenn du mir folgst, wirst du sterben", gab Jana kurz zurück. „Denke daran, was ich dir gesagt habe - nur ein Mann kann dort gehen, wo die Rote Blume von Zoram geht." Als wollte sie ihre Behauptung bekräftigen, wandte sie sich um und glitt schnell über die Kante des Abgrunds, so daß sie aus seinem Blickfeld entschwand.

Jason rannte schnell zur Felsenkante, blickte hinunter und sah Jana, wie sie einige Yards unter ihm sich an die senkrechte Fläche der Felsenklippe klammerte und sich bedächtig einen Weg nach unten suchte. Ihm stockte der Atem. Es erschien ihm unglaublich, daß irgendein Wesen an dieser schwindelerregenden Wand einen Halt für die Hände oder Füße finden konnte. Er erschauderte, und kalter Schweiß brach ihm aus den Poren, während er das Mädchen beobachtete.

Vorsichtig mit den Füßen tastend, stieg sie abwärts, während der Mann auf dem Bauch lag, den Kopf über den Rand der Felsenklippe steckte und schweigend zusah. Er wagte nicht zu sprechen, aus Angst, ihre Aufmerksamkeit abzulenken, und als sie nach einer Zeit, die ihm wie eine Ewigkeit vorkam, die Talsohle erreicht hatte, zitterte er wie Espenlaub und erkannte zum ersten Mal das Ausmaß der nervlichen Anspannung, die sich seiner bemächtigt hatte.

„Mein Gott!" murmelte er. „Was für ein großartiges Schauspiel von Nervenkraft, Mut und Gewandtheit!"

Die Rote Blume von Zoram blickte nicht zurück oder nach oben, nachdem sie ihren Weg wiederaufgenommen hatte, sondern folgte der Schlucht aufwärts und suchte nach einem Punkt, wo sie aus der Felsspalte wieder herausklettern konnte.

Jason Gridley blickte in den grauenerregenden Abgrund. „Nur ein Mann kann dort gehen, wo die Rote Blume von Zoram geht", wiederholte er bei sich.

Er schaute dem Mädchen nach, bis sie hinter einer mächtigen Geröllhalde verschwunden war. Die Schlucht bog dort nach rechts, und er wußte: Gelang es ihm nicht, hinunterzusteigen, so war sie für immer aus seinem Leben verschwunden.

„Nur ein Mann kann dort gehen, wo die Rote Blume von Zoram geht!"

Jason Gridley stellte sich auf die Füße. Er rückte den Lederriemen seines Gewehres zurecht, so daß die Waffe ihm genau mitten auf dem Rücken hing. Dann schob er die Halfter seiner beiden Sechsschüssigen zurück, so daß sie gleichfalls auf seinem Rücken ruhten. Anschließend zog er die Stiefel aus und ließ sie über die Felsenkante fallen. Nun legte er sich auf den Bauch und schob den Körper langsam abwärts, und aus kurzer Entfernung beobachteten ihn zwei Augen von oben aus der Schlucht hinter einem Berg von Felstrümmern hervor. Zuerst lag Zorn in ihnen, dann Zweifel, dann Überraschung und schließlich Angst.

Während der Mann mit den Füßen nach einem winzigen Halt suchte und sich dann jedesmal einige Zoll weiter hinuntergleiten ließ, hafteten die angstgeweiteten Augen des Mädchens unverwandt auf ihm.

„Nur ein Mann kann dort gehen, wo die Rote Blume von Zoram geht!“

Vorsichtig tastete Jason Gridley nach einem Halt für Hände und Füße - kümmerliche Stützen, von denen schon sein Atemholen ihn herabstoßen konnte, schien es ihm. Hunger, Durst und Müdigkeit waren vergessen, da er all seine Kraft brauchte, um dem Befehl seines eisernen Nervensystems zu gehorchen.

Dicht an die Oberfläche der Wand geschmiegt, wagte er nicht, den Kopf soweit zu drehen, daß er nach unten blicken konnte, und obwohl ihm schien, als hänge er schon eine Ewigkeit dort und lasse sich Zoll für Zoll nach unten, hatte er dennoch keine Vorstellung, wie weit es noch bis zur Talsohle war. Diese sich selbst gestellte Aufgabe zu bewältigen erschien ihm derart unmöglich, daß er keinen Augenblick zu hoffen wagte, sie zu einem erfolgreichen Ende zu führen. Kein einziger Halt vermochte ihm ein Gefühl der Sicherheit zu vermitteln, vielmehr kam ihm jeder unsicherer als der vorhergehende vor. Dann erreichte er einen Punkt, wo er tasten konnte, soviel er wollte - er fand keinen Halt. Auch konnte er weder nach rechts oder nach links ausweichen und ebenfalls nicht wieder aufsteigen. Offenbar war er mit seinen Möglichkeiten am Ende, dennoch gab er nicht auf. Er setzte die zerschundenen und blutenden Füße auf den letzten, leichten Halt, den er finden konnte, und suchte nach neuen Stützen weiter unten, und als er sie gefunden hatte - kümmerliche Vorsprünge aus rauhem Granit - ließ er seine Füße langsam nach unten gleiten, während er den Körper allmählich auf volle Länge streckte und nun nur an den Händen hing, die die kümmerlichen Vorsprünge, seine einzige Stütze, umklammerten.

Während er dort hing und verzweifelt mit den Füßen nach einem auch nur winzigen Vorsprung tastete, machte er sich Vorwürfe, seine schweren Waffen und die Munition nicht oben gelassen zu haben. Und warum? Weil sein Leben jetzt auf dem Spiel stand und er zu sterben fürchtete? Nein, er dachte nur daran, daß er dieser Sachen wegen nicht länger an der Klippe werden hängen können, und wenn seine Hände dann ihren Griff lösten und er in die Ewigkeit geschleudert wurde, war seine letzte, kleine Hoffnung, die Rote Blume von Zoram je wiederzusehen, endgültig geschwunden. Auffällig ist freilich, daß vor seinem inneren Blick nicht Cynthia Furnois oder Barbara Green erschienen, während er dort buchstäblich am Rand des Abgrunds zur Ewigkeit hing.

Er spürte, wie seine Finger erschlafften und langsam abrutschten. Das Ende kam plötzlich. Sein Körpergewicht riß die eine Hand los, und gleichzeitig rutschte auch die andere von der winzigen Kuppe ab, die sie umfaßt hatte, Jason Gridley fiel nach unten, etwa achtzehn Zoll, zur Sohle der Felsspalte.

Als er plötzlich mit den Beinen auf solidem Felsen stand, konnte er das große Glück zunächst gar nicht erfassen, das ihm zuteil geworden war. Fast fürchtete er sich nachzuschauen, aber dann blickte er abwärts, und nun dämmerte ihm die Wahrheit - er hatte den Abstieg wohlbehalten überstanden. Die Knie knickten unter ihm weg, und er sank zu Boden. Das Mädchen aber, das ihn von oben in der Schlucht beobachtet hatte, hatte Tränen in den Augen.

Ein kurzes Stück unter ihm brach eine Quelle aus der Flanke des Cañons und staute sich zu einem kleinen Bächlein, das im Sonnenschein talwärts zum Grund des Cañons plätscherte. Nachdem er sich einigermaßen beruhigt hatte, suchte er seine Stiefel und humpelte zum Wasser. Hier stillte er den Durst, wusch sich die Füße und spülte die Schnittwunden, so gut er konnte. Dann verband er sie behelfsmäßig mit dem in Streifen gerissenen Taschentuch, zog die Stiefel wieder an und ging den Cañon hinauf Jana nach.

Hoch oben nahe dem Gipfel des gewaltigen Bergzuges sah er, wie sich unheildrohende Wolken sammelten. Das waren die ersten Wolken, die er in Pellucidar sah, doch nur aus diesem Grund erschienen sie ihm merkwürdig oder bedeutsam. Daß sie Regen ankündigten, konnte er sich denken. Wie aber sollte er die katastrophalen Ausmaße ihrer Bedrohung ahnen?

Weit vor ihm stieg die Rote Blume von Zoram einen gefährlichen Weg hinauf, von dem anzunehmen war, daß er schließlich über den Rand der Schlucht zu den oberen Bereichen führte, zu denen es sie hinzog. Sie hatte gesehen, wie Jason sein Leben aufs Spiel gesetzt hatte, und sie war von Angst und Reue erfüllt gewesen, aber als er den Abstieg sicher beendet hatte, änderte sich ihre Stimmung wieder, und mit der Unberechenbarkeit ihres Geschlechts trachtete sie weiterhin, ihm nicht mehr zu begegnen. Sie hatte fast den Gipfel des Steilhanges erklommen, als der Sturm losbrach. Da kam ihr die Erkenntnis, daß der Mann hinter ihr keine Ahnung von der Gefahr hatte, die für ihn jetzt gewiß bedrohlicher war als der Abstieg an der Felsenwand.

Ohne einen Augenblick zu zögern, machte die Rote Blume von Zoram kehrt und flog geschwind den steilen Weg hinab, den sie soeben erst mühsam emporgestiegen war. Sie mußte Jason erreichen, ehe das Wasser bei ihm war. Sie mußte ihn zu einer hochgelegenen Stelle an der Cañonwand bringen, denn sie wußte, daß die Sohle dieser großen Schlucht bald ein gischtender, brodelnder reißender Strom sein würde, der die Kluft von einer Seite bis zur anderen füllte, und dessen Wasser vielleicht zweihundert Fuß tief waren. Schon floß welches ganz tief unten im Cañon, es rann auch über die Felsenkante über ihr in Sturzbächen, Katarakten und Wasserfällen, die Erde und Steine mit sich führten. Noch nie im Leben hatte sie einen so furchtbaren Sturm erlebt. Der Donner krachte, Blitze zuckten. Der Wind heulte, und das Wasser kam in Gießbächen herab, die jedem die Sicht nahmen. Dennoch tastete sich das Mädchen in seinem aussichtslosen Rettungsversuch auf gut Glück weiter talwärts, ständig vom Tod bedroht. Wie aussichtslos das war, sollte sie bald sehen, denn das Wasser in der Schlucht war angestiegen, sie sah es schon unter sich, und noch war kein Ende abzusehen. Nichts dort unten konnte überlebt haben. Der Mann war gewiß schon lange weggerissen worden.

Jason war tot! Die Rote Blume von Zoram stand einen Augenblick und blickte auf das steigende Wasser unter ihr. Sie spürte einen Impuls in sich aufsteigen, sich selbst hineinzustürzen. Sie wollte nicht mehr leben, aber etwas hinderte sie. Vielleicht war es der Instinkt des Urmenschen, dessen ganzes Dasein ein Kampf gegen den Tod war, der keinen anderen Zustand kannte, und für den eine freiwillige Kapitulation vor einem Feind nicht in Betracht kam. So wandte sie sich um und kämpfte sich wieder nach oben durch, während die Wassermassen gleichfalls anstiegen und Anstalten machten, sie zu überholen, andere von oben wiederum sie zurück in den sicheren Tod stürzen wollten.

Jason Gridley hatte in Kalifornien und Arizona Wolkenbrüche erlebt und wußte, wie schnell sich Erdspalten und Schluchten in reißende Ströme verwandeln konnten. Er hatte gesehen, wie ein Fluß in den San Simon Flats binnen weniger Stunden eine Meile breit wurde, und als er die plötzlichen Fluten auf dem Grund der Schlucht unter sich sah und erfaßte, daß kein Sturm, den er je erlebt hatte, sich in seinen gewaltigen Ausmaßen mit diesem hier vergleichen ließ, verlor er keine Zeit, sich auf höheres Gelände zu begeben. Doch die

Wände des Cañons waren steil, sein Anstieg erfolgte verzweifelt langsam, während er die Wassermassen hinter sich schnell ansteigen sah. Noch bestand jedoch Hoffnung, denn genau vor und ein Stück über sich erkannte er eine sanfte Böschung, die zur oberen Kante des Cañons anstieg.

Während er kämpfte, um sich in Sicherheit zu bringen, stieg der gischtende Strom weiter und umspülte bereits seine Füße, wobei von oben Gießbäche auf ihn herabdonnerten und ihn zurückdrängten, so daß er oft eine volle Minute überhaupt nicht vorankam.

Die tosenden Wassermassen, die die Schlucht füllten, erreichten seine Knie, und für einen kurzen Moment verlor er jeden Halt. Er klammerte sich mit den Händen an den Boden über ihm, verlor das Gewehr, doch als es im angeschwollenen Wasser verschwunden war, kletterte er schnell nach oben und erlangte zeitweilige Sicherheit.

Immer weiter kämpfte er sich hinauf, bis er schließlich eine Stelle erreichte, von der er sicher war, daß die Flut nicht hinlangen konnte. Hier kauerte er sich in den teilweisen Schutz eines überhängenden Felsgesims, während Tarzan, Thoar und Tar-gash in einem anderen Teil des Gebirges hockten und in stumpfer Verzweiflung warteten, daß der Sturm seine Wut verausgabt hatte.

Jason fragte sich, ob Jana der Flut entkommen war, und er hatte so viel Vertrauen in ihre meisterhafte Fähigkeit, mit den Unberechenbarkeiten des wilden Lebens in Pellucidar fertig zu werden, daß er sich ihretwegen wenig Gedanken machte, soweit es um den Sturm ging.

In der Kälte, der Dunkelheit und Nässe versuchte er, Zukunftspläne zu schmieden. Welche Chance hatte er, die Rote Blume von Zoram in diesem wilden Chaos gewaltiger Berggipfel wiederzufinden, da er doch nicht einmal die Richtung kannte, in der ihr Land lag, und überhaupt keine Straßen oder Wege vorhanden waren, und wo selbst die wenigen Spuren, die sie möglicherweise hinterlassen hatte, von den Gießbächen, die die gesamte Bodenfläche überflutet hatten, gänzlich verwischt worden waren?

Auf gut Glück weiterzustolpern schien deshalb die einzige Möglichkeit zu sein, die ihm noch blieb, da er weder die Richtung von Zoram kannte, höchstens in sehr allgemeiner Weise, noch eine Vorstellung vom derzeitigen Verbleib seiner Schicksalsgefährten von der Expedition der O-220 hatte.

Schließlich hörte der Regen auf. Die Sonne schien auf die dampfende Welt, und unter dem wohltuenden Einfluß ihrer warmen Strahlen spürte Jason, wie in der kalten Asche der Hoffnung in seiner Brust neue Glut aufglomm. Er schöpfte frischen Lebensmut und nahm die Suche wieder auf, die ihm noch eben aussichtslos erschienen war.

Er versuchte, die allgemeine Richtung im Kopf zu behalten, in der Zoram nach Janas Worten liegen mußte, und machte sich zu einem niedrigen Sattel zwischen zwei hohen Berggipfeln auf den Weg, die den Berggrat an dieser Stelle zu krönen schienen. Er spürte keinen Durst mehr, und auch der nagende Hunger war verschwunden. Dabei war es höchst unwahrscheinlich, daß er bald Nahrung finden würde, da der Sturm alles tierische Leben von den höheren Bergen vertrieben hatte. Doch das Glück war ihm hold. In einer vom Wasser ausgewaschenen Aushöhlung auf dem Felsen fand er ein Nest mit Eiern, die dem Anschlag der Elemente widerstanden hatten. Er wußte nicht, welche Art Lebewesen sie wohl gelegt hatte, auch kümmerte ihn nicht, ob die Eier von einem Vogel oder Reptil stammten. Sie waren frisch, stellten Nahrung dar und waren so groß, daß der Inhalt von zweien seinen Hunger stillte.

Ein kurzes Stück hinter der Stelle, wo er sie gefunden hatte, wuchs ein niedriger, verkrüppelter Baum, und nachdem er gegessen hatte, trug er die drei restlichen Eier in seine kümmerliche Deckung gegen die scharfen Augen hoch oben kreisender Reptilien und Raubvögel. Hier zog er seine Kleidung aus, hängte sie auf die Zweige des Baumes, damit die Sonne sie trocknen konnte, und legte sich unter den Baum zum Schlafen nieder, wobei er die Wärme des ewigen Mittags von Pellucidar keineswegs als unangenehm empfand.

Wie lange er schlief, konnte er nicht beurteilen, doch als er erwachte, fühlte er sich völlig ausgeruht und erfrischt. Ein neues Empfinden von Selbstvertrauen erfüllte ihn, als er sich erhob und sich behaglich streckte, um sodann seine Kleidung anzulegen. Er hörte urplötzlich auf, sich zu strecken, denn seine Kleidung war verschwunden! Hastig suchte er nach ihr oder nach einem Anzeichen des Wesens, das sie entwendet hatte, doch er sah weder das eine Kleidungsstück noch das andere jemals wieder.

Auf dem Boden unter dem Baum lag ein Hemd, das dem Auge des Räubers offensichtlich entgangen war. Dies sowie die Revolver und der Patronengurt, die er dicht neben sich abgelegt hatte, während er schlief, war alles, was ihm verblieben war.

Nun macht die Temperatur von Pellucidar jede Kleidung entbehrlich, sie ist eher eine Bürde denn eine Notwendigkeit. Indes ist der zivilisierte Mensch so sehr an die seltsame Gewandung gewöhnt, die ihn seit Generationen umgibt, daß seine Tatkraft, sein Selbstvertrauen und sein Einfallsreichtum zu nichts reduziert werden, muß er der äußeren Hülle entraten.

Jason Gridley hatte sich noch nie im Leben so hilflos und nutzlos gefühlt wie in diesem Augenblick, als er sich vor die Notwendigkeit gestellt sah, nur mit einem zerrissenen Hemd und einem Patronengurt bekleidet in diese Welt hinauszugehen. Andererseits erkannte er, daß er mit Ausnahme seiner Stiefel nichts verloren hatte, das für sein Wohlbehagen oder seine Leistungsfähigkeit von Wichtigkeit war. Aber vielleicht schreckte ihn zuvörderst wohl die Erkenntnis, welche Auswirkung dieses Unglück wohl auf die Verfolgung des Hauptziels seiner Nachforschungen haben werde - wie konnte er die Suche nach der Roten Blume von Zoram, derart kümmerlich bekleidet, denn vornehmen?

Natürlich hatte sie selbst sich in puncto Bekleidung nicht sonderlich angestrengt, doch schien dies in ihrem Falle nicht auf mangelndes Anstandsgefühl zu deuten. Seine Vorfreude, sie vielleicht doch wiederzufinden, wurde jetzt außerordentlich gedämpft, da er sich vergegenwärtigte, welch lächerliches Bild er wohl abgeben würde, und schon die bloße Vorstellung einer solchen Begegnung ließ ihn von Kopf bis Fuß erröten.

In seinen Träumen hatte er sich manchmal ausgemalt, an Bord in irgendeinem lächerlich unbekleideten Zustand umherzulaufen, doch jetzt, da dieser Traum wahr geworden war, mußte er zugeben, tief in seinem Unterbewußtsein eine solche vollkommene Verwirrung und den Verlust jeglichen Selbstvertrauens, wie die Wirklichkeit ihm jetzt abverlangte, niemals richtig in Betracht gezogen zu haben.

Bekümmert zerriß er sein Hemd in Streifen und fertigte sich einen kümmerlichen Slip an. Anschließend schnallte er den Patronengurt um und trat hinaus in die Welt, ein Adam, bewaffnet mit zwei Colts.

Als er sich auf die Suche nach Zoram machte, mußte er feststellen, daß die größte Beschwernis, die der Verlust seiner Kleidung heraufbeschwor, die Schmerzen und das Mißbehagen waren, die davon herrührten, daß er barfuß gehen mußte. Dabei waren seine Fußsohlen durch den Abstieg an der rauhen Granitwand schon zerschunden genug. Er überwand dieses Handicap jedoch teilweise, als er nach Rückkehr des Wildes ins Gebirge ein kleines Reptil schießen konnte, aus dessen Haut er zwei primitive Sandalen fertigte.

Die auf seinen nackten Körper niederbrennende Sonne hatte nicht die Wirkung auf die Haut, wie die Sonne der Außenwelt unter gleichen Bedingungen gehabt hätte, doch sie gab ihr eine goldbraune Färbung, die ihm neues Selbstvertrauen ähnlich jenem verlieh, das er gewonnen hätte, hätte er seine verschwundene Bekleidung wiedererlangen können, und in dieser Tatsache erblickte er, was ihm die wirkliche Ursache seiner ersten Verwirrung angesichts seiner Nacktheit zu sein schien - es war seine weiße Haut gewesen, die ihn im Gegensatz zu anderen Geschöpfen hatte nackt erscheinen lassen, denn dieses Weiß suggerierte Weichheit und Schwäche und weckte bei ihm ein beunruhigendes Gefühl der Unterlegenheit. Nachdem er jetzt diesen schweren Mantel der Bräune trug und seine Füße abgehärtet waren und sich den neuen Bedingungen angepaßt hatten, ging er nicht länger in ständigem Bewußtsein seiner Nacktheit umher.

Er schlief und aß viele Male und war sich daher bewußt, daß eine beträchtliche Spanne äußerer Erdenzeit verstrichen sein mußte, seit er sich von Jana getrennt hatte. Dennoch hatte er kein Lebenszeichen von ihr oder einem anderen menschlichen Wesen erblickt, obwohl er oft von wilden Tieren und Reptilien bedroht wurde. Die Erfahrung hatte ihn jedoch gelehrt, wie er solche Begegnungen besser vermied, ohne zu seinen Waffen greifen zu müssen. Er war entschlossen, sie lediglich im äußersten Notfall zu gebrauchen, denn er konnte nur mit düsteren Ahnungen dem Zeitpunkt entgegenblicken, der einmal kommen mußte, wenn die letzte Patrone verschossen war.

Er hatte den Gipfel des Gebirgszuges überquert und entdeckte ein schöneres Land dahinter. Es war noch immer wild, unwegsam und felsig, doch die Vegetation gedieh prächtiger, und die Berghänge waren an vielen Stellen von Wald bedeckt, der sich bis zu den höheren Gipfeln erstreckte. Es gab auch mehr Wasserläufe und einen größeren Wildbestand. Das enthob ihm jeglicher Sorgen in bezug auf Nahrung.

Um kostbare Munition zu sparen, fertigte er sich andere Waffen an. Der Einfluß seines Zusammenseins mit Jana fand seinen Niederschlag in einem Speer, während er Tarzan von den Affen und den Waziris seinen primitiven Bogen und die Pfeile verdankte. Ehe er jedoch im Gebrauch all dieser neuen Waffen geübt genug war, wäre er gewiß verhungert, hätte er nicht seine Colts gehabt. Schließlich hatte er jedoch ausreichende Fähigkeiten im Umgang damit erlangt, so daß es ihm künftig nie mehr an Nahrung fehlte.

Er hatte längst alle Hoffnung fahren lassen, sein Luftschiff oder seine Gefährten wiederzufinden, und hatte sein künftiges Schicksal, von dem es kein Entrinnen gab, mit der Philosophie akzeptiert, die ihm zu Gebote stand, wonach er sein ganzes Leben in Pellucidar verbringen und mit primitiven Waffen inmitten der wilden Geschöpfe der inneren Welt ums Überleben kämpfen würde.

Am meisten vermißte er menschliche Gesellschaft, und er sehnte den Tag herbei, da er einen Stamm von Menschen finden würde, mit denen er sein Schicksal vereinen könnte, obwohl er sich der Information voll bewußt war, die er Jana abgerungen hatte, wonach es ihm äußerst schwierig, wenn nicht unmöglich sein würde, das Vertrauen oder die Freundschaft irgendeines Stammes in Pellucidar zu erringen, da die übliche Einstellung Fremden gegenüber eine gewohnheitsmäßige Feindschaft war. Dennoch gab er die Hoffnung nicht auf, und so hielt er ständig nach Lebenszeichen eines Menschen Ausschau. Und er brauchte auch nicht lange darauf zu warten.

Er hatte jeglichen Orientierungsinn verloren, was die geographische Lage von Zoram anbetraf, und wanderte ziellos von Lager zu Lager in der eitlen Hoffnung, eines Tages Zoram zu erblicken, als eine von unten heraufwehende Brise ihm den beißenden Geruch von Rauch zutrug. Sofort war er voller Aufregung, denn Rauch bedeutete Feuer, und Feuer bedeutete Menschen.

Er bewegte sich vorsichtig den Berg in die Richtung hinab, aus der der Wind wehte, wobei sein scharfer, suchender Blick auch sehr bald durch den Anblick einer dünnen Rauchfahne belohnt wurde, die sich aus einem Cañon dicht vor ihm aufschwang. Es war ein felsiger Cañon mit steil aufragenden Wänden. Die ihm gegenüber war sehr hoch, während die andere, der er sich näherte, viel niedriger und an vielen Stellen durch Erosion oder andere natürliche Ursachen so abgebrochen war, daß man sehr leicht zur Sohle hinab gelangte.

Jason Gridley stahl sich unauffällig zum Rand und blickte in den Cañon hinab. In der Mitte seiner grasbedeckten Sohle plätscherte ein Bergbach. Riesige Bäume wuchsen in Abständen und verliehen dem Ganzen einen parkähnlichen Anblick. Diese Ähnlichkeit wurde weiterhin durch die prächtigen Blumen unterstrichen, die den Rasen sprenkelten oder selbst auf den Bäumen blühten.

Neben einem kleinen Feuer am Rand eines Baches hockte ein braunhäutiger Krieger. Seine Aufmerksamkeit galt dem Geflügel, das er sich über dem Feuer briet. Jason beobachtete ihn und sann über die beste Methode nach, sich ihm auf eine Weise zu nähern, daß er ihn von seinen freundlichen Absichten überzeugen und das natürliche Mißtrauen gegenüber Fremden überwinden konnte, das nach seiner Erfahrung diesen wilden Stammesangehörigen eigen war. Seiner Ansicht nach war das beste, er stieg unverzagt zu dem Fremden hinab, ohne eine Waffe in den Händen zu halten, und er war drauf und dran, diesen Plan auszuführen, als seine Aufmerksamkeit auf den Gipfel der Felsenklippe an der anderen Seite des schmalen Cañons gelenkt wurde.

Kein Geräusch hatte seine Ohren erreicht, und der Gipfel der gegenüberliegenden Felsenklippe war seiner Sicht entzogen gewesen, während er den Mann unten im Cañon beobachtet hatte. Was seine Aufmerksamkeit ablenkte, wußte er eigentlich nicht recht, es sei denn, daß ein besonders feines Wahrnehmungsvermögen wirksam gewesen war, dessen geheimnisvollen Einfluß wir zuweilen gern einen sechsten Sinn nennen.

Wie immer es sein mochte, seine Augen richteten sich geradewegs auf eine Stelle auf dem Gipfel der gegenüberliegenden Felsenklippe, wo ein Geschöpf stand, wie es kein lebender Mensch auf der Außenrinde je zu Gesicht bekommen hatte - ein riesiger, gepanzerter Dinosaurier stand dort, ein ungeheuer großes Reptil, das zwischen sechzig und siebzig Fuß lang zu sein und dessen Rumpf am höchsten Punkt volle fünfundzwanzig Fuß über Grund aufzuragen schien. Sein vergleichsweise kleiner, spitz zulaufender Kopf erinnerte an den einer Eidechse. Entlang des Rückgrats waren dünne, hornartige Platten der Reihe nach angeordnet, deren größte fast drei Fuß hoch und ebenso lang war, jedoch kaum mehr als einen Zoll dick. Der kräftige Schwanz, der in einem langen, hornartigen Dorn auslief, war auf der oberen Seite und zur Spitze hin mit zwei weiteren solchen Dornen ausgestattet. Jeder dieser Dornen war etwa drei Fuß lang. Diese Kreatur ging auf vier eidechsenartigen Füßen, wobei die kurzen Vorderbeine bewirkten, daß die Nase dicht über dem Boden hing und ihm eine plumpes und unansehnliches Äußeres verlieh.

Er schien den Mann im Cañon zu beobachten, und plötzlich zog es zu Jasons Erstaunen die gigantischen Hinterbeine unter den Leib und ließ sich geradewegs vom Gipfel der hohen Klippe fallen.

Jasons erster Gedanke war, die gigantische Kreatur würde auf der Sohle des Cañons in Stücke zerschmettert werden, doch zu seiner ungeheuren Verwunderung sah er, daß sie nicht fiel, sondern schnell durch die Luft glitt, unterstützt durch die riesigen Rückenplatten, die es in eine horizontale Position gestellt hatte, wodurch sie sich in einen gigantischen, lebendigen Segler verwandelt hatte.

Das Fauchen ihres Fluges durch die Luft erregte die Aufmerksamkeit des Kriegers, der unten beim Feuer hockte. Der Mann sprang auf die Füße und nahm schnell seinen Speer auf, und im gleichen Augenblick schwang sich Jason Gridley über den Rand der Klippe und sprang über den von Steinen übersäten Hang zu dem einsamen Krieger hinab, wobei er unterwegs seine sechsschüssigen Colts aus dem Halfter riß.

Die Höhle von Clovi

Als Tarzan sich am Seil hochzog, hockte sich der ihm dichtauf folgende Bär auf die Hinterviertel, um das Schwungmoment abzubremsen, und kam direkt unter ihm zu einem Halt. Nun ereignete sich eine jener nicht vorherzusehenden Vorfälle, gegen die niemand gewappnet ist.

Der kleine Felsvorsprung, über den Tarzan die Schlinge geworfen hatte, war an einem bestimmten Punkt an der Oberseite messerscharf, und als das Gewicht des Menschen am Seil hing, riß es dort, wo es sich über den scharfen Granit spannte, und der Herr des Dschungels stürzte dem Höhlenbären genau auf den Rücken.

Alles vollzog sich derart schnell, daß fraglich ist, wer mehr verblüfft war - Tarzan oder der Bär. Doch primitive Geschöpfe, die überleben wollen, können sich nicht erlauben, daß die Überraschung sie ablenkt. In diesem Augenblick reagierten beide Wesen, als sei das Geschehene geplant und zu erwarten gewesen.

Der Bär richtete sich auf den Hinterpranken auf und schüttelte sich im Bemühen, das Menschwesen von seinem Rücken zu entfernen, während Tarzan einen braunen Arm um den zottigen Hals legte, sich verzweifelt anklammerte und sein Jagdmesser aus der Scheide zog. Es war ein höchst bedenklicher Ort für einen Kampf auf Leben und Tod. Auf einer Seite stieg die Felswand hoch an, auf der anderen fiel sie in schwindelerregender Weise senkrecht in die tiefe Schlucht ab, und hier waren die Bemühungen des Höhlenbären, seinen Gegner abzuschütteln, durchaus geeignet, beide in die Ewigkeit zu befördern.

Das Gebrumm und Gebrüll des Vierbeiners hallte zwischen den mächtigen Gipfeln des Thipdar-Gebirges wider, doch der Affenmensch kämpfte schweigend und stieß die Klinge dem wild um sich schlagenden Tier, das mit allen ihm zu Gebote stehenden Mitteln trachtete, ihn abzuwerfen, dabei jedoch stets bedacht war, nicht selbst über die Felsenkante in den Abgrund zu stürzen, mehrfach in den Rücken.

Der Kampf konnte jedoch nicht ewig andauern, und schließlich erreichte die Klinge die Wirbelsäule. Das Untier verkrampfte steif, und Tarzan glitt schnell von seinem Rücken. Er fand auf dem Sims sicheren Halt, während der gewaltige Koloß vorwärts taumelte, über die Kante kippte und unter Mitnahme der vier Pfeile von Tarzan sowie seines Speeres hinunter in die Schlucht stürzte.

Das Seil lag jedoch noch immer dort auf dem Gesims, wo es hingefallen war. Der Affenmensch hob es auf und ging den Weg zurück, um nach dem Bogen zu suchen, denn er bei seiner Flucht hatte fallen lassen müssen, und den Jungen ausfindig zu machen.

Er hatte erst wenige Schritte getan, als er hinter einer Felsspitze plötzlich vor ihm stand. Bei seinem Anblick blieb der Bursche stehen, den Speer wurfbereit, das Steinmesser locker in der Scheide. Er hielt Tarzans Bogen in der Hand, warf ihn jedoch beim Anblick des Affenmenschen vor sich hin, um sich besser verteidigen zu können, gesetzt den Fall, er würde von dem Fremden angegriffen.

„Ich bin Tarzan von den Affen", sagte der Herr des Dschungels. „Ich komme als Freund und nicht, um zu töten."

„Ich bin Ovan", sagte der Junge. „Wenn du nicht zum Töten in unser Land gekommen bist, dann gewiß, um eine Gefährtin zu rauben, und so ist es die Pflicht jedes Kriegers von Clovi, dich zu töten."

„Tarzan sucht keine Gefährtin", sagte der Affenmensch.

„Warum ist er dann in Clovi?" fragte der Junge.

„Er hat sich verirrt", erwiderte der Affenmensch. „Tarzan kommt aus einer anderen Welt, die jenseits von Pellucidar liegt. Er wurde von seinen Freunden getrennt und kann den Rückweg zu ihnen nicht finden. Er wäre gern ein Freund der Leute von Clovi."

„Warum hast du den Bären angegriffen?" fragte Ovan plötzlich.

„Hätte ich es nicht getan, so hätte er dich getötet", erwiderte der Affenmensch.

Ovan kratzte sich am Kopf. „Ich glaube, einen anderen Grund gibt es nicht", sagte er dann. „Es ist genau das, was auch einer der Männer meines Stammes getan hätte, aber du gehörst nicht zu meinem Stamm. Du bist ein Feind, deshalb konnte ich nicht verstehen, warum du es getan hast. Willst du damit sagen, du hättest mir das Leben gerettet, obwohl ich nicht zu deinem Stamm gehöre?"

„Gewiß", erwiderte Tarzan.

Ovan musterte den gutaussehenden Hünen, der da vor ihm stand, lange und eingehend. „Ich glaube dir, obwohl ich es nicht verstehe", sagte er. „Dergleichen habe ich noch nie zuvor gehört, und ich weiß auch nicht, ob die Männer meines Stammes es glauben werden. Selbst wenn ich ihnen erzähle, was du getan hast, wollen sie dich vielleicht noch immer töten, denn sie sind überzeugt, daß es niemals guttut, einem Feind zu vertrauen."

„Wo ist dein Dorf?" fragte Tarzan.

„Gar nicht weit entfernt", erwiderte Ovan.

„Ich will mit dir hingehen und mit eurem Häuptling reden", sagte Tarzan.

„Sehr gut", sagte der Junge. „Du kannst mit Avan, dem Häuptling, reden. Er ist mein Vater. Und wenn sie beschließen, dich zu töten, werde ich dir helfen, denn du hast mir das Leben gerettet, als der Bär mich vernichten wollte."

„Was hattest du in der Höhle zu suchen?" fragte Tarzan. „Es war doch deutlich zu sehen, daß sich dort das Lager eines wilden Tieres befand."

„Du bist ja derselben Spur gefolgt, nur warst du zufällig hinter dem Bären. Mein Pech war, daß ich mich vor ihm befand."

„Ich wußte nicht, wohin die Spur führte", sagte der Affenmensch.

„Ich auch nicht", erklärte Ovan. „Ich habe bisher stets nur in Begleitung älterer Männer gejagt, doch jetzt habe ich ein Alter erreicht, wo ich selbst gern ein Krieger wäre. Deshalb verließ ich die Höhlen meines Volkes, um meine erste Jagdbeute allein zu erlegen, denn nur so kann ein Mann hoffen, ein Krieger zu werden. Ich entdeckte diese Spur und folgte ihr, obwohl ich nicht wußte, wohin sie mich führte. Auch dauerte es nicht lange, da hörte ich die Schritte des Bären hinter mir, und als ich zu der Höhle kam und sah, daß die Spur hier endete, war mir klar, daß ich die Höhlen meines Volkes nie wiedersehen, daß ich nie ein Krieger sein würde. Als der große Bär dann ankam und mich dort stehen sah, war er sehr zornig, doch ich hätte mit ihm gekämpft. Vielleicht hätte ich ihn auch getötet, doch ich glaube nicht, daß das wahrscheinlich gewesen wäre.

Dann kamst du und hast mit dem gebogenen Stock einen kleinen Speer in den Rücken des Bären geschossen. Das hat ihn so in Wut versetzt, daß er mich vergaß und sich umdrehte, um dich zu verfolgen. Das hast du ja auch vorausgesehen. Das Land, aus dem du kommst, muß in der Tat tapfere Krieger hervorbringen. Erzähle mir von deiner Heimat. Wo liegt sie? Sind eure Krieger große Jäger, und herrscht euer Häuptling machtvoll im Land?"

Tarzan versuchte, ihm klarzumachen, daß sein Land nicht in Pellucidar lag, aber das ging über Ovans Verstand, deshalb lenkte er das Gespräch von sich auf den Jungen, und während sie einem gewundenen Pfad nach Clovi folgten, erläuterte Ovan des langen und breiten die Tapferkeit der Männer seines Stammes und die Schönheit seiner Frauen.

„Avan, mein Vater, ist ein großer Häuptling, und die Männer meines Stammes sind mächtige Krieger“, sagte er. „Oft kämpfen wir mit den Männern von Zoram, und wir sind sogar schon bis Daroz vorgedrungen, das jenseits von Zoram liegt, denn es gibt immer mehr Männer als Frauen in unserem Stamm, und die Krieger müssen sich ihre Gefährtinnen in Zoram und Daroz suchen. Gerade jetzt ist Carb mit zwanzig Kriegern nach Zoram gezogen, um Frauen zu rauben. Die Frauen von Zoram sind sehr schön. Wenn ich ein wenig größer bin, werde ich auch dorthin gehen und mir eine Lebensgefährtin rauben.“

„Wie weit ist es von Clovi nach Zoram?“ fragte Tarzan.

„Einige behaupten, es sei nicht weit, andere sagen, es ist weiter“, erwiderte Ovan. „Ich habe sagen hören, nach Zoram zu gehen dauert länger, als von dort zurückzukehren, denn die Krieger essen gewöhnlich sechsmal auf dem Weg von Clovi nach Zoram, doch bei der Rückkehr kann ein kräftiger Mann die Strecke zurücklegen, indem er nur zweimal ißt und dennoch bei Kräften bleibt.“

„Warum sollte die Strecke zurück kürzer sein als hinzu?“ fragte der Affenmensch.

„Weil sie auf dem Rückweg meist von den Kriegern von Zoram verfolgt werden“, erwiderte Ovan.

Tarzan lächelte im stillen über die Naivität von Ovans Logik, während ihm abermals vor Augen geführt wurde, wie die in Pellucidar vorherrschenden anomalen Bedingungen es unmöglich machten, Entfernungen zu messen und den Zeitablauf zu bestimmen.

Auf ihrem Weg nach Clovi gab der Junge allmählich seine mißtrauische Haltung Tarzan gegenüber auf und schien ihn nun ebenso zu akzeptieren wie ein Mitglied seines Stammes. Er bemerkte die Wunde, die die Krallen des Thipdars auf Tarzans Rücken und den Schultern hinterlassen hatten, und als er seinem Begleiter die Geschichte abgerungen hatte, staunte er über dessen Mut, Einfallsreichtum und die Stärke, die diesem Fremden ein Entkommen aus einer Situation ermöglicht hatte, die ein Bewohner von Pellucidar als völlig aussichtslos bezeichnet hätte.

Ovan sah, daß die Wunden entzündet waren, und schlußfolgerte, daß sie Tarzan beträchtliche Schmerzen und Unbehagen bereiten mußten. Als ihr Weg sie das nächste Mal an einem Bach vorüberführte, bestand er darauf, sie gründlich zu säubern. Dann suchte er die Blätter eines bestimmten Strauches, zerrieb sie und träufelte den Saft in die offenen Wunden.

Der Schmerz der Entzündung war nichts verglichen mit dem scharfen Brennen, das durch diese Behandlung hervorgerufen wurde. Dennoch konnte der Junge sehen, daß der Fremde nicht einmal mit der Wimper zuckte, obwohl er gewiß starke Schmerzen empfinden mußte, das wußte Ovan genau, und abermals wuchs seine Bewunderung für diesen neu gewonnenen Gefährten.

„Es tut vielleicht weh, aber es hält die Fäulnis von den Wunden fern, danach werden sie schneller heilen."

Der beißende Schmerz hielt noch eine Weile an, nachdem sie ihren Marsch fortgesetzt hatten, wurde jedoch dann allmählich schwächer, bis er völlig verschwunden war. Nun fühlte sich der Affenmensch wesentlich wohler.

Der Weg führte sie in einen Wald, wo gerade, feste junge Bäume wuchsen, und hier verweilte Tarzan lange genug, um sich einen neuen Speer anzufertigen und ein halbes Dutzend zusätzliche Pfeile zu spalten und zu schälen.

Ovan interessierte sich sehr für Tarzans Messer mit der Stahlklinge sowie den Bogen und die Pfeile, obwohl er letztere insgeheim nicht ernst nehmen konnte. Sie sahen ihm zu sehr nach den winzigen Speeren für kleine Kinder aus. Doch als sie hungrig wurden und Tarzan ein Bergschaf mit einem einzigen Pfeil erlegte, schlug die Geringschätzung des Burschen in Bewunderung um, und danach bekundete er nicht nur großen Respekt für den Bogen und die Pfeile, sondern bat noch darum, Tarzan möge ihn lehren, wie man beides herstellte und verwendete.

Der kleine Clovier war ein Bursche ganz nach dem Herzen des Affenmenschen, und die zwei wurden schnell Freunde, während sie ihren Weg in das Land Clovi fortsetzten, denn Ovan besaß die gelassene Würde eines wilden Tieres. Auch zeigte er bei weitem nicht jene Geschwätzigkeit, die sowohl der Stolz als auch der Fluch des zivilisierten Menschen ist - im friedlichen Pliozän gab es keine jugendlichen Redner.

„Wir sind fast da", erklärte Ovan und blieb am Rand eines Cañons stehen. „Dort unten liegen die Höhlen der Clovi. Ich hoffe, Avan, der Häuptling, wird dich als Freund empfangen, aber das kann ich nicht versprechen. Vielleicht ist es besser für dich, deiner Wege zu gehen und nicht zu den Höhlen der Clovi zu kommen. Ich möchte nicht, daß du getötet wirst."

„Sie werden mich nicht töten", sagte Tarzan. „Ich komme als Freund." Doch im stillen wußte er, daß diese primitiven Wilden einen Fremden möglicherweise nie auf freundschaftlicher und gleichberechtigter Basis empfangen würden.

„Dann komm", sagte Ovan und begann mit dem Abstieg in den Cañon. Ein Stück weiter unten verlief der Weg ziemlich eben an der Flanke entlang zum Ende der Schlucht. Er war auch gut instand gehalten und wurde viel benutzt, wobei einiges darauf hindeutete, daß bei seiner Errichtung beträchtliches technisches Geschick im Spiel gewesen war. Dies war alles andere als der aufs Geratewohl gebahnte Weg von Tieren, sondern das Werk intelligenter, wenngleich wilder und primitiver Menschen.

Sie hatten auf dem Weg noch gar keine so große Strecke zurückgelegt, als Ovan leise pfiff. Einen Augenblick später wurde das Signal hinter einer Wegbiegung hervor beantwortet, und als die beiden um die Ecke gebogen waren, sah Tarzan ein breites, natürliches Felsengesims vor sich, das völlig unter überhängenden Felsklippen verschwand. Weit hinten in der so entstandenen Aushöhlung der Felswand erkannte er den dunklen Ausgang einer Höhle.

Auf der flachen Oberfläche des Gesimses, das etwa zwei Morgen maß, waren mindestens hundert Männer, Frauen und Kinder versammelt.

Aller Augen blickten in ihre Richtung, als sie in ihrem Blickfeld auftauchten, und als die Krieger Tarzan sahen, sprangen sie auf und ergriffen Speere und Messer. Die Frauen riefen die Kinder zu sich und eilten schnell zum Höhleneingang.

„Fürchtet euch nicht", sagte der Junge. „Wir sind es nur, Ovan und sein Freund Tarzan."

„Wir töten", knurrten einige der Krieger.

„Wo ist Avan, der Häuptling?" fragte der Junge.

„Hier ist Avan, der Häuptling", verkündete eine tiefe, barsche Stimme, und Tarzan sah einen stämmigen, muskulösen Wilden im Höhlenausgang auftauchen.

„Wen hast du denn da, Ovan?" fragte der Häuptling. „Bringst du einen Kriegsgefangenen, so hättest du ihn zuerst entwaffnen sollen."

„Er ist kein Gefangener", erwiderte Ovan. „Er ist fremd in Pellucidar und kommt als ein Freund zu uns, nicht als Feind."

„Er ist ein Fremder, und du hättest ihn töten sollen", erwiderte Avan. „Er kennt jetzt den Weg zu den Höhlen der Clovi, und wenn wir ihn nicht töten, wird er zu seinem Volk zurückkehren und es gegen uns führen."

„Er hat kein Volk, und er weiß auch nicht, wie er in seine Heimat zurückkehren kann", sagte der Junge.

„Dann spricht er keine wahren Worte, denn das ist unmöglich", sagte Avan. „Es gibt niemanden, der den Weg in sein Heimatland nicht kennt. Komm! Tritt beiseite, Ovan, während ich ihn vernichte."

Der Junge stellte sich steif aufgerichtet vor Tarzan. „Wer den Freund von Ovan töten möchte, muß zuerst Ovan selbst töten", sagte er.

Ein großer Krieger, der bei dem Häuptling stand, legte die Hand auf Avans Arm. „Ovan ist stets ein guter Junge gewesen", sagte er. „Es gibt niemanden in Clovi, der etwa so alt ist und dessen Worte dennoch so voller Weisheit sind wie die seinen. Wenn er sagt, dieser Fremde sei sein Freund, und wenn er nicht möchte, daß wir ihn töten, muß er einen Grund haben. Deshalb sollten wir ihn anhören, ehe wir entscheiden, den Fremden zu vernichten."

„Sehr gut", sagte der Häuptling. „Vielleicht hast du recht, Ulan. Wir werden ja sehen. Sprich, Junge, und erzähle uns, warum wir den Fremden nicht töten sollten."

„Weil er sein Leben aufs Spiel gesetzt hat, um das meine zu retten. Im Zweikampf ist er gegen einen riesigen Bären angetreten, dem ich nicht hätte entrinnen können, wäre er nicht gewesen. Auch wollte er mir nichts zuleide tun, und wo ist der Feind der Clovi, und sei es unter den Leuten von Zoram oder Daroz, die unseres Blutes sind, der einen Clovijüngling nicht töten würde, welcher sehr bald ein Krieger wird? Er ist nicht nur sehr tapfer, sondern auch ein großer Jäger. Es wäre gut für den Stamm der Clovi, wenn er als Freund bei uns leben würde."

Avan senkte nachdenklich den Kopf. „Wenn Carb zurückkommt, werden wir einen Rat zusammenrufen und entscheiden, was zu tun ist", sagte er. „In der Zwischenzeit muß der Fremde als Gefangener hierbleiben."

„Ich werde nicht als Gefangener hierbleiben", sagte Tarzan. „Ich kam als Freund und werde auch als solcher bleiben, oder überhaupt nicht."

„Laß ihn als Freund hier bleiben", sagte Ulan. „Er ist mit Ovan hergekommen und hat ihm nichts zuleide getan. Warum sollten wir annehmen, daß er uns ein Leid zufügen wird, da wir doch viele sind und er nur allein ist?“

„Vielleicht ist er hier, um eine Frau zu rauben“, wandte Avan ein.

„Nein, dem ist nicht so“, erklärte Ovan. „Laßt ihn bleiben, und ich will mit meinem Leben dafür bürgen, daß er niemandem etwas zuleide tut.“

„Laßt ihn bleiben“, sagten einige der anderen Krieger, denn Ovan galt schon lange als Liebling des Stammes, so daß sie gewohnt waren, seinen Wünschen Rechnung zu tragen, und er war dennoch keineswegs verzogen, so daß es ihnen sogar Vergnügen bereitete, ihm zu willfahren.

„Also gut, er soll bleiben“, sagte Avan. „Aber Ovan und Ulan sind mir für sein Verhalten verantwortlich.“

Nur wenige Clovier begegneten Tarzan ohne Mißtrauen. Unter ihnen befand sich Maral, Ovans Mutter, und Rela, seine Schwester. Diese beiden nahmen ihn auf, ohne Fragen zu stellen, weil auch Ovan ihn akzeptierte. Ulans freundschaftliche Einstellung war gleichfalls vom ersten Augenblick an zu erkennen gewesen, und dies war von großem Wert, denn Ulans Stimme besaß im Rat der Clovi Gewicht, weil er klug, tapfer und tüchtig war.

Tarzan kannte das Stammesleben primitiver Menschen, nahm ganz natürlich seinen Platz unter ihnen ein, schenkte denen keine Beachtung, die ihm gegenüber dasselbe taten, würdigte genauestens die ethischen Prinzipien des Stammeslebens und paßte sich den in Clovi herrschenden Bräuchen in jedem Detail seiner Beziehungen an. Er unterhielt sich gern mit Maral, weil sie ein so sonniges Gemüt und eine ausgeprägte Intelligenz besaß. Sie erzählte ihm, sie stamme aus Zoram und sei von Avan geraubt worden, als er als junger Krieger beschlossen hatte, sich eine Lebensgefährtin zu nehmen. Ihre außerordentliche Schönheit schien ihr angeboren zu sein, denn unter den Clovis herrschte die feste Überzeugung vor, die Frauen von Zoram seien die schönsten von allen.

Ulan hatte er vom ersten Moment an gemocht. Er fühlte sich ihm auf natürliche Weise verbunden, weil er der erste der Clovier gewesen war, der für ihn eintrat. Er unterschied sich in vieler Hinsicht von seinen Stammesangehörigen. Auch schien er der erste unter seinem Volk zu sein, der entdeckt hatte, daß ein Gehirn noch für andere Zwecke eingesetzt werden konnte als nur zur Befriedigung der elementarsten Lebensbedürfnisse. So hatte er gelernt zu träumen, und er übte sein Gehirn auf angenehmen Pfaden, ihm selbst und auch anderen zur Unterhaltung, indem er sich phantastische Geschichten ausdachte, die seine begierige Zuhörerschaft zuweilen amüsierte, ihr manchmal aber auch Ehrfurcht einflößte. Außerdem stellte er Bilder her, und er zeigte sie Tarzan mit nicht geringem Stolz. Er führte den Affenmenschen in die Felsenhöhle, die sowohl Zuflucht, Vorratskammer und Festung des Stammes war, und entzündete eine primitive Fackel, mit der er die Wände beleuchtete und die Bilder enthüllte, die er dort gemalt hatte. Das Mammut, der Säbelzahn und der Höhlenbär waren dargestellt, daneben der Rothirsch, das Hyänodon und andere bekannte Tiere. Hinzu kamen einige, die Tarzan nicht vertraut waren, und eines, das er nur in Pal-ul-don gesehen hatte, wo man es als Gryf kannte. Ulan sagte ihm, es sei ein Gyor, man finde ihn auf der Gyor Cors oder Gyor-Ebene, die am Ende des Thipdar-Gebirges jenseits von Clovi lag.

Die Zeichnungen waren klar umrissen und sehr sorgfältig ausgeführt. Die anderen Stammesmitglieder hielten sie für wundervoll, denn Ulan war der erste, der je dergleichen vollbracht hatte, und sie konnten nicht begreifen, wie er es tat. Wäre er ein Schwächling gewesen, so hätte er dieser Begabung wegen bei ihnen gewiß an Ansehen verloren, aber da er zu allem auch ein berühmter Jäger und Krieger war, steigerten seine Talente den Ruhm und die Wertschätzung nur noch, deren er sich bei allen erfreute.

Doch obwohl diese und noch einige andere Tarzan gegenüber freundlich gesonnen waren, brachten die meisten ihm Mißtrauen entgegen, denn seit Menschengedenken hatte nie ein fremder Krieger ihr Dorf anders als in feindlicher Absicht betreten. Sie warteten auf die Rückkehr von Carb und den Kriegern seiner Begleitung, weil dann der Rat zusammentreten und den Fremden zum Tode verurteilen würde, wie sie hofften.

In dem Maße, wie sie Tarzan besser kennenlernten, wurden ständig noch andere von ihm eingenommen, und dies galt besonders für die Gelegenheiten, bei denen er sie bei der Jagd begleitete. Sein Geschick und seine Gewandtheit rangen ihnen Bewunderung ab, und die seltsamen Waffen, die sie zuerst voller Geringschätzung betrachtet hatten, riefen sehr bald ihre einhellige Begeisterung hervor.

Je länger Carb wegblieb, desto mehr wuchsen Tarzans Chancen, von dem Stamm auf gleichberechtigter Basis als einer der ihren akzeptiert zu werden - ein Faktor, auf den er hoffte, da er ihm eine Basis gewährleisten würde, von der aus er die Suche nach seinen Gefährten vornehmen konnte, unterstützt von Verbündeten, die mit dem Land vertraut waren und auf deren freundschaftliche Dienste er bei seiner Suchaktion rechnen konnte.

Er war überzeugt, daß Jason Gridley, sollte er noch leben, sich in diesem gewaltigen Gebirge verirrt hatte, und falls er ihn fand, konnten sie schließlich mit Unterstützung der Clovier das Lager der O-220 ausfindig machen.

Er hatte viele Male mit den Cloviern gegessen, bei ihnen geschlafen und sie auf mehreren Jagdzügen begleitet. Es war Mittag gewesen, als er angekommen war, und es war noch immer Mittag, so daß er nicht wußte, ob seitdem ein Tag oder ein Monat verstrichen war. Er hockte gerade beim Herdfeuer von Maral und unterhielt sich mit ihr und Ulan, als aus der Schlucht das Pfeifsignal der Clovier ertönte, das die Ankunft einer befreundeten Gruppe verkündete, und einen Augenblick später bog ein Jüngling um den Felsvorsprung der Klippe und rannte ins Dorf.

„Das ist Tomar", verkündete Maral. „Vielleicht bringt er Nachricht von Carb."

Der Jüngling rannte zur Mitte der riesigen Felsenplatte, auf der das Dorf stand. Er blieb einen Augenblick mit dramatisch erhobener Hand stehen, um sich Gehör zu verschaffen, und verkündete dann laut: „Carb kehrt zurück. Die siegreichen Krieger von Clovi kehren mit der schönsten Frau von Zoram heim. Groß ist Carb! Groß sind die Krieger von Clovi!"

Die Herdfeuer und alltäglichen Beschäftigungen wurden für den Moment vernachlässigt, während der Stamm vorrückte, um das Eintreffen der siegreichen Kriegertruppe zu erwarten.

Da kamen sie in Sicht, als sie um den Felsvorsprung bogen und hintereinander auf das Gesims traten - zwanzig Krieger, angeführt von Carb, und unter ihnen ein Mädchen, dem man die Hände auf dem Rücken gefesselt hatte. Ein muskulöser Krieger führte sie an einem Lederriemen, den man ihr um den Hals gelegt hatte.

Der Affenmensch interessierte sich jedoch in erster Linie für Carb, denn seine Stellung im Stamm, vielleicht sogar sein Leben hing von der Entscheidung dieses Mannes ab, der in den Räten seines Volkes großen Einfluß hatte, das hatte er herausbekommen.

Carb war ganz offensichtlich ein Mann von großer physischer Stärke. Seine regelmäßigen Gesichtszüge zeigten viel von der physischen Schönheit, die ein Merkmal seines Volkes war, nur wurde der Eindruck des sonst sehr anziehenden Antlitzes durch die schmalen, grausamen Lippen und die kalten, unsympathischen Augen arg gemindert.

Nach der Betrachtung von Carb wanderten die Augen des Affenmenschen zu der Gefangenen und wurden durch die beeindruckende Schönheit des Mädchens festgehalten. In der Tat müssen diejenigen recht haben, die behaupten, sie sei die schönste Frau von Zoram, denn es steht zu bezweifeln, daß in dieser Welt oder in der äußeren welche leben, die auf größere Schönheit denn diese hier Anspruch erheben können, dachte er.

Avan, der Häuptling, stand in der Mitte der Felsenplatte und empfing die zurückkehrenden Krieger. Er blickte wohlgefällig auf die Beute und lauschte aufmerksam, während Carb die wichtigeren Einzelheiten der Expedition zu Gehör brachte.

„Wir werden sofort den Rat einberufen, um zu entscheiden, wer die Gefangene besitzen soll, und gleichzeitig können wir noch eine andere Sache regeln, auf die wir bis zur Rückkehr von Carb und seinen Kriegern gewartet haben."

„Worum handelt es sich?" fragte Carb.

„Dort steht ein Fremder, der gern in unseren Stamm eintreten und einer von uns sein würde", erklärte Avan.

Carb blickte mit kalten Augen auf den Affenmenschen, und seine Stirn umwölkte sich. „Warum ist er nicht getötet worden?" fragte er. „Wir wollen ihn auf der Stelle erledigen."

„Das hast nicht du zu entscheiden", sagte Avan, der Häuptling. „Nur die Krieger im Rat können sagen, was getan werden soll."

Carb zuckte die Schultern. „Wen der Rat ihn nicht tötet, werde ich das übernehmen", sagte er. „Ich, Carb, will nicht, daß ein Feind in dem Dorf lebt, wo ich wohne."

„Dann wollen wir sofort den Rat einberufen, denn wenn Carb größer als der Rat der Krieger ist, sollten wir es erfahren", sagte Ulan, und ein sarkastischer Ton lag in seiner Stimme.

„Wir sind lange marschiert, ohne zu essen oder zu schlafen", sagte Carb. „Also wollen wir erst etwas zu uns nehmen und ausruhen, ehe der Rat abgehalten wird, denn vielleicht werden dort Probleme aufgeworfen, die unsere ganze Kraft erfordern", sagte er und blickte dabei bewußt auf Ulan.

Die anderen Krieger, die Carb begleitet hatten, wollten auch erst essen und sich ausruhen, ehe der Rat abgehalten wurde, und Avan, der Häuptling, gab ihren berechtigten Forderungen nach.

Die Gefangene hatte seit ihrer Ankunft im Dorf kein Wort gesprochen und wurde nun Maral übergeben, die Anweisung erhielt, ihr zu essen zu geben und für eine Schlafgelegenheit zu sorgen. Die Handfesseln wurden ihr abgenommen, und man brachte sie zum Herdfeuer der Häuptlingsfrau, wo sie mit einem Ausdruck hochmütiger Geringschätzung auf dem schönen Gesicht stehenblieb.

Keine der Frauen zeigte Neigung, die Gefangene zu beschimpfen - eine Haltung, die Tarzan ziemlich überraschte, bis man ihm den Grund dafür erläuterte. Schließlich war er mehr als einmal Zeuge von Grausamkeiten gewesen, die die Frauen der Eingeborenenstämme Afrikas weiblichen Gefangenen zufügten, welche in ihre Hände gefallen waren.

Besonders Maral war sehr freundlich zu dem Mädchen. „Warum sollte ich nicht?" fragte sie, als Tarzan eine diesbezügliche Bemerkung machte. „Unsere Töchter, sogar jede von uns kann jederzeit von Kriegern eines anderen Stammes geraubt werden, und wenn bekannt würde, daß wir zu ihren Frauen grausam waren, würden sie es uns zweifellos in gleicher Münze heimzahlen. Davon abgesehen gibt es keinen Grund, warum wir nicht freundlich zu einer Frau sein sollten, die für den Rest ihres Lebens bei uns hausen wird. Wir sind zahlenmäßig wenige und ständig zusammen. Würden wir feindselige Absichten hegen und uns dauernd streiten, wäre unser Leben weniger glücklich. Seit du hier bist, hast du gewiß noch nie Streitigkeiten unter den Frauen von Clovi erlebt. Du würdest es auch nicht, wenn du für den Rest deines Lebens hierbliebest. Natürlich hat es bei uns streitsüchtige Frauen gegeben, ebenso wie manchmal verkrüppelte Kinder geboren wurden, doch wie wir die einen zum Nutzen des Stammes töten, geschieht es auch mit den anderen."

Sie wandte sich zu dem Mädchen. „Setz dich hin", sagte sie freundlich. „Im Topf ist Fleisch. Iß, dann kannst du schlafen. Fürchte dich nicht, du bist unter Freunden. Ich komme auch aus Zoram."

Da blickte das Mädchen die Sprecherin an. „Du bist aus Zoram?" fragte sie. „Dann weißt du ja, wie mir zumute ist. Ich will dorthin zurück. Eher würde ich sterben, als woanders zu leben."

„Das geht vorüber", sagte Maral. „Anfangs habe ich genauso empfunden. Aber als ich mit dem Volk von Clovi näher bekannt wurde, stellte ich fest, daß sie dem von Zoram sehr ähneln. Sie sind freundlich zu mir gewesen und werden es auch dir gegenüber sein, und dann wirst du so glücklich, wie ich war. Wenn sie dir einen Lebensgefährten gegeben haben, wirst du das Leben anders sehen."

„Ich werde mich mit keinem von ihnen zusammentun", sagte das Mädchen und stampfte mit dem Fuß auf. „Ich bin Jana, die Rote Blume von Zoram, und ich wähle mir selbst meinen Gefährten."

Maral schüttelte traurig den Kopf. „Genauso habe ich einst geredet, doch ich habe mich verändert, und du wirst es auch tun."

„Ich nicht", sagte das Mädchen. „Ich habe bis jetzt nur einen Mann kennengelernt, mit dem ich zusammenleben möchte, und werde es nie mit einem anderen tun."

„Du bist Jana, die Schwester von Thoar?" fragte Tarzan.

Das Mädchen blickte ihn überrascht an, und ihre Augen musterten ihn schnell und aufmerksam, als bemerke sie ihn erst jetzt. „Ach, und du bist der Fremde, den Carb töten möchte", sagte sie.

„Stimmt", antwortete der Affenmensch.

„Was weißt du von Thoar, meinem Bruder?"

„Wir waren zusammen auf Jagd und befanden uns auf dem Rückweg nach Zoram, als ich von ihm getrennt wurde. Wir folgten den Spuren von dir und einem Mann, der bei dir war, als der Sturm kam und sie verwischte. Dein Begleiter war der, den ich suchte."

„Was weißt du über ihn?" fragte das Mädchen.

„Er ist mein Freund", erwiderte Tarzan. „Was ist aus ihm geworden?"

„Er wurde während des Sturms in einem Cañon von den Wassermassen eingeschlossen und muß ertrunken sein", erwiderte Jana bekümmert. „Kommst du auch aus seinem Land?"

„Ja."

„Woher wußtest du, daß er bei mir war?" fragte sie.

„Ich erkannte seine Spur und Thoar die von dir."

„Er war ein großer Krieger und ein sehr tapferer Mann", sagte sie.

„Bist du sicher, daß er tot ist?" fragte Tarzan.

„Völlig", erwiderte die Rote Blume von Zoram.

Sie saßen eine Weile schweigend, und jeder dachte an Jason Gridley. „Du warst sein Freund", sagte Jana. Sie war neben ihn getreten und hatte sich an seine Seite gesetzt. Nun beugte sie sich noch mehr zu ihm. „Sie werden dich töten", flüsterte sie. „Ich kenne die Leute von diesen Stämmen besser als du, und ich kenne Carb. Er wird seinen Willen haben. Du warst Jasons Freund, und ich war es auch. Wenn wir fliehen, kann ich dich zurück nach Zoram führen, und wenn du Thoars Freund und der meinige bist, werden die Menschen von Zoram dich aufnehmen müssen."

„Warum flüstert ihr?" fragte eine rauhe Stimme hinter ihnen, und als sie sich umwandten, erkannten sie Avan, den Häuptling. Ohne auf eine Erwiderung zu warten, wandte er sich an Maral. „Bring die Frau in die Höhle", sagte er. „Sie wird dort bleiben, bis der Rat entschieden hat, wer sie als Lebensgefährtin haben soll. In der Zwischenzeit werde ich Krieger vor den Höhleneingang stellen, damit sie nicht fliehen kann."

Als Maral Jana zuwinkte, sie solle mit zur Höhle kommen, stand diese auf, warf jedoch einen flehentlichen Blick auf Tarzan. Der stand bereits und blickte schnell um sich. Etwa einhundert Stammesmitglieder waren auf der Felsenplatte verstreut, wobei nahe der Öffnung zu dem Weg, der in den Cañon hinabführte und den einzigen Fluchtweg darstellte, ein volles Dutzend Krieger herumlungerten. Allein hätte er sich durchkämpfen können, doch mit dem Mädchen war es unmöglich. Er schüttelte den Kopf und formte mit den Lippen das Wort „Warte", doch von Avan abgewandt. Einen Augenblick später betrat die Rote Blume von Zoram die dunkle Höhle der Clovier.

„Was dich nun betrifft, du Mensch aus einem anderen Land, so bist du ein Gefangener, bis der Rat über dein Schicksal entschieden hat", sagte Avan zu Tarzan. „Geh deshalb in die Höhle und bleibe dort, bis der Rat der Krieger gesprochen hat."

Zwar versperrten ihm ein Dutzend Krieger den Weg in die Freiheit, aber sie lungerten müßig herum und erwarteten keinen dringenden Einsatz. Ein kühner Vorstoß in die Freiheit hätte ihn hinter sie gebracht, ehe sie erfaßt hätten, daß er einen Fluchtversuch unternahm. Er war fest überzeugt, daß die Stimme des Rates zu seinen Ungunsten ausfallen würde, und wenn diese Entscheidung verkündet wurde, würde er von allen Kriegern der Clovi umzingelt werden, alle wachsam und bereit, eine Flucht zu verhindern. Deshalb war jetzt der geeignetste Moment. Doch Tarzan von den Affen unternahm keinen Durchbruch. Vielmehr wandte er sich um und ging auf den Eingang der Höhle zu, denn die Rote Blume von Zoram hatte sich an ihn um Hilfe gewandt, und er würde die Schwester von Thoar und Freundin von Jason nicht im Stich lassen.

Der phelische Sumpf

Als Jason Gridley die Seite des Cañons zu dem einsamen Krieger hinabstürmte, der sich dem Angriff des riesigen, von der Oberkante der gegenüberliegenden Wand schnell durch die Luft gleitenden Reptils stellte, erinnerte er sich blitzschnell eines Bildes, auf dem ein ähnliches ausgestorbenes Reptil dargestellt war, und er erkannte dieses Wesen als einen Stegosaurus der Juraepoche. Doch wie unzureichend hatte das Bild, das er gesehen hatte, die kolossalen Ausmaße des Geschöpfes wiedergegeben. Auch der furchteinflößende Anblick war nur ganz entfernt getroffen worden.

Er sah den einsamen Krieger dort stehen und dem unvermeidlichen Untergang ins Auge blicken, doch in seiner Haltung war keine Spur von Angst zu entdecken. In der rechten Hand hielt er den kümmerlichen Speer, in der linken das primitive Steinmesser. Er würde sterben, aber er würde sich bewähren. Da gab es kein panisches Entsetzen, keinen sinnlosen Fluchtversuch.

Die Entfernung zwischen Jason und dem Stegosaurus war zu weit für einen Revolverschuß, doch der Amerikaner hoffte, wenigsten die Aufmerksamkeit des Reptils von seinem Opfer ablenken oder es vielleicht durch den ungewohnten Knall der Waffe verscheuchen zu können, und so feuerte er zweimal in schneller Folge, während er zum Grund des Cañons hinunterstürmte. Das zumindest eine der Kugeln das Reptil traf, war der Tatsache zu entnehmen, daß es von seinem Kurs abwich und gleichzeitig einen lauten, kreischenden Schrei ausstieß.

Durch das Krachen des Revolvers auf Jason aufmerksam gemacht und seine Verwundung offensichtlich diesem neuen Feind zuschreibend, benutzte das Reptil den Schwanz als Seitenruder, neigte die Rückenplatten auf eine Seite und schwenkte in Richtung des Amerikaners ab.

Als die zwei Schüsse die Stille des Cañons brachen, wandte der Krieger seinen Blick in die Richtung des Mannes, der den Steilhang hinab zu ihm gerannt kam. Dann sah er das Reptil auf den Ankömmling zuschwenken.

Erbgut und Training, gepaart mit Erfahrung, hatten diesen primitiven Wilden gelehrt, daß jedermanns Hand gegen ihn erhoben war, es sei denn, der Betreffende war ein Mitglied des eigenen Stammes. In seinem ganzen Leben hatte die Erfahrung nur in einem einzigen Fall diese Lehre Lügen gestraft, und so erschien ihm unfaßbar, daß der Fremde - denn als solchen hatte er ihn sofort erkannt - sein Leben aufs Spiel setzte, um ihm zu Hilfe zu eilen. Es schien jedoch keine andere Erklärung zu geben, und so rannte der verwirrte Krieger, statt jetzt, da die Aufmerksamkeit des Reptils von ihm abgelenkt war, sein Heil in der Flucht zu suchen, schnell zu Jason, um dem Angriff dieser Kreatur mit vereinten Kräften zu begegnen.

Von dem Moment an, als der Stegosaurus vom Gipfel der Felsenklippe abgesprungen war, hatte er sich mit einer Geschwindigkeit durch die Luft geschnellt, die völlig im Widerspruch zu den Ausmaßen seiner massigen Gestalt zu stehen schien, so daß alles, was in der Zwischenzeit abgelaufen war, nur wenige Momente gedauert hatte, und Jason Gridley sah sich dem heranstürmenden Tod gegenüber, noch ehe er Zeit hatte, sich über die möglichen Folgen dieses gewagten Dazwischentretens Gedanken zu machen.

Das grauenerregende Ungeheuer schoß mit weit aufgerissenem Rachen und unter schrillem Geschrei auf ihn zu, doch jetzt stellte es endlich ein leichtes Ziel dar, und Jason Gridley war erfahren genug, die veränderte Situation zu nutzen.

Er schoß schnell mit beiden Waffen und versuchte, das winzige Gehirn zu erreichen, dessen genaue Lage er nur ahnen konnte und das er mit seinen Kugeln durch den Gaumen des geöffneten Schnabels zu treffen suchte. Seine größte Hoffnung lag jedoch darin, daß die Bestie sich dem schrecklichen Trommelfeuer seiner Schüsse nicht lange aussetzen konnte, und in dieser Beziehung hatte er recht. Das seltsame, furchteinflößende Krachen, der Schmerz und das Auftreffen der Kugeln, die in seinen Schädel drangen, waren zu viel für den Stegosaurus. Kaum ein halbes Dutzend Fuß von Gridley entfernt flog er aufwärts und über seinen Kopf hinweg, wobei er noch zwei oder drei Kugeln in den Bauch abbekam.

Noch immer schreiend vor Wut und Schmerz glitt er hinter ihm zu Boden.

Fast sofort wandte er sich um, um den Angriff zu erneuern. Diesmal kam er auf seine vier Füße zu stehen, und Jason erkannte, daß er sich auf der Erde ebenso furchteinflößend und gewaltig erwies wie zuvor in den Lüften, denn ungeachtet seiner gewaltigen Körpermasse bewegte es sich höchst gewandt und schnell.

Während er mit dem Gesicht dem zurückkehrenden Ungeheuer zugewandt wartete, erreichte ihn der Krieger.

„Stell dich auf diese Seite von ihm, ich werde auf der anderen angreifen", sagte er. „Halte dich fern von seinem Schwanz. Benutze den Speer, du kannst ein Dyrodor nicht durch Lärm verscheuchen."

In Befolgung der Ratschläge des Kriegers sprang Jason Gridley schnell auf die eine Seite, wobei er im stillen über die naive Vermutung des Mannes lächeln mußte, sein Colt tauge nur zur Abschreckung des Ungeheuers.

Der Krieger nahm seinen Platz auf der anderen Seite des sich nähernden Reptils ein, doch noch ehe er Zeit hatte, den Speer zu werfen oder Jason wieder schießen konnte, taumelte der Unhold nach vorn, seine Nase grub sich in die Erde, und dann kippte er tot zur Seite.

„Er ist tot!" sagte der Krieger überrascht. „Was mag ihn getötet haben? Keiner von uns hat einen Speer geworfen."

Jason steckte die Colts in die Halfter. „Die hier haben ihn zur Strecke gebracht", sagte er und klopfte darauf.

„Geräusche töten nicht", erwiderte der Krieger skeptisch. „Nicht das Gebell des Jalok oder das Knurren des Höhlenbären zerfleischt den Menschen. Auch das Zischen des Thipdars tötet niemanden."

„Es war auch nicht das Geräusch, das ihn umgebracht hat", erwiderte Jason. „Wenn du seinen Kopf und besonders seinen Gaumen untersuchst, wirst du feststellen, was geschah, als meine Waffen sprachen."

Jasons Anregung folgend, untersuchte der Krieger den Kopf und den Schnabel des Dyrodor, und als er die klaffenden Wunden gesehen hatte, blickte er Jason mit Hochachtung an. „Wer bist du, und was tust du im Land von Zoram?" fragte er.

„Mein Gott, ich bin in Zoram?" rief Jason.

„So ist es."

„Und du bist einer der Männer von Zoram?" forschte der Amerikaner weiter.

„Richtig. Doch wer bist du?"

„Sage mir, kennst du Jana, die Rote Blume von Zoram?" fragte Jason beharrlich weiter.

„Was weißt du von der Roten Blume von Zoram, Fremder?" erkundigte sich nun der andere. Dann weiteten sich seine Augen in einer neuen Erkenntnis. „Sage mir, mit welchem Namen rufen sie dich in dem Land, aus dem du kommst?"

„Mein Name ist Gridley, Jason Gridley", entgegnete der Amerikaner.

„Jason!" rief der andere. „Richtig, Jason Gridley, das ist es. Berichte mir, Mensch, wo befindet sich die Rote Blume von Zoram? Was hast du mit ihr getan?"

„Genau das möchte ich dich fragen", sagte Jason. „Wir wurden getrennt, und seither suche ich nach ihr. Aber was weißt du von mir?"

„Ich bin dir lange Zeit gefolgt, doch das Wasser kam und verwischte deine Spuren", antwortete der andere.

„Warum bist du mir gefolgt?"

„Weil du mit der Roten Blume von Zoram zusammen warst", entgegnete der andere. „Ich bin dir gefolgt, um dich zu töten, aber er sagte, du würdest ihr kein Leid antun. Er behauptete, sie sei freiwillig mit dir gegangen. Ist das wahr?"

„Sie ist eine ganze Weile freiwillig mit mir gegangen, aber dann verließ sie mich. Ich habe ihr jedoch nichts zuleide getan", erwiderte Jason.

„Vielleicht hat er dann recht gehabt", sagte der Krieger. „Ich warte, bis ich sie finde, und wenn du ihr nichts angetan hast, werde ich dich nicht töten."

„Wen meinst du mit 'er'? Es gibt niemanden in Pellucidar, der etwas über mich wissen könnte, Jana ausgenommen."

„Du kennst Tarzan nicht?" fragte der Krieger.

„Tarzan!" rief Jason. „Du hast Tarzan gesehen? Ist er am Leben?"

„Ich habe ihn gesehen. Wir haben zusammen gejagt und sind dir und Jana gefolgt, doch er lebt jetzt nicht mehr. Er ist tot."

„Tot! Bist du sicher, daß er tot ist?"

„Jawohl."

„Wie ist es geschehen?"

„Wir überquerten gerade den Gipfel des Gebirges, als er von einem Thipdar ergriffen und weggetragen wurde."

Tarzan tot! Er hatte Derartiges befürchtet, doch selbst jetzt, da sich ein Zeuge gefunden hatte, erschien es ihm noch immer unglaublich. Sein Verstand konnte die Bedeutung der Worte kaum erfassen, die er soeben gehört hatte, denn er dachte an die Körperkräfte und die Vitalität dieses Mannes aus Stahl. Es schien unfaßbar zu sein, daß eine derartige Reckengestalt nicht mehr vor Leben pulsierte, daß die mächtigen Muskeln nicht länger unter der glatten, dunkelbraunen Haut rollten, daß das mutige Herz nicht länger schlug.

„Du hast ihn sehr gemocht?“ fragte der Krieger, der bemerkt hatte, wie schweigsam und niedergeschlagen der andere war.

„Ja“, sagte Jason.

„Mir ging es genauso, doch weder Tar-gash noch ich konnten ihn retten, der Thipdar schlug so schnell zu und war wieder verschwunden, ehe wir unsere Waffen einsetzen konnten.“

„Wer ist Tar-gash?“ fragte Jason.

„Ein Sagoth - einer der behaarten Menschen“, erwiderte der Krieger. „Sie leben im Wald und werden von den Mahars oft als Krieger benutzt.“

„Und er war mit dir und Tarzan zusammen?“ erkundigte sich Jason.

„Ja. Sie waren zusammen, als ich sie das erste Mal sah. Aber jetzt ist Tarzan tot, und Tar-gash ist in sein Heimatland zurückgegangen. Ich aber muß meine Suche nach der Roten Blume von Zoram fortsetzen. Du hast mir das Leben gerettet, Mensch aus einem anderen Land, aber ich weiß nicht, ob du ihr nicht vielleicht doch etwas zuleide getan hast. Vielleicht hast du sie getötet. Woher soll ich das wissen? Ich weiß nicht, was ich tun sollte.“

„Ich suche auch nach Jana“, sagte Jason. „Wir wollen gemeinsam nach ihr forschen.“

„Und wenn wir sie gefunden haben, kann sie mir sagen, ob ich dich töten soll oder nicht.“

Jason mußte daran denken, wie zornig Jana ihm gegenüber gewesen war. Sie hätte ihn ja fast selbst getötet. Vielleicht war es für sie bequemer, diesem Krieger zu gestatten, ihn zu töten. Dieser Mann war offensichtlich ihr Geliebter, und wenn er die Wahrheit erfuhr, bedurfte es keiner Aufforderung, einen Rivalen zu vernichten. Doch ließ er sich bei seiner Erwiderung keine Besorgnis anmerken.

„Ich will mit dir gehen, und wenn ich der Roten Blume von Zoram etwas angetan habe, darfst du mich töten. Wie lautet dein Name?“

„Thoar“, erwiderte der Krieger.

Jana hatte ihren Bruder Jason gegenüber erwähnt, doch falls sie seinen Namen hatte fallen lassen, so hatte der Amerikaner ihn vergessen, denn er hielt an dem Gedanken fest, Thoar sei der Geliebte, vielleicht gar der Lebensgefährte der Roten Blume, und diese Vorstellung war ihm alles andere als angenehm. Warum, hätte er selbst nicht sagen können. Je mehr er über die Sache nachdachte, desto überzeugter war er, daß Thoar Janas Lebensgefährte war, denn wer könnte sonst das natürliche Verlangen besitzen, jemanden zu töten, der ihr unrecht getan hatte? Ja, er war überzeugt, daß der Mann Janas Gefährte war. Dieser Gedanke machte ihn zornig, denn sie hatte ihn glauben lassen, sie habe keinen ihr Zugesprochenen. Typisch Frau, überlegte er. Sie wollen nur immer flirten und einfach so zum Zeitvertreib aus einem Mann einen Narren machen. Doch bei ihm war ihr das nicht gelungen. Er war ihren Reizen nicht zum Opfer gefallen, deshalb war sie auch so zornig gewesen. Ihre Eitelkeit war verletzt worden, und da sie eine sehr primitive junge Person war, war das erste, was ihr daraufhin eingefallen war, ihn zu töten. Was für ein kleiner Teufel war sie doch, da sie versucht hatte, ihn so weit zu bringen, daß er sie liebte, wobei sie schon einen Gefährten hatte. So gelang es Jason fast, sich in maßlosen Zorn zu steigern, indes kam ihm sein Sinn für Humor zu Hilfe. Aber selbst als er lächelte, steckte dennoch tief in ihm etwas, das schmerzte, und er fragte sich warum.

„Wo hast du Jana zuletzt gesehen?" fragte Thoar. „Wir können dorthin zurückkehren und versuchen, ihre Spur wiederzufinden."

„Ich weiß nicht, ob ich das erklären kann", erwiderte Jason. „Es fällt mir sehr schwer, den eigenen Standort zu bestimmen oder etwas dergleichen, wenn es keine Kompaßpunkte gibt."

„Wir können gemeinsam an dem Punkt anfangen, wo wir euer beiden Spuren entdeckten", sagte Thoar.

„Vielleicht ist das nicht notwendig, wenn du das Land auf der anderen Seite des Gebirgsrückens kennst", sagte Jason. „Als ich von der Stelle, wo ich Jana das erste Mal sah, zum Gebirge zurückkehrte, klaffte zu meiner Linken eine riesige Schlucht. Dorthin rannten zwei Männer von den vieren, die sie verfolgt hatten, nachdem ich zwei von ihnen getötet hatte. Jana versuchte, weit rechts von dieser Kluft einen Weg zum Gipfel zu finden, doch unser Pfad wurde von einem tiefen Felsspalt unterbrochen, der parallel zum Fuße des Gebirges verlief, so daß sie gezwungen war, zur Schlucht zurückzukehren, in die sie dann hinabstieg. Das letzte, was ich von ihr sah, war, daß sie die Klamm hinaufging. Wenn du weißt, wo diese liegt, brauchen wir nicht den ganzen Weg zu der Stelle zurückzukehren, wo ich ihr zuerst begegnete."

„Ich kenne die Schlucht", sagte Thoar. „Und wenn die zwei Phelier dort hineingingen, ist es möglich, daß sie sie geraubt haben. Wir werden also in Richtung dieser Schlucht suchen, und wenn wir keine Spur von ihr finden, gehen wir zum Land der Phelier ins Tiefland hinunter."

Thoar ging den Weg voran durch ein Labyrinth zerklüfteter Berggipfel. Zeit bedeutete für ihn gar nichts, sie war auch für Jason Gridley kaum mehr als eine Erinnerung. Fanden sie etwas zu essen, dann aßen sie. Waren sie müde, dann schliefen sie, und ständig ragten vor ihnen gefährliche Felsklippen, die sie umrunden, und riesige Felswände, die sie erklimmen mußten. Dem Amerikaner wäre es unglaubhaft erschienen, daß ein Mädchen sich hier jemals zurechtfinden konnte, hätte er nicht Gelegenheit gehabt, der Roten Blume von Zoram auf ihren Wegen zu folgen.

Zuweilen waren sie gezwungen, einen Weg weiter unten durch die Wälder einzuschlagen, die sich die Berghänge hinaufzogen. Hier fanden sie mehr Wild, und mit Thoars Hilfe fertigte sich Jason aus der Haut einer Bergziege ein Kleidungsstück an. Es war bestenfalls ein geschecktes Gewand, erfüllte jedoch den Zweck, für den es gedacht war, voll und ganz und ließ Arme und Beine frei. Auch dauerte es nicht lange, da erkannte er die Vorteile und fragte sich, warum der zivilisierte Mensch der Außenrinde sich dermaßen mit nutzlosen Kleidungsstücken belastete, wenn die Klimaverhältnisse es nicht erforderten.

Als Jason Thoar besser kennenlernte, spürte er, daß sich seine Haltung ihm gegenüber vom Argwohn zur Bewunderung wandelte, und schließlich empfand er eine echte Sympathie für diesen wilden Pellucidarier, ungeachtet der Tatsache, daß diesem Empfinden doch noch ein Quentchen wenn nicht ausgesprochene Animosität, so doch etwas dergleichen beigegeben war. Jason hatte Schwierigkeiten, das Gefühl zu ergründen, das ihn zu bewegen schien. Zwar konnte es keine Rivalität zwischen ihm und diesem primitiven Krieger geben, dennoch war sein ganzes Verhalten und sein Benehmen Thoar gegenüber von derselben Art, wie es peinlichst genau auch von einem ehrenwerten Mann gegenüber einem ehrenwerten Gegner oder Rivalen eingehalten wird.

Sie sprachen selten von Jana, doch der Gedanke an sie verdrängte bei beiden alles andere. Jason überdachte oft noch einmal jede einzelne Begebenheit aus der Zeit, in der er mit ihr zusammen war, jede kleine charakteristische Geste, jeder Gesichtsausdruck hatte sich ihm unauslöschlich eingeprägt, wie auch die Umrisse ihrer vollkommenen Gestalt und der strahlende Liebreiz ihres Antlitzes. Nicht einmal die bitteren Worte, mit den sie ihn beim Abschied bedacht hatte, konnten die Erinnerung an ihre freudige Kameradschaft tilgen. Nie zuvor in seinem Leben hatte er die Gesellschaft einer Frau so vermißt. Manchmal versuchte er, sie aus seiner Erinnerung zu vertreiben, indem er sich Geschehnisse aus Zeiten seiner Verbindung mit Cynthia Furnois oder Barbara Green ins Gedächtnis rief, doch das Bild der Roten Blume von Zoram blieb unablässig im Vordergrund, während die von Cynthia und Barbara allmählich immer mehr der Vergessenheit anheimfielen.

Dieser Zustand geistiger Unterwerfung unter die Persönlichkeit einer ungebildeten Wilden, wie schön auch immer sie sein mochte, kratzte an seinem Ego, und so versuchte er, ihr zu entrinnen, indem er sich der Trauer über Tarzans Tod hingab, aber er konnte sich einfach nicht damit abfinden, daß dieser tot sein sollte. Das war eines jener Dinge, die man sich einfach nicht vorstellen konnte.

Da ihm dies ständig mißlang, trachtete er, seinen Verstand mit Mutmaßungen über das Schicksal von Horsts, Muviros und der Wazirikrieger zu beschäftigen. Auch grübelte er, was wohl an Bord des großen Luftschiffes geschehen sein mochte, nach dem er oft den wolkenlosen Himmel von Pellucidar absuchte. Doch wohin seine Gedanken auch schweiften, und sei es zu den fernen Tarzanabergen im nicht minder fernen Kalifornien - sie kehrten immer wieder zu der mädchenhaften Gestalt der Roten Blume von Zoram zurück.

Thoar wiederum hatte in dem Amerikaner einen Gefährten nach seinem Geschmack gefunden - einen verläßlichen Mann von ruhigem Auftreten, stets bereit, seinen Teil der Bürde und Verantwortung auf sich zu nehmen, die der Marsch durch das wilde Land ihnen auferlegte.

So gelangten die zwei schließlich an den Rand der großen Schlucht, und obwohl sie sie eine beträchtliche Strecke in jeder Richtung abliefen, fanden sie keine Spur von Jana oder auch nur ein Anzeichen, daß sie hier durchgekommen war.

„Wir gehen ins Tiefland hinunter, in ein Land, das Pheli genannt wird, und selbst wenn wir sie nicht finden, werden wir sie rächen“, sagte Thoar.

Die Vorstellung dieser primitiven Gerechtigkeit, die in Thoars Entschluß lag, rief bei dem zivilisierten Amerikaner keinen Widerspruch hervor, was die ethische Seite der Angelegenheit betraf. In der Tat schien es auch für ihn die natürlichste Sache der Welt zu sein, daß er und Thoar nicht nur einen Gerichtshof bilden, sondern auch gleich das Werkzeug der Strafe sein müßten, denn so leicht streift der

Mensch die dünne Lackschicht der Zivilisation ab, die ihn von seinen primitiven Vorfahren unterscheidet.

So wurde eine Kluft von vielleicht einhunderttausend Jahren, die zwischen Thoar von Zoram und Jason Gridley aus Tarzana gähnte, mit einmal geschlossen. Von demselben Haß erfüllt, stiegen sie die Hänge des Thipdar-Gebirges in Richtung des Landes Pheli hinab, und beider Herzen waren erfüllt von der Lust zu töten. Da bedurfte es keines profitgierigen Munitionsfabrikanten, um einen Krieg vom Zaun zu brechen.

Durch ansehnliche Wälder und über leicht gewelltes Hügelgelände marschierten Thoar und Jason zum Land von Pheli. Hier wimmelte es von Wild aller Gattungen. Auf ihrem Weg lauerten grimmige Raubtiere, dumme, leicht erregbare Pflanzenfresser von beträchtlichem Gewicht und reizbarem Gemüt oder gigantische Reptile, unter deren anstürmenden Füßen die Erde bebte. Nur durch Einsatz der überlegenen Intelligenz des Menschen, verbunden mit einem beträchtlichen Anteil von Glück, gelangten sie unversehrt in das Sumpfland, wo Pheli lag. Hier schien die Welt den Reptilien überantwortet zu sein. Sie schwärmten tausendfach und in allen Größen und unendlichen Varianten umher, hausten im Wasser und an Land, nährten sich von Fleisch oder Pflanzen, zischten und schrieen, kämpften und verschlangen einander ständig, so daß Jason sich fragte, wann sie wohl die Zeit fanden, ihre Art fortzupflanzen, und wie die Pflanzenfresser unter ihnen ungeschoren davonkamen. Das gesamte Dasein eines großen Teils ihrer Art schien in einer entsetzlichen Orgie der Vernichtung zu bestehen. Dennoch lieferte die ungeheure Größe von vielen sowie die Mannigfaltigkeit der Pflanzenfresserarten den eindeutigen Beweis, daß eine beträchtliche Anzahl von ihnen ein hohes Alter erreichte, denn im Gegensatz zu den Säugetieren hören Reptilien niemals auf zu wachsen, solange sie leben.

Das Sumpfland, in dem nach Thoars Ansicht die Dörfer der Phelier zu finden waren, brachte einen ungeheuren Wald mit riesigen Bäumen hervor, und ihre Zweige waren derart miteinander verflochten, daß die zwei Männer es manchmal für angeratener hielten, sich in ihnen fortzubewegen als auf dem trügerischen, sumpfigen Boden. Auch waren die Reptilien hier kleiner, wenngleich kaum weniger zahlreich. Es gab jedoch Ausnahmen darunter, und die größte Besorgnis riefen bei ihnen Schlangen von solch titanischen Ausmaßen hervor, daß Jason bei der ersten Begegnung mit einer von ihnen seinen Augen nicht traute. Sie schluckte ein Trachodon, das fast so groß wie ein Elefant war. Dieser riesige, pflanzenfressende Dinosaurier lebte noch und kämpfte tapfer, dem saugenden Schlund der Schlange zu entkommen, doch nicht einmal seine riesige Körperkraft oder das bedrohliche Waffenarsenal seiner Zähne, das eine Reserve von über vierhundert allein im Unterkiefer einschloß, konnte in diesem ungleichen Kampf mit dem kolossalen Geschöpf etwas ausrichten, das ihn langsam bei lebendigem Leib hinunterschluckte.

Vielleicht war es ihrer winzigen Größe sowie ihrem Verstand oder großen Glück zu danken, daß den zwei Männern die Rachen dieser grauenerregenden Kreaturen erspart blieben. Ein Grund mag auch in der dumpfen Stupidität der Reptilien liegen, die es den Männern relativ leicht machte, ihnen zu entwischen.

Nicht einmal die riesigen Tarags oder die gleichermaßen schrecklichen Löwen und Leoparden von Pellucidar wagten sich in diesen abscheulichen Sumpf der Schrecken, und wie der Mensch hier existieren konnte, ging über Jasons Verstand. Er bezweifelte wirklich, daß die Phelier oder irgendeine andere Menschenrasse hier ihre Heimstätten haben konnten.

„Menschen können an solch einem Ort nicht existieren“, sagte er zu Thoar. „Pheli muß woanders liegen.“

„Keineswegs“, sagte sein Begleiter. „Stammesmitglieder von uns sind seit Menschengedenken mehr als einmal hier heruntergekommen, um den Raub einer Frau zu rächen, und ihre Geschichten haben uns mit den im Land von Pheli herrschenden Bedingungen vertraut gemacht. Dies ist es wirklich.“

„Du magst recht habe, doch ich muß wie diese Schlangen, die wir gesehen haben, die Dörfer der Phelier selbst vor Augen haben, ehe ich glauben kann, daß sie hier existieren, und selbst dann bin ich mir nicht sicher, ob ich es glauben soll oder nicht“, erwiderte Jason.

„Es wird nicht mehr lange dauern, da wirst du die Phelier in ihrem Dorf sehen“, antwortete Thoar.

„Was veranlaßt dich zu dieser Vermutung?“ fragte Jason.

„Schau vor dich hin, und du wirst sehen, wonach ich gesucht habe“, erwiderte Thoar und zeigte in die Richtung.

Jason tat, wie ihm geheißen, und entdeckten einen kleinen Fluß, der sich in Meandern durch den Sumpf wand. „Ich sehe nur einen Wasserlauf“, sagte er.

„Genau das habe ich gesucht“, erwiderte Thoar. „Alle meine Leute, die hier waren, sagten, die Phelier lebten an den Ufern eines Flusses, der durch einen Sumpf fließt. An gewissen Stellen ist das Land hier hoch, und auf diesen Erhebungen haben die Phelier ihre Häuser gebaut. Sie leben nicht in Höhlen wie wir, sondern sie errichten sich aus großen Bäumen derart solide Behausungen, daß nicht einmal die größten Reptilien dort einbrechen können.“

„Aber warum sollte sich jemand gern hier niederlassen?“ fragte der Amerikaner.

„Um in relativem Frieden und in Zufriedenheit zu essen und sich fortzupflanzen“, erwiderte Thoar. „Im Gegensatz zu den Bergmenschen sind die Phelier keine Rasse von Kriegern. Sie kämpfen nicht gern, und so haben sie ihre Dörfer in diesem Sumpfgebiet versteckt, in das niemand gern eindringt. So haben sie praktisch keine menschlichen Feinde. Auch ist hier Fleisch in solchen Mengen vorhanden, daß man sagen kann, das Essen liegt bei ihnen vor der Tür. Für sie sind diese Bedingungen ideal, und hier können sie mehr als anderswo in Pellucidar Zufriedenheit finden.“

Sie bewegten sich jetzt mit größter Vorsicht weiter, da sie wußten, daß sie jeden Augenblick ins Blickfeld eines Phelierdorfes geraten konnten. Auch dauerte es nicht lange, da blieb Thoar stehen und zog sich sodann hinter den Stamm des Baumes zurück, dessen Wipfel sie gerade durchquerten. Dann wies er nach vorn. Jason sah hin und erblickte einen kahlen Hügel. Durch die Bäume konnte er nur einen Teil davon erkennen, doch man sah, daß der Berg von Menschenhand gerodet war, weil viele Stümpfe geblieben waren. In seinem Blickfeld befand sich nur ein einzelnes Haus, wenn man dergleichen so nennen konnte.

Es bestand aus ein oder zwei Fuß dicken Baumstämmen. Drei oder vier davon waren horizontal aufeinander gelegt und bildeten die Wand, die Jason sehen konnte. Die andere Seitenwand stand etwa fünf oder sechs Fuß entfernt, und auf die oberen Baumstämme waren Stücke kleinerer Bäume gelegt, die ungefähr sechs Zoll im Durchmesser maßen und höchstens einen Fuß breit auseinander lagen. Sie stützen das Dach, das aus mehreren Baumstämmen bestand, die etwas länger als die der Wände waren. Man hatte die Dachbalken dicht aneinandergelegt und die Zwischenräume mit Lehm ausgefüllt. Die Vorderseite des Gebäudes wurden von kürzeren, aufrecht in den Boden gerammten Stämmen gebildet. Eine kleine Öffnung diente als

Tür. Das auffallendste Merkmal der phelischen Architektur bestand aus langen, zugespitzten Stämmen, die in einem Winkel von etwa fünfundvierzig Grad diagonal aus dem Boden ragten und am Fuß der Außenwände rings um das Gebäude in Abständen von etwa achtzehn Zoll überall nach außen zeigten. Die Pfähle maßen sechs oder acht Zoll im Durchmesser, waren zehn Fuß lang und bildeten mit den zugespitzten Enden eine Barriere, gegen die anzustürmen jedwede Lebewesen, so hirnlos sie sein mochten, sich hüten würden.

Die beiden Männer schwangen sich näher und konnten so das Dorf besser überblicken, das auf der Seite des Hügels, die ihnen zugewandt war, und auf dem Gipfel vier Gebäude ähnlich dem aufwies, das sie zuerst entdeckt hatten. Dicht am Fuße des Berges wuchs dichter Wald. Der Berg selbst war von jeglicher Vegetation befreit worden, so daß kein Wesen, sei es groß oder klein, sich den Behausungen der Phelier nähern konnte, ohne entdeckt zu werden.

Im Dorf war niemand zu sehen, aber Thoar ließ sich dadurch nicht täuschen. Er vermutete, daß alles, was sich auf den Berghängen abspielte, von vielen Augen, die aus dem dämmrigen Inneren der langen Gebäude durch die Öffnungen zwischen den Wandbalken blickten, genau verfolgt wurde. Unter den niedrigen Decken der Häuser mußten die Phelier entweder im Hocken oder im Liegen ihr Leben verbringen, denn es war nicht genügend lichte Höhe vorhanden, damit ein Erwachsener aufrecht stehen konnte.

„So, da wären wir“, sagte Jason. „Und was wollen wir jetzt tun?“

Thoar blickte verlangend auf Jasons zwei Colts. „Du hast sie aus Furcht, den Tod zu verschwenden, den sie aus ihren blauen Mündern speien, nicht benutzen wollen. Doch mit einem davon könnten wir Jana sehr schnell finden, falls sie hier ist, oder sie schnell rächen, wenn sie es nicht ist.“

„Dann komm“, sagte Jason. „Für die Rote Blume von Zoram würde ich mehr als meine Munition opfern.“ Bei diesen Worten stieg er vom Baum herunter und ging auf die nächststehende phelische Behausung zu, dicht gefolgt von Thoar, und keiner der beiden sah die Augen, die sie aus den Bäumen beobachteten, welche so dicht auf der dem Fluß zugewandten Seite des Berges wuchsen - grausame Augen, die in schnurrbärtigen Gesichtern funkelten.

Die Horibs

Avan, Häuptling der Clovi, hatte Krieger vor den Höhleneingang gestellt, und als Tarzan sich näherte, um einzutreten, hielten sie ihn auf.

„Wohin willst du?" fragte der eine.

„In die Höhle", erwiderte Tarzan.

„Warum?" fragte der Krieger.

„Ich möchte schlafen", erwiderte der Affenmensch. „Ich bin zuvor schon oft eingetreten, und niemand hat mich aufgehalten."

„Avan hat Befehl gegeben, keine Fremden sollten die Höhle betreten oder verlassen, solange der Rat der Krieger nicht stattgefunden hat", erklärte die Wache.

In diesem Moment kam Avan heran. „Laßt ihn hinein", sagte er. „Ich habe ihn hergeschickt. Aber laßt ihn nicht wieder heraus."

Der Herr des Dschungels trat ohne eine Bemerkung oder Frage in die dunkle Höhle der Clovi. Es dauerte eine Weile, ehe sich seine Augen an das gedämpfte Licht im Inneren gewöhnt hatten und ihm erlaubten, sich umzusehen.

Jener Teil der Höhle, den er überblicken konnte und mit dem er vertraut war, war von beträchtlicher Ausdehnung. Er konnte die Wände auf beiden Seiten und auch sehr verschwommen einen Teil der Rückwand erkennen, doch daran schloß sich absolute Dunkelheit, die vermuten ließ, daß die Höhle sich weiter in den Berg hinein ausdehnte. An den Wänden lagen viele Krieger und einige Frauen und Kinder auf Ballen trockenen Grases, die mit Häuten bedeckt waren. Fast alle waren vom Schlaf überwältigt. In dem helleren Bereich nahe dem Eingang hockte eine Gruppe, die sich im Flüsterton unterhielt, während er schweigend durch die Höhle ging und nach dem Mädchen aus Zoram suchte. Sie erkannte ihn zuerst und machte ihn durch ein leises Flüstern auf sich aufmerksam.

„Hast du einen Fluchtplan?" erkundigte sie sich, als er sich auf einem Fell neben ihr niedergelassen hatte.

„Nein", sagte er. „Die weitere Entwicklung abzuwarten und jede Gelegenheit zu nutzen, die sich uns vielleicht bietet, ist alles, was wir tun können."

„Ich könnte mir denken, dir würde es leicht fallen, zu entkommen", sagte sie. „Sie behandeln dich nicht wie einen Gefangenen. Du kannst dich unter ihnen frei bewegen, und sie haben dir sogar erlaubt, deine Waffen wieder zu tragen."

„Ich bin jetzt ein Gefangener", erwiderte er. „Avan hat die Krieger am Eingang angewiesen, mich erst wieder herauszulassen, wenn der Rat der Krieger über mein Schicksal entschieden hat."

„Dann sieht deine Zukunft nicht sehr rosig aus", sagte sie. „Was mich anbetrifft, so kenne ich mein Schicksal bereits, aber sie sollen mich nicht haben, weder Carb noch sonst jemand!"

Sie unterhielten sich leise flüsternd und schwiegen oft lange, aber als Jana das Gespräch auf die Welt lenkte, aus der Jason gekommen war, waren die Pausen geringer und in kleineren Abständen. Sie ließ Tarzan nicht in Ruhe, sondern überschüttete ihn mit Fragen, deren Antworten sie schwerlich verstehen konnte. Dampf und Elektrizität sowie die unzähligen Tätigkeiten einer zivilisierten Existenz, die davon abhängen, überstiegen ihr Vorstellungsvermögen in ebensolchem Maße wie die Himmelskörper, Musikinstrumente oder Bücher. Dennoch war sie ungeachtet dessen, daß das Schicksal sie doch in die dunkelste Tiefe der Unwissenheit geworfen hatte, intelligent, und wenn sie von jenen Dingen sprach, die ihre Welt ausmachten und mit denen sie vertraut war, empfand er es als interessant und erbaulich.

Da schlug ein Krieger neben ihnen die Augen auf, setzte sich aufrecht und streckte sich. Er blickte um sich und stand auf. Dann ging er im Raum umher und weckte die anderen Krieger.

„Aufwachen", sagte er zu jedem. „Wir müssen dem Rat der Krieger beiwohnen."

Als er bei Tarzan und Jana war, erkannte er ersteren, blieb stehen und blickte zu ihm herab.

„Was machst du hier?" fragte er.

Tarzan stand auf und sah den clovianischen Krieger an, beantwortete seine Frage jedoch nicht.

„Antworte mir", knurrte Carb. „Was machst du hier?"

„Du bist nicht der Häuptling", sagte Tarzan. „Geh hin und frage Frauen und Kinder."

Carb zischelte wütend. „Geh!" sagte Tarzan und wies zum Ausgang. Der Clovier zögerte einen Augenblick, dann ging er weiter im Raum umher und weckte die übrigen Krieger.

„Nun wird er dafür sorgen, daß du getötet wirst", sagte das Mädchen.

„Dazu war er zuvor schon entschlossen“, erwiderte Tarzan. „Wir sind deshalb nicht schlechter dran, als wir vorher waren.“

Sie versanken wieder in Schweigen, und jeder wartete auf das Todesurteil, das über sie gefällt werden sollte. Sie wußten, daß die Krieger draußen auf der Felsenplatte in einem großen Kreis am Boden saßen, und daß viel geredet, geprahlt und argumentiert wurde, ehe man zu einer Entscheidung kam, wobei das meiste davon unnötig war, denn so sind die Menschen, die die Gesetze schaffen, seit undenklichen Zeiten nun einmal, wobei unsere Rechtsgelehrten jedoch den großen Vorteil haben, daß sie mehr Worte kennen als die ersten Affenmenschen.

Während Tarzan und Jana warteten, betrat ein Jüngling die Höhle. Er trug eine Fackel, in deren Licht er im Raum etwas suchte. Da entdeckte er Tarzan und kam schnell zu ihm. Es war Ovan.

„Der Rat ist zu einer Entscheidung gelangt“, sagte er. „Sie werden dich töten, und das Mädchen fällt Carb zu.“

Tarzan von den Affen stand auf. „Komm, der Augenblick jetzt ist so gut wie jeder andere“, sagte er zu Jana. „Wenn wir die Felsenplatte überqueren und den Pfad erreichen können, ist nur ein schneller Krieger in der Lage, uns zu überholen.“ Und an Ovan gewandt, fügte er hinzu: „Wenn du mein Freund bist, und du hast gesagt, du seist es, wirst du kein Wort darüber verlieren und uns unsere Chance geben.“

„Ich bin dein Freund, deshalb bin ich ja hier“, erwiderte der Jüngling. „Du kommst jedoch niemals über die Felsenplatte zum Weg. Dort sind zu viele Krieger, und alle sind darauf vorbereitet. Sie wissen, daß du bewaffnet bist, und rechnen damit, daß du einen Fluchtversuch unternimmst.“

„Einen anderen Weg gibt es nicht“, sagte Tarzan.

„Und ob es einen gibt!“ erwiderte der Junge. „Ich bin hier, um ihn dir zu zeigen.“

„Wo?“ fragte Jana.

„Folgt mir“, entgegnete Ovan und lenkte seine Schritte in die entferntesten Tiefen der Höhle, die vom flackernden Lichtschein der Fackel undeutlich ausgeleuchtet wurden, während Jana und der Affenmensch dichtauf folgten.

Die Wände der Höhle verengten sich, der Boden vor ihnen stieg steil an, so daß sie stellenweise nur mit beträchtlichen Schwierigkeiten ins Halbdunkel hinaufsteigen konnten. Schließlich blieb Ovan stehen, hielt die Fackel hoch über den Kopf und zeigte ihnen eine kleine, natürliche Kammer, an deren anderem Ende ein dunkler Spalt klaffte.

„In dem dunklen Loch dort führt ein Pfad zum Gipfel des Gebirges", sagte er. „Nur der Häuptling und dessen erster Sohn kennen ihn. Wenn mein Vater erfährt, daß ich ihn euch gezeigt habe, wird er mich töten müssen, doch er wird es nie erfahren, denn wenn sie mich finden, werde ich auf einem Fell in der Höhle weit unten schlafen. Der Weg ist steil und unwegsam, aber es ist der einzige. Geht jetzt. Damit will ich euch entgelten, daß du mir das Leben gerettet hast." Bei diesen Worten warf er die Fackel zu Boden und ließ sie in pechschwarzer Finsternis zurück. Er sagte kein Wort weiter, aber Tarzan hörte die weichen Schritte seiner in Sandalen steckenden Füße, wie sie sich den Weg zurück in die Höhle der Clovi tasteten.

Der Affenmensch streckte die Hand aus und suchte in der Dunkelheit nach der von Jana. Behutsam führte er sie durch die ägyptische Finsternis zum Ausgang des Spaltes. Schritt für Schritt tastete er sich weiter, die freie Hand nach vorn gestreckt. Endlich entdeckte er den Eingang zum Weg.

Über Massen von grantigem Geröll kletterten sie in absoluter Dunkelheit nach oben, und es erschien ihnen, als kämen sie überhaupt nicht vorwärts. Könnte Zeit nach physischer Anstrengung und körperlichem Unbehagen gemessen werden, so hätten die beiden Flüchtlinge glauben mögen, eine Ewigkeit in dieser schwarzen Kluft verbracht zu haben. Doch schließlich wurde es ein wenig heller, und sie wußten, daß sie sich der Öffnung auf dem Gipfel des Gebirges näherten. Nun dauerte es nicht mehr lange, und sie traten ins grelle Licht der Mittagssonne.

„In welcher Richtung liegt Zoram?" fragte Tarzan.

Das Mädchen zeigte es. „Wir können es aber nicht erreichen, wenn wir diesen Weg zurückgehen, denn jeder Pfad wird von Carb und seinen Männern bewacht werden", erklärte sie. „Glaube nicht, daß sie uns so leicht entkommen lassen. Vielleicht suchen sie nach uns, finden dabei den Spalt und folgen uns hierher."

„Das ist deine Welt", sagte Tarzan. „Du kennst dich hier besser aus als ich. Was also schlägst du vor?"

„Wir sollten von den Bergen herabsteigen und geradewegs aus Clovi fortgehen, denn es sind die Berge, in denen sie nach uns suchen werden", erwiderte sie. „Haben wir das Tiefland erreicht, könnten wir uns am Fuße des Gebirgszuges zurückwenden, bis wir unterhalb von Zoram sind. Erst dann sollten wir wieder ins Gebirge hinaufgehen."

Der Abstieg erfolgte langsam, weil sie beide sich in diesem Teil des Gebirges nicht auskannten. Oft verwehrten ihnen gähnende Schluchten das Weiterkommen, und sie mußten auf ihrer Spur zurückgehen, um einen anderen Weg zu suchen. Sie aßen oft und schliefen dreimal, und nur so konnte Tarzan vermuten, daß sie für den Abstieg eine beträchtliche Zeit benötigten, aber was bedeutete ihnen schon Zeit?

Während des Abstiegs sah Tarzan ab und zu kurz eine weite Ebene, die sich so weit erstreckte, wie das Auge reichte. Der letzte Abschnitt ihres Abstiegs erfolgte durch einen langen, gewundenen Cañon, und als sie schließlich zu seinem Ausgang kamen, standen sie am Rand der Ebene, die Tarzan gesehen hatte. Sie war fast baumlos und wirkte von der Stelle, wo sie standen, glatt wie ein See.

„Das ist die Gyor Cors, und hoffentlich haben wir nicht das Pech, einem davon zu begegnen", sagte Jana.

„Was ist ein Gyor?" fragte Tarzan.

„Oh, eine grauenhafte Kreatur", erwiderte sie. „Ich habe selbst nie einen zu Gesicht bekommen, doch einige Krieger von Zoram sind hier gewesen und haben sie gesehen. Sie sind doppelt so groß wie ein Tantor und länger als vier erwachsene Männer, die hintereinander am Boden liegen. Sie haben einen krummen Schnabel und drei große Hörner, zwei über den Augen und eines über der Nase. Gleich hinter dem Kopf tragen sie einen großen, abstehenden Kragen von knochiger Substanz, der mit dicker Hornhaut überzogen ist. Er schützt sie vor den Hörnern ihrer Artgenossen und den Speeren der Menschen. Sie essen kein Fleisch, sind aber reizbar und angriffslustig und fallen über jedes Lebewesen her, das sie sehen. So bleibt ihnen die Gyor Cors zum alleinigen Gebrauch."

„Das ist ein riesiges Herrschaftsgebiet", sagte Tarzan und ließ den Blick über das grenzenlose Weideland schweifen, das sich leicht gewellt vor ihnen ausbreitete und schließlich im fernen Dunst allmählich anstieg. „Deiner Beschreibung nach könnte man meinen, daß sie nur wenig Feinde haben, die ihnen dieses Reich streitig machen könnten."

„Nur die Horibs", erwiderte Jana. „Sie jagen sie des Fleisches und der Haut wegen."

„Was sind Horibs?" fragte Tarzan.

Sie schauderte. „Die Schlangenmenschen", flüsterte sie in verängstigtem Ton.

„Die Schlangenmenschen“, wiederholte Tarzan. „Und was sind das wieder für Wesen?“

„Wir wollen nicht von ihnen sprechen. Sie sind entsetzlich. Schlimmer als die Gyors. Ihr Blut ist kalt, und die Männer sagen, daß sie keine Herzen haben, denn sie besitzen keines der Merkmale, die die Menschen bewundern, wissen nichts von Freundschaft, Zuneigung oder Liebe.“

Ein Gebirgsfluß hatte auf der Sohle des Cañons, durch den sie abgestiegen waren, eine tiefe Schlucht gegraben, deren Wände so steil waren, daß sie es für besser hielten, dem Strom flußabwärts zur Ebene zu folgen, um dort nach einer leichteren Überquerungsmöglichkeit zu suchen, denn das Wasser trennte sie von Zoram.

Sie hatten etwa eine Meile unterhalb des Cañonausgangs zurückgelegt. Um sie herum erhoben sich nicht allzu hohe, abgerundete Berge, die allmählich in der Ebene unten verschwanden. Hier und dort standen einzelne Baumgruppen. Das sich sanft wiegende Gras, das Gyor Cors zu einem Paradies für die riesigen, pflanzenfressenden Dinosaurier machte, wuchs kniehoch. Die Mittagssonne schien auf ein Bild des Friedens und der Ruhe, doch Tarzan von den Affen war beunruhigt. Das offensichtliche Fehlen jeglichen Wildes mußte auf jeden, der mit der lebenssprühenden Aktivität Pellucidars vertraut war, unheimlich wirken. Der Affenmensch wußte jedoch, daß um sie herum überall Lebewesen waren. Seltsame und unbekannte Spuren von Witterung drangen in seine Nase und erfüllten ihn mit der Vorahnung böser Ereignisse. Vertraute Gerüche hatten nicht diese Wirkung auf ihn, hier aber hatte er es mit Witterungen zu tun, die er nicht einordnen konnte, und die dem menschlichen Geruchssinn ausgesprochen widerwärtig waren. Sie ähnelten der Duftspur von Histah, der Schlange, waren jedoch nicht die ihre.

Um Janas willen wünschte er sich, daß sie bald eine Überquerungsmöglichkeit finden und wieder in höhere Abschnitte ihres Weges nach Zoram gelangten, denn die dortigen Geschöpfe waren ihnen wohlbekannt, und die Gefahren, die diese mit sich brachten, so geartet, daß sie sich gegen sie wappnen konnten. Die senkrechten Ufer des tosenden Gebirgsflußes boten jedoch noch keine Abstiegsmöglichkeit, und nun sahen sie, daß der Eindruck der Flachheit, welchen die Ausdehnung der großen Gyor Cors vermittelt hatte, trügerisch war, denn sie war durch Spalten zerschnitten und von Senken durchbrochen, von denen einige eine beträchtliche Breite und Tiefe aufwiesen. Da zwang ein seitlicher Spalt, der sich in die nun verhältnismäßig flache Schlucht des Flusses öffnete, sie zu einem Umweg, der sie von Zoram wegführte. Sie waren etwa eine Meile in dieser Richtung marschiert, als sie eine Überquerungsmöglichkeit fanden. Auf der anderen Seite berührte das Mädchen Tarzans Arm und wies in eine bestimmte Richtung, aber er hatte das Wesen auch schon entdeckt, auf das sie ihn aufmerksam machen wollte.

„Ein Gyor", flüsterte sie. „Wir wollen uns hinlegen und im hohen Gras verbergen."

„Er hat uns noch nicht gesehen, vielleicht kommt er auch nicht in diese Richtung", sagte Tarzan.

Keine Beschreibung dieses Ungeheuers, das riesig vor ihnen aufragte, könnte einen angemessenen Eindruck seiner titanischen Ausmaße und furchteinflößenden Visage vermitteln. Im ersten Moment war Tarzan über die erstaunliche Ähnlichkeit mit den Gryfs von Pal-ul-don verblüfft. Es hatte gleichfalls zwei riesige Hörner über den Augen und ein mittleres auf der Nase, einen gehörnten Schnabel und eine große, hornige Haube oder besser einen Querkamm im Genick. Auch die Färbung war ähnlich, nur nicht so ausgeprägt, wobei Schiefergrau vorherrschte, bei einem gelblichen Bauch und Gesicht. Die blauen Ringe um die Augen waren weniger gut entwickelt, und das Rot der Haube und die knochigen Höcker entlang des Rückens leuchteten nicht so hell wie beim Gryf. Da der Gyor ein Pflanzenfresser war - eine Tatsache, die er von Jana erfahren hatte -, war Tarzan überzeugt, einen fast unveränderten Typ des gigantischen Triceratops vor sich zu haben, der gemeinsam mit seinen Artgenossen, den Dinosauriern, die urtümliche Welt des Jura beherrscht hatte.

Jana hatte sich lang ausgestreckt ins Gras fallen lassen und drängte Tarzan, es ihr nachzutun. Tief gebückt, die Augen gerade über dem Gras, beobachtete der den gewaltigen Dinosaurier.

„Ich denke, er hat etwas gewittert", sagte er. „Er steht mit erhobenem Kopf und blickt um sich. Jetzt trottet er im Kreis herum. Für ein Tier solch enormer Größe ist er erstaunlich leichtfüßig. Da, jetzt hat er eine Witterung aufgenommen, doch es ist nicht unsere. Der Wind steht nicht in der richtigen Richtung. Etwas nähert sich links von uns, doch es ist noch ziemlich weit entfernt. Ich kann es gerade so hören, eine schwache Andeutung von etwas, das sich bewegt. Der Gyor schaut jetzt in die Richtung. Was immer da herankommt, es nähert sich schnell. Ich höre es an der ständig zunehmenden Lautstärke, außerdem ist es nicht nur ein Einzelwesen. Es sind viele. Er bewegt sich jetzt weiter, um nachzusehen, aber er wird in beträchtlicher Entfernung links von uns vorbeikommen.“ Tarzan beobachtete den Gyor und lauschte auf das Geräusch, das von den noch unsichtbaren Lebewesen herrührte, die immer näher kamen. „Was immer es sein mag, es kommt den Grund der Schlucht entlang, die wir gerade durchquert haben“, flüsterte er. „Sie werden gleich hinter uns vorbeikommen.“

Jana hielt sich weiter im Gras verborgen. Sie wollte das Schicksal nicht herausfordern, indem sie auch nur ihren Kopf herausstreckte und so die Aufmerksamkeit des Gyor auf sich zog. „Vielleicht sollten wir besser versuchen, wegzukriechen, während seine Aufmerksamkeit woandershin gerichtet ist“, schlug sie vor.

„Sie kommen aus der Kluft“, flüsterte Tarzan. „Jetzt tauchen sie über der Kante auf - eine Anzahl Männer, doch, was ist in Gottes Namen das, worauf sie reiten?“

Jana hob die Augen kurz über das Gras und blickte in die Richtung, in die Tarzan schaute. Sie erschauerte. „Das sind keine Menschen, das sind die Horibs, und die Wesen, auf deren Rücken sie reiten, sind Gorobors“, sagte sie. „Wenn sie uns sehen, sind wir verloren. Niemand in der Welt kann den Gorobors entrinnen, weil es in ganz Pellucidar keinen gibt, der so schnell ist wie sie. Bleib still liegen. Unsere einzige Chance besteht darin, daß sie uns nicht entdecken.“

Beim Anblick der Horibs stieß der Gyor ein grauenerregendes Gebell aus, daß die Erde erschütterte. Dann ging er mit gesenktem Kopf geradewegs auf sie los. Insgesamt waren volle fünfzig Horibs auf ihren schauerlichen Reittieren aus der Schlucht aufgetaucht. Tarzan konnte erkennen, daß die Reiter mit langen Lanzen bewaffnet waren - klägliche und unzureichende Waffen, um damit einem ergrimmten Triceratops entgegenzutreten. Bald war jedoch zu erkennen, daß die Horibs nicht beabsichtigten, dem Angriff von vorn zu begegnen. Sie schwenkten nach rechts und stellten sich in einer Reihe hinter ihrem Führer auf. Nun erhielt Tarzan zum ersten Mal eine anschauliche Darbietung der phänomenalen Geschwindigkeit der großen Eidechsen, auf denen sie saßen, welche sich nur mit der blitzartigen Schnelligkeit einer winzigen Wüsteneidechse, bekannt als Leguan, vergleichen läßt.

Unter Anwendung einer Taktik, die denen der Prärieindianer des westlichen Amerikas ähnlich ist, kreisten die Horibs ihr Opfer ein.

Der bellende Gyor, nun außer sich vor Wut, griff zuerst in der einen Richtung an, danach in der anderen, aber die Gorobors huschten so schnell aus seinem Weg, daß er sie nie einholen konnte. Keuchend und schnaubend war er bald gestellt, und nun verengten die Horibs ihren Kreis und wirbelten in schwindelerregendem Tempo um ihn herum, wobei Tarzan das erstaunliche Schauspiel verfolgte und sich fragte, wie sie jemals hoffen konnten, die zehn Tonnen fleischgewordener Raserei zu erledigen, die im Mittelpunkt ihres Kreises sich bald in diese, bald in jene Richtung drehte.

Da schoß ein Horib mit einer Geschwindigkeit, daß Reittier und Reiter nur verschwommen zu sehen waren, ganz nahe an den Gyor heran. Dieser drehte sich mit gesenktem Kopf herum, um ihn anzunehmen, wobei die drei bedrohlichen Hörner drauf und dran waren, ihn zu pfählen. Aber da fegten zwei weitere Horibs beiderseits von hinten zu ihm.

So schnell, wie alle drei ihn bedrängt hatten, waren sie auch schon wieder herumgefahren und erneut mit in den jagenden Kreis getaucht. Doch aus den Flanken des Gyor ragten zwei Lanzen, die tief hineingestoßen worden waren. Die Raserei des verwundeten Triceratops überschritt jegliche bisherigen Ausmaße. Sein Gebell wurde zu einem rauhen, hustenden Gekreisch, als er abermals mit gesenktem Kopf angriff.

Diesmal wandte er sich nicht um und griff in einer anderen Richtung an, wie er es in der Vergangenheit getan hatte, sondern stürmte geradeaus, vielleicht in der Hoffnung, den Kreis der Horibs zu durchbrechen, und der Affenmensch und Jana sahen zu ihrem Entsetzen, daß sie sich direkt in der Bahn des angreifenden Untiers befanden. Wenn die Horibs ihn nicht in eine andere Richtung ablenkten, waren sie verloren.

Ein Dutzend Schlangenmenschen kamen von hinten gegen den Gyor vorgestürmt, und ein Dutzend weitere Lanzen drangen tief in seinen Körper. Sie genügten, um ihn herumfahren zu lassen in dem Bemühen, sich an denjenigen zu rächen, die ihm die neuen Wunden zugefügt hatten.

Dieser Angriff hatte den Gyor auf fünfzig Fuß Entfernung an Tarzan und Jana herangebracht. Der Affenmensch durchlebte einen unbehaglichen Augenblick, doch die Resultate des Vorstoßes waren fast ebenso verhängnisvoll, denn er brachte die umherflitzenden Horibs dicht an ihren Standort.

Der Gyor stand nun mit gesenktem Kopf, atmete schwer und blutete aus über einem Dutzend Wunden. Ein Horib ritt nun langsam zu ihm, er kam direkt von vorn. Die Aufmerksamkeit des Triceratops konzentrierte sich ganz auf diesen einzelnen Gegner, während zwei weitere sich schräg von hinten näherten, jeder auf einer Seite, jedoch auf eine Weise, daß sie durch den großen Querkamm, der seinen Nacken hinter den Hörnern und Augen wie ein Kragen umgab, seinen Blicken verborgen wurden. Alle drei näherten sich dem Untier auf etwa fünfzig Fuß, dann schossen die in seinem Rücken gleichzeitig mit eingelegten Lanzen, auf ihren Reittieren weit nach vorn gelehnt, in ungeheurem Tempo heran. Jeder ritt im gleichen Augenblick scharf gegen den Gyor an, wobei sie ihm die Speere tief in die Flanken trieben. Sie kamen ihrem Opfer dermaßen nahe, daß die Reittiere gegen die Schultern des Gyor stießen, als sie wendete und wieder davonstoben.

Das gewaltige Geschöpf stand einen Augenblick wie angewurzelt und wankte, dann plumpste es schwer nach vorn und rollte zur Seite - die letzten Lanzen hatten sein Herz erreicht.

Tarzan war heilfroh, daß alles vorüber war, da er jeden Augenblick mit der Entdeckung durch die umherkreisenden Horibs gerechnet hatte, und er beglückwünschte sich schon zu dieser günstigen Fügung, als die ganze Gruppe von Schlangenmenschen ihre Pferde herumriß und rasend schnell in die Richtung ihres Verstecks brauste. Abermals formierten sie sich zu einem Kreis, nur bildeten diesmal Tarzan und Jana den Mittelpunkt. Offensichtlich hatten die Horibs sie gesehen, sie zeitweilig jedoch nicht weiter beachtet, bis sie den Gyor erledigt hatten.

„Jetzt müssen wir kämpfen", sagte Tarzan, und da ein weiteres Verbergen unmöglich geworden war, stellte er sich auf die Füße.

„Ja", sagte Jana und trat neben ihn. „Wir müssen kämpfen, aber der Ausgang wird derselbe sein. Sie sind fünfzig, und wir nur zwei."

Tarzan setzte einen Pfeil auf den Bogen. Die Horibs umkreisten ihre neuen Opfer langsam und schauten sie sich an. Schließlich kamen sie näher, hielten ihre Reittiere an und blickten den beiden in die Gesichter.

Zum ersten Mal konnte Tarzan nun ein richtiges Bild von den Schlangenmenschen und ihren ebenso gräßlichen Reittieren erhalten. Ihr Körperbau war fast derselbe wie der des Menschen, soweit der Rumpf und die Extremitäten betroffen waren. Ihre dreizehigen Füße und fünfkralligen Hände glichen denen von Reptilien. Kopf und Gesicht erinnerten an eine Schlange, doch die spitzen Ohren und die zwei kurzen Hörner verliehen ihnen eine groteske Erscheinung, die gleichzeitig abstoßend wirkte. Die Arme waren besser proportioniert als die Beine, die ganz gestaltlos waren. Der ganze Körper war mit Schuppen bedeckt, nur waren die an Händen, Füßen und im Gesicht so winzig, daß sie wie bloße Haut aussahen. Dieser Eindruck wurde noch durch die Tatsache verstärkt, daß jene Teile des Körpers viel heller waren und an das glänzende tote Weiß eines Schlangenbauches erinnerten. Als einziges Kleidungsstück trugen sie eine Art Schürze, hergestellt aus einem Stück sehr schwerer Haut, wahrscheinlich der eines gigantischen Reptils. Sie war im Grunde eine Art Panzer, da ihr alleiniger Zweck, wie Tarzan später herausfand, darin bestand, die weichen, weißen Bäuche zu schützen. Auf der Vorderseite jedes dieser Kleidungsstücke war ein seltsames Muster abgebildet - ein achtarmiges Kreuz mit einem Kreis in der Mitte. Jeder Horib trug einen Ledergürtel, an dem eine Scheide mit einem Knochenmesser hing. An den Handgelenken und über den Ellenbogen prankte ein Band oder Armreif. Dies alles bildete Kleidung und Schmuck. Neben dem Messer trug jeder Horib eine lange Lanze mit einer Beinspitze. Sie hockten auf ihren grotesken Reittieren und hatten die Zehen hinter den Ellenbogen der Gorobors verhakt, anomodonter Reptile aus dem Trias, den Paläontologen als Pareiasuri bekannt. Viele von diesen Kreaturen maßen zehn Fuß in der Länge, obwohl sie geduckt auf gedrungenen, kräftigen Beinen standen.

Als Tarzan diese Horibs fasziniert anblickte, „denen das Blut kalt in den Adern rann, und die keine Herzen hatten", erkannte er, daß er es hier mit einer der Launen der Evolution zu tun hatte, vielleicht auch mit der Kopie irgendeiner Form, die einst ebenfalls auf der Außenrinde existiert und den Weg markiert hatte, den ein uns unbekanntes Geschöpf vom Zeitalter der Reptile bis zu dem des Menschen gekennzeichnet haben muß. Auch erschien es ihm nach einigem Überlegen keineswegs merkwürdig, daß ein menschenähnliches Reptil sich aus Reptilien entwickelt haben sollte. Vögel hatten es schließlich auch getan, sogar Säugetiere, wie wissenschaftliche Entdeckungen jetzt beweisen.

Diese Gedanken gingen ihm schnell und fast gleichzeitig durch den Kopf, während die Horibs sie mit ihren perlenartigen, lidlosen Augen anstarrten. Doch wenn schon das äußere Erscheinungsbild dieser

Kreaturen ihn in Erstaunen versetzte, so war dieses Empfinden nichts im Vergleich mit dem Schock, den er erlitt, als einer von ihnen ihm in der üblichen Sprache der Gilaks von Pellucidar anredete.

„Du kannst nicht fliehen. Leg deine Waffen nieder“, sagte er.

Durch den dunklen Wald

Jason Gridley rannte schnell bergan zu dem Pheli-Dorf, in dem er die Rote Blume von Zoram zu finden hoffte, und an seiner Seite lief Thoar, bereit, mit Speer und Messer seine Schwester zu retten oder zu rächen, während hinter ihnen, vom Unterholz verborgen, das am Flußufer entlang unter den Bäumen wuchs, eine Gruppe von dunkelhäutigen, bärtigen Männern die beiden beobachtete.

Zu Thoars Überraschung kamen ihnen aus dem Gebäude, auf das sie zustürmten, keine verteidigungsbereiten Krieger entgegengerannt, auch hörten sie keinen Laut aus dem Inneren. „Sei wachsam", mahnte er Jason. „Wir laufen womöglich in eine Falle." Der Amerikaner befolgte den Rat seines Begleiters und ging vorsichtiger weiter. Sie gelangten zum Eingang des Gebäudes, und noch wurde ihrem weiteren Vordringen kein Widerstand entgegengesetzt.

Jason blieb stehen und blickte durch die niedrige Tür. Dann bückte er sich und trat ein, dicht gefolgt von Thoar.

„Hier ist niemand, das Bauwerk ist leer", sagte Jason.

„Vielleicht haben wir im nächsten mehr Glück", antwortete Thoar, aber auch dort war niemand, auch nicht in dem folgenden oder in irgendeinem anderen des Phelierdorfes.

„Sie sind alle weg", sagte Jason.

„Stimmt", erwiderte Thoar. „Aber sie werden zurückkehren. Wir wollen zu den Bäumen am Ufer hinuntergehen und gut verborgen auf sie warten."

Die Gefahr nicht ahnend, gingen die beiden den Hang hinab und traten ins Unterholz, das unter den Bäumen üppig gedieh. Sie folgten einem schmalen, von Pheliersandalen gebahnten Pfad.

Kaum hatte sich das Blattwerk um sie herum geschlossen, als ein Dutzend Männer über sie herfielen und sie zu Boden drückten. Einen Augenblick später waren sie entwaffnet und ihre Hände auf dem Rücken zusammengebunden. Man riß sie grob hoch, und Jason Gridleys Augen weiteten sich, als er seine Gegner richtig erkennen konnte.

„Mein Gott, um Petes willen!" rief er. „Ich habe gelernt, verhältnismäßig gelassen auf zottige Nashörner, Mammuts, Trachodone, Pterodaktyle und Dinosaurier zu schauen, doch niemals hätte ich erwartet, hier im Herzen von Pellucidar Kapitän Kidd, Lafitte und Sir Henry Morgan vorzufinden."

In seiner Überraschung griff er auf seine Muttersprache zurück, die natürlich keiner der anderen verstehen konnte.

„Was für eine Sprache ist das?" fragte einer derer, die sie gefangengenommen hatten. „Wer bist du, und aus welchem Land kommst du?"

„Das ist gutes, altes Amerikanisch aus den USA", erwiderte Jason. „Aber wer zum Teufel seid ihr, und warum habt ihr uns gefangen?" An Thoar gewandt, fragte er: „Das sind nicht die Phelier, stimmt's."

„Nein", erwiderte Thoar. „Das sind fremde Männer, wie ich nie zuvor gesehen habe."

„Wir wissen, wer ihr seid", sagte einer der Bärtigen. „Wir kennen das Land, aus dem du kommst. Versuche nicht, uns zu täuschen."

„Sehr schön, und wenn ihr's wißt, dann bindet mich los, denn dann müßt ihr wissen, daß wir uns mit niemandem im Kriegszustand befinden."

„Dein Land ist ständig im Krieg mit Korsar", erwiderte der Sprecher. „Du bist ein Sarier. Ich erkenne es an den Waffen, die du trägst. Gleich im ersten Moment, als ich dich sah, war mir klar, daß du aus dem entfernten Sari kommst. Der Cid wird sich freuen, dich zu haben, und Bulf genauso." An einen seiner Gefährten gewandt, fügte er hinzu: „Vielleicht ist das Tanar persönlich. Hast du ihn gesehen, als du Gefangener in Korsar warst?"

„Nein, ich war ständig auf Kreuzfahrt", erwiderte der andere. „Ich habe ihn nicht gesehen, doch wenn er es wirklich ist, werden wir reich belohnt werden."

„Also können wir ebensogut jetzt zum Schiff zurückkehren", sagte der erste Sprecher. „Es hat doch keinen Zweck, hier noch länger auf diese plattfüßigen Eingeborenen zu warten, da die Chance eins zu tausend steht, daß wir eine gutaussehende Frau unter ihnen finden."

„Weiter unten am Fluß haben sie uns erzählt, diese Leute rauben manchmal Frauen aus Zoram. Vielleicht wäre es doch gut, zu warten."

„Nein", sagte der andere. „Ich wäre weiß Gott sehr daran interessiert, eine dieser Frauen aus Zoram zu sehen, von denen ich in meinem Leben so viel gehört habe, doch die Eingeborenen werden nicht zurückkehren, solange wir in der Nähe sind. Wir sind auch schon zu lange vom Schiff weg, und wie ich den Kapitän kenne, würde er am liebsten einigen von uns die Kehle durchschneiden, wenn wir zurückkehren."

Das Beiboot eines Schiffes lag an einem Baum am Ufer vertäut und wurde von fünf anderen Korsaren bewacht, doch es war von einer Art, die Jason an Lektüre aus seiner Jugend erinnerte, und das galt auch für die bärtigen Männer in bizarrer Kleidung mit riesigen Pistolen, Entersäbeln und ihren uralten Hakenbüchsen.

Die Gefangenen wurden in dem Boot verstaut, die Korsaren stiegen ein, dann wurde es in den Fluß gestoßen, der hier schmal und schnell war.

Als die Strömung sie hurtig davontrug, hatte Jason Gelegenheit, sich seine Entführer genauer anzusehen. Es schien sich um eine Mannschaft ausgemachter Schurken zu handeln, wie er sie sich nur in Romanen vorgestellt hätte. Sie wirkten sogar noch piratenhafter als die wildesten Seeräuber in seiner Phantasie. Mit ihren Ohr-, teilweise auch Nasenringen, den bunten Kopftüchern und den Schärpen um die Hüften hätten sie auf genügend große Entfernung, so daß der Schmutz und die Flicken sich zu einem gefälligen Gewebe gefügt hätten, ein prächtiges und farbenfreudiges Bild ergeben.

Obwohl Gridley durch Tanars Bericht über Pellucidar, den er über Funk von Perry erhalten hatte, mit dem äußeren Erscheinungsbild der Korsaren einigermaßen vertraut geworden war, mußte er eingestehen, daß er sie bislang eher als die Piraten der Geschichte und seiner Jugendbücher angesehen hatte - als Fiktion oder bestenfalls als eine Legende, nicht als Menschen aus Fleisch und Blut, wie er sie jetzt vor sich sah, ständig fluchend und wüste Scherze von sich gebend, wobei der Schmutz und das unflätige Gebaren sie als wahre menschliche Wesen kennzeichneten.

Diese wilden Korsaren lieferten ihm mit ihrem Boot, ihrer äußeren Erscheinung und den uralten Feuerwaffen den schlüssigen Beweis, daß sie von Menschen der Außenrinde abstammten, wodurch David Innes zwangsläufig zu der Überzeugung gelangen mußte, daß es eine von Pellucidar zur Außenwelt führende Polaröffnung geben müsse.

Während Thoar durch das Schicksal ganz entmutigt war, das sie in die Hände dieser seltsamen Leute geschleudert hatte, war Jason gar nicht einmal so unsicher, ob es sich nicht als eine glückliche Fügung für ihn erweisen konnte, da er nach den Gesprächen und Bemerkungen, die er seit ihrer Gefangennahme mitgehört hatte, zu der Vermutung gelangt war, man werde sie nach Korsar bringen, in jene

Stadt, in der David Innes eingekerkert war und die deshalb das vorrangige Ziel ihrer Expedition darstellte, um dort die Rettung des Kaisers von Pellucidar herbeizuführen.

Daß er nun allein dort eintraf und als Gefangener zumal, war wahrhaftig kein Anlaß zur Freude. Dennoch war er im Grunde nicht schlechter dran, als wenn er weiter ziellos durch ein Land voller unbekannter Gefahren gestreift wäre, ohne auch nur den Schatten einer Hoffnung, den Aufenthalt seiner Gefährten überhaupt jemals ergründen zu können. Jetzt war er zumindest sicher, an einen Ort gebracht zu werden, den sie auch erreichen wollten, so daß er sich durchaus Chancen ausrechnen konnte, daß sie wieder vereint würden.

Der Fluß, den sie entlangtrieben, wand sich durch sumpfigen Wald und durch zahllose Lagunen, die zuweilen eine Größe erlangten, daß man sie gut für Seen halten konnte. Im Wasser und an den Ufern wimmelte es überall von Reptilien, so daß Jason Gridley zu der Annahme geneigt war, er sehe eine Szene, wie sie sich vor unzähligen Zeitaltern auf der Außenrinde im Paradies des Mesozoikum abgespielt haben konnte. Die wilden Reptilien waren so zahlreich und oft so riesig und kampfeswütig, daß die Flußstrecke zu einem ständigen Kampfplatz wurde und die Korsaren laufend gezwungen waren, auf der Hut zu sein und auch ihre Hakenbüchsen einzusetzen, um ihr Leben zu verteidigen. Zumeist schreckte das Krachen der Waffen die angreifenden Reptilien ab. Es gab jedoch auch welche, die ihren Angriff weitertrugen, bis sie getötet waren. Auch war die Möglichkeit nicht auszuschließen, daß irgendein rasender und hirnloser Saurier bei einer dieser Begegnungen ihr Fahrzeug zerstörte und sich im Verein mit seinen Artgenossen die Mannschaft zu Gemüte führte.

Jason und Thoar hockten in der Mitte des Bootes auf dem Boden. Ihre Hände waren noch auf dem Rücken gefesselt. Neben Jason stand ein Korsar, den die anderen mit Lajo anredeten. Er hatte etwas an sich, das Jasons besondere Aufmerksamkeit erregte. Wahrscheinlich war es sein menschlicheres Antlitz oder ein nicht ganz so wildes und rohes Gebaren. Er hatte auch nicht an den rauhen Scherzen teilgenommen, mit denen man die Gefangenen bedacht hatte. Überhaupt kümmerte er sich kaum um etwas anders als die Verteidigung des Bootes gegen die angreifenden Ungeheuer.

Niemand schien in dieser Kumpanei das Sagen zu haben, alle

Angelegenheiten wurden des langen und breiten erörtert, bis man zu einer Entscheidung gelangte. Jason hatte jedoch bemerkt, daß die anderen aufmerksam zuhörten, wenn Lajo sprach. Das kam selten genug vor, war jedoch stets vernünftig und sachbezogen. Gestützt auf diese Beobachtungen, sah Jason in Lajo den Geeignetsten unter den Korsaren, um eine Bitte vorzutragen. Bei erster sich bietenden Gelegenheit lenkte er deshalb die Aufmerksamkeit des Mannes auf sich.

„Was willst du?" fragte Lajo.

„Wer hat hier das Kommando?" fragte Jason.

„Niemand", erwiderte der Korsar. „Unser Offizier wurde auf der Herfahrt getötet. Warum fragst du?"

„Ich wäre gern die Handfesseln los", erwiderte Jason. „Wir können nicht flüchten, sind unbewaffnet und zahlenmäßig weit unterlegen. Wie könnten wir euch schaden? Sollte das Boot jedoch zertrümmert oder durch eines dieser Reptilien zum Kentern gebracht werden, wären wir mit gefesselten Händen hilflos."

Lajo zog sein Messer.

„Was willst du tun?" fragte einer der anderen Korsaren, der das Gespräch mitgehört hatte.

„Ich zerschneide ihnen die Fesseln", erwiderte Lajo ruhig und trat zu den Gefangenen. „Wenn wir sie gefesselt halten, haben wir auch nichts gewonnen."

„Wer bist du, daß du bestimmst, die Fesseln sollen zerschnitten werden?" fragte der andere streitsüchtig.

„Wer bist du, daß du bestimmst, sie sollen gefesselt bleiben?" gab Lajo gelassen zurück und trat zu den Gefangenen.

„Das will ich dir zeigen, wer ich bin", brüllte der andere und ging mit gezücktem Messer auf Lajo los.

Der zögerte keinen Augenblick. Wie ein Panther sprang er den Gegner an, schlug mit dem linken Unterarm die Hand des anderen, die das Messer hielt, nach oben und stieß ihm gleichzeitig die eigene tückisch aussehende Klinge bis zum Griff in die Brust. Der Mann stieß einen Schrei aus, der einem das Blut in den Adern gerinnen ließ, und sank leblos im Boot zusammen. Lajo zog das Messer aus der Leiche, wischte es am Hemd seines Gegners ab und zerschnitt in aller Ruhe die Fesseln an Thoars und Jasons Händen. Die anderen Korsaren schauten zu. Der Tod ihres Kumpans schien sie nicht sonderlich zu berühren. Sie rissen nur ein, zwei rohe Witze über ihn und grunzten beifällig über Lajos Reaktion.

Dieser nahm dem Toten die Waffen ab und warf sie außer Reichweite der Gefangenen, dann winkte er sie zu sich. „Werft ihn über Bord", befahl er ihnen.

„Warte, ich will seine Stiefel haben", sagte einer aus der Mannschaft.

„Und ich brauche seine Schärpe", rief ein anderer. Im Nu stritten sich ein halbes Dutzend von ihnen um die Habseligkeiten des Toten wie ein Rudel Hunde um einen Knochen. Lajo nahm an dieser Leichenfledderei nicht teil, und kurz darauf waren dem Toten die paar armseligen Sachen, die ihm dazu gedient hatten, seine Blöße zu bedecken, vom Leib gerissen und nach dem einfachen Prinzip aufgeteilt, daß die Stärkeren nahmen, was sie konnten. Anschließend ließen Jason und Thoar den nackten Leichnam über die Bordwand gleiten, wo er auf der Stelle von den gefräßigen Flußbewohnern gepackt wurde.

Jason kam die Fahrt zu einem unbestimmten Bestimmungsort endlos vor. Sie aßen und schliefen viele Male, und noch immer wand sich der Fluß durch das grenzenlose Sumpfgebiet. Längst weckten die üppige Vegetation und die vielen Blumen an den Ufern ihr Interesse nicht mehr, die gleichbleibende Monotonie erschien ihnen beinahe verhaßt.

Jason konnte angesichts der gräßlichen Angriffe, die auf jeder Meile der Fahrt stromabwärts von den Reptilienscharen gegen sie geführt und erfolgreich abgewehrt wurden, über die übermenschlichen Anstrengungen nur staunen, die zweifellos nötig gewesen waren, um dieses große, schwere Boot stromauf zu steuern.

Jetzt veränderte sich die Landschaft jedoch auf einmal, der Fluß verbreiterte sich, und das tiefliegende Sumpfland wich leicht gewelltem Hügelgelände. Die die Ufer säumenden Wälder wiesen nicht so viel Unterholz auf, so daß man glauben konnte, sie seien die Weidegründe großer Scharen von Pflanzenfressern, eine Theorie, die sehr bald durch den Anblick weidender Herden gestützt wurde, unter denen Jason Rothirsche, Bisons, wilde Ochsen und verschiedene andere Arten pflanzenfressender Tiere entdeckte. Der Wald am rechten Ufer war offen und sonnig und bot mit den weidenden Herden ein erfreuliches Bild von Wärme und Leben, aber der am gegenüberliegenden Ufer wirkte dunkel und düster. Das Laub der Bäume, die ungeheure Ausmaße annahmen, war so dicht, daß es das Sonnenlicht praktisch absperrte, so daß der Raum zwischen den Stämmen den

Eindruck langer, dunkler Kirchenschiffe vermittelte und düster und abweisend aussah.

In diesem Teil des Flußgebietes gab es weniger Reptilien, doch die Korsaren verhielten sich ungewöhnlich nervös und schienen eine Gefahr zu erwartete, als sie diesen Flußabschnitt erreicht hatten. Zuvor waren sie mit der Strömung getrieben und hatten nur ein Skullruder am Heck benutzt, um den Bug stets stromabwärts zu halten. Jetzt aber waren alle Ruder besetzt, und auch Jason und Thoar wurden eingespannt, mit den anderen zu rudern. Neben den Männern lagen geladene Hakenbüchsen, während Bewaffnete am Bug und Heck ständig Ausschau hielten. Der rechten Uferseite schenkten sie weniger Aufmerksamkeit, vielmehr blickte sie immer wieder scharf zum linken dunklen, düsteren Ufer und zeigten gewisse Aufregung. Jason fragte sich, was sie denn fürchteten, doch er hatte keine Gelegenheit zum Fragen, außerdem mußten zumindest sie beide, er und Thoar, ununterbrochen rudern, während die Korsaren sich im Rudern und Ausguck halten abwechselten.

Mit der Strömung rudernd, machten sie gute Fahrt, doch ob sie dem Ende der Gefahrenzone nahe waren oder nicht, wußte Jason ebenso wenig, wie er nur vermuten konnte, welcher Art die Bedrohung wohl sein mochte, mit der sie dem Verhalten der Korsaren nach zu urteilen rechnen mußten.

Die zwei Gefangenen befanden sich am Rande der Erschöpfung, als Lajo ihren Zustand bemerkte und sie vom Rudern befreite. Wie lange sie gerudert hatten, konnte Jason nicht feststellen, obwohl er sich sagte, daß nach Erreichen dieser Flußstrecke beträchtliche Zeit verstrichen sein mußte, da keiner gegessen oder geschlafen hatte. Er schätzte die zurückgelegte Entfernung grob auf etwas über einhundert Meilen, in der er und Thoar ohne Essen oder Schlafen die ganze Zeit ständig gerudert hatten, doch kaum hatten sie sich auf den Boden des Bootes fallen lassen, als vom Bug eine sich vor Erregung überschlagende Stimme ertönte. „Dort sind sie!“ brüllte der Mann, und im Nu befanden sich alle im Boot in heller Aufregung.

„Weiterrudern!“ schrie Lajo. „Unsere einzige Chance besteht darin, zwischen ihnen durchzubrechen.“

Obwohl Jason vor Erschöpfung zu ausgelaugt war, um selbst dem bevorstehenden Tod irgendwelches Interesse abzugewinnen, raffte er sich zu einer sitzenden Position auf, so daß er über das Schanzdeck des Bootes blicken konnte. Zuerst konnte er nur von ungefähr die

Horde von Kreaturen klassifizieren, die in die stille Bucht des Flusses hinausschwammen in der eindeutigen Absicht, sie abzufangen. Dann erst sah er, daß es menschenähnliche Wesen waren, die auf gräßlichen Reptilien ritten. Sie trugen lange Lanzen, und ihre schuppigen Reittiere zischten mit unglaublicher Geschwindigkeit durchs Wasser. Als das Boot ihnen näherkam, sahen sie, daß die Reiter keine Menschen waren, obgleich sie menschliche Gestalt hatten, sondern groteske und schreckliche Reptilien mit den Köpfen von Eidechsen, deren von Natur aus widerwärtigen Gesichtern die spitzen Ohren und kurzen Hörner noch eine gewisse grausige Absurdität verliehen.

„Mein Gott!" rief er. „Was ist das?"

Thoar hatte sich gleichfalls zu einer sitzenden Position aufgerichtet und erschauderte. „Das sind die Horibs", sagte er. „Es ist besser zu sterben, als in ihre Klauen zu fallen."

Von der Strömung flußabwärts getragen und durch die langen Ruderzüge und das eigene beträchtliche Schwungmoment vorwärtsgetrieben, schoß das Boot geradewegs auf die grauenerregende Horde zu. Die sie noch trennende Distanz verringerte sich maßlos schnell. Das Boot befand sich fast schon bei den voranschwimmenden Horibs, als eine Hakenbüchse am Bug feuerte. Der laute Knall brach die bedrohliche Stille, die wie ein Leichentuch über dem Fluß hing. Die Horde der Horibs teilte sich unmittelbar vor dem Bug des Bootes und schoß einen Moment später beiderseits des Fahrzeuges dahin. Die Hakenbüchsen spieen Feuer und Rauch und sprühten Eisenstücke und Kieselsteine, mit denen sie geladen waren, unter den zischenden Feind, doch für jeden Horib, der fiel, tauchten zwei andere auf, seinen Platz einzunehmen.

Sie zogen sich jetzt ein kleines Stück zurück, doch es bereitete ihren Reptilienreittieren offensichtlich keine Mühe, mit dem Boot Schritt zu halten. Nun kam auf beiden Seiten ein Reiter nach dem anderen angeschossen und warf seine Lanze, und offensichtlich ging keine davon fehl. Ihre Zielgenauigkeit war derart tödlich, daß die Korsaren gezwungen waren, die Ruder loszulassen, sich auf den Boden des Bootes zu legen und sich nur kurz über die Schanzkleider zu erheben, um ihre Hakenbüchsen abzufeuern. Zum Nachladen ließen sie sich sofort wieder in die Deckung zurückfallen. Aber selbst diese Taktik garantierte ihnen nicht lange das Überleben, da die Horibs sich immer mehr um das Boot zusammenschlossen, somit über die Bordwand reichen konnten und den Insassen mit den Lanzen zusetzten. Sie kamen bis vor die Mündungen der Hakenbüchsen, offensichtlich überhaupt keine Furcht kennend. Einigen wurden riesige Löcher in die Leiber gerissen, andere wurden enthauptet, während unzählige eine Hand oder einen Arm verloren, doch sie kamen unentwegt angeschossen.

Da gelang es einem, die Schlinge eines langen Lederriemens über eine Klampe auf dem Schanzkleid zu werfen. Sofort hatten mehrere der Horibs sie gepackt und lenkten ihre Reittiere zum Flußufer zurück.

Praktisch völlig erschöpft und ohne Waffen, um sich zu verteidigen, waren Jason und Thoar unten im Boot schicksalsergeben liegengeblieben, mochte kommen, was wollte. Halb von den toten Korsaren verdeckt, die auf sie gestürzt waren, lagen sie in einer Blutlache. Über ihnen krachten noch immer die Hakenbüchsen inmitten von Schreien und Flüchen, und alles wurde übertönt von dem schrillen, zischenden Gekreisch, das der Kriegsruf der Horibs zu sein schien.

Das Boot wurde zum Ufer gezogen und an einem Baumstamm festgemacht, obwohl die Korsaren die Leine dreimal durchschnitten hatten und die Horibs sie durch eine neue ersetzen mußten.

Nur eine Handvoll der Mannschaft war nicht getötet oder verwundet, als die Horibs ihre Reittiere verließen und über die Schanzkleider schwärmten, um über ihre Opfer herzufallen. Entersäbel, Messer und Hakenbüchsen verrichteten ihr tödliches Werk, doch unentwegt glitten die schleimigen Schlangenmenschen heran und krochen über die Körper ihrer Toten, um die Überlebenden zu vernichten, bis diese schließlich unter der Vielzahl Getöteter begraben lagen.

Als der Kampf sein Ende gefunden hatte, waren gerade noch drei Korsaren am Leben und ohne schwere Verwundungen. Lajo war einer davon. Die Horibs fesselten ihnen die Hände und brachten sie ans Ufer. Dann luden sie die Toten und Verletzten aus dem Boot und töteten die Schwerverwundeten mit ihren Messern. Als sie Jason und Thoar fanden und feststellten, daß sie unverwundet waren, fesselten sie sie wie die überlebenden Korsaren und brachten sie zu den anderen Gefangenen am Ufer.

Als der Kampf vorüber und die Gefangen wohl verwahrt waren, fielen die Horibs über die Toten her und ruhten nicht eher, als bis sie alle verschlungen hatten, während Jason und seine Mitgefangenen das ekelerregende Festmahl entsetzt mit ansahen. Selbst die abgebrühten und herzlosen Korsaren schauderten bei diesem Anblick.

„Warum, glaubst du, verschonen sie uns?“ fragte Jason.

Lajo schüttelte den Kopf. „Ich weiß es nicht“, sagte er.

„Bestimmt wollen sie uns ihren Frauen und Kindern zum Fraß vorwerfen“, sagte Thoar. „Man sagt, sie heben sich ihre menschlichen Gefangenen auf und mästen sie.“

„Du kennst sie? Du hast sie zuvor schon gesehen?“ fragte Lajo Thoar.

„Ja, ich weiß, was sie für welche sind“, sagte Thoar. „Doch dies sind die ersten, die ich sehe. Es sind die Horibs, die Schlangenmenschen. Sie leben zwischen dem Rela Am und der Gyor Cors.“

Während Jason die Horibs bei ihrem grausigen Festmahl beobachtete, wurde er sich plötzlich einer merkwürdigen Veränderung in ihrem Äußeren bewußt. Als er sie zuerst und dann während des ganzen Kampfes gesehen hatte, waren sie von gespenstisch bläulicher Färbung gewesen, wobei die Hände, Füße und Gesichter mehrere Schattierungen blasser als der Rest des Körpers waren. Doch als sie sich zu ihrem blutigen Schmaus niedersetzten, wich diese Färbung allmählich einer rötlichen Tönung, die bei den einzelnen in der Intensität differenzierte, wobei die Gesichter und Extremitäten von mehreren im Verlaufe des Festmahls fast karmesinrot wurden.

Wenn die äußere Erscheinung und die blutdürstige Wildheit dieser Kreaturen ihn entsetzt hatte, so war er nicht weniger verblüfft, als er sie das erste Mal in der üblichen Sprache der Menschen von Pellucidar miteinander reden hörte.

Der allgemeine Körperbau dieser Wesen, ihre aus langen Lanzen und Feuersteinmessern bestehenden Waffen, das schürzenähnliche Kleidungsstück, das sie trugen, und der deutlich erkennbare Versuch, sich zu schmücken, wie er durch die Zeichen auf der Vorderseite ihrer Lendenschurze und die Armreifen bezeugt wurde, waren durchaus geeignet, ihnen eine Art Menschsein zuzuschreiben, so grotesk und schaudererregend zugleich es war. Wenn zu diesen Attributen nun noch die menschliche Sprache trat, brachte die Ähnlichkeit zum Menschen einen Eindruck hervor, der unbeschreiblich abstoßend war.

Die Faszination, die von diesen Kreaturen auf Jason ausging, war so stark, daß er weder die Augen noch die Gedanken von ihnen abwenden konnte. So fiel ihm auf, daß zwar die meisten von ihnen etwa sechs Fuß groß waren, es jedoch viele sehr kleine gab, die nur etwa vier Fuß maßen. Ein besonders langes Exemplar mußte hingegen volle neun Fuß groß sein. Gleichwohl waren alle identisch proportioniert, und der Unterschied in der Größe schien sich nicht auf Altersunterschiede zu beziehen, sah man davon ab, daß die Schuppen der größten von ihnen beträchtlich dicker und rauher waren. Später sollte er jedoch erfahren, daß Größenunterschiede auf Altersunterschiede verwiesen, da das Wachstum dieser Geschöpfe denselben Gesetzen unterlag, die das der Reptile bestimmen, welche im Gegensatz zu den Säugetieren während ihrer gesamten Lebenszeit wachsen können.

Nachdem sich die Horibs mit dem Fleisch der Korsaren vollgestopft hatten, legten sie sich nieder, ob zu schlafen, konnte Jason nicht erkennen, da ihre lidlosen Augen ständig geöffnet blieben. Nun trat ein weiteres Phänomen auf. Allmählich wich die rötliche Färbung ihrer Körper einem matten Graubraun, welches völlig dem Boden entsprach, auf dem sie lagen.

Erschöpft durch das endlose Rudern und das Grauen, das sie mit angesehen hatten, sank Jason allmählich in tiefen Schlaf, der nur durch entsetzliche Träume unterbrochen wurde, in denen er Jana in den Klauen eines Horibs sah. Der Unhold wollte die Rote Blume von Zoram offensichtlich verschlingen, während Jason an den Fesseln riß, die ihn zurückhielten.

Er erwachte durch einen scharfen Schmerz in der Schulter, und als er die Augen aufschlug, sah er einen der Sauriermenschen, wie er sie für sich benannt hatten, bei ihm stehen und ihn mit der Lanzenspitze stechen. „Mach nicht so viel Lärm“, sagte diese Kreatur, und Jason vermutete, daß er im Schlaf laut phantasiert hatte.

Die anderen Horibs erhoben sich langsam und stießen ein seltsames, pfeifendes Zischen aus, worauf aus dem Wasser des Flusses und aus dem düsteren Wald ringsum ihre abscheulichen Reittiere angetrottet kamen.

„Steh auf, ich will dir die Fesseln abnehmen“, sagte der Horib, der Jason geweckt hatte, und fügte hinzu: „Du kannst nicht fliehen. Solltest du es versuchen, wirst du getötet.“ Nachdem er Jasons Handfesseln entfernt hatte, befahl er: „Folge mir!“

Jason begleitete den Unhold zur Horde der Periosaurier, die am Flußufer schnappend und zischend umherwimmelten.

Obwohl die Gorobore für Jason alle gleich aussahen, war zu erkennen, daß die Horibs die einzelnen Tiere wohl unterscheiden konnten, den Jasons Führer bahnte sich unbeirrt einen Weg durch die glitschigen Körper, bis er neben einem besonderen Exemplar stand.

„Sitz auf", sagte er und gab Jason einen Wink, sich auf das Tier zu setzen. „Rück richtig nach vorn zum Hals."

Jason schwang sich mit äußerstem Widerwillen auf den Rücken des Gorobors. Die Berührung der kalten, feuchten, rauhen Haut mit seinen nackten Beinen jagte ihm einen kalten Schauer den Rücken hinunter. Der Reptilienmensch saß hinter ihm auf, und schon setzte sich die ganze Gesellschaft in Bewegung, wobei jeder Gefangene vor einem Horib saß.

Die seltsame Kavalkade rückte in den düsteren Wald und dunkle, gewundene Korridore entlang, über denen eine dichte Vegetation hing. Vieles davon sah totenbleich aus, weil das Sonnenlicht fehlte. Eine für Pellucidar ungewöhnliche Kühle durchdrang die Atmosphäre, und eine tiefe Depression lastete auf allen Gefangenen.

„Was wollt ihr mit uns machen?" fragte Jason, nachdem sie eine Weile schweigend marschiert waren.

„Man wird euch mit Eiern mästen, bis ihr für die Frauen und die Kleinen als Nahrung geeignet seid", sagte der Horib. „Sie haben den Fisch und das Gyorfleisch satt. Es kommt nicht oft vor, daß wir soviel Gilakfleisch bekommen, wie wir jetzt haben."

Jason versank in tiefes Schweigen, nachdem er entdeckt hatte, daß der Horib, soweit es ihn anbetraf, ausgesprochen maulfaul war, und dachte noch lange über das Entsetzliche nach, das diese Kreatur ihm erzählt hatte. Nicht, daß er den Tod fürchtete. Es war der Gedanke, zwecks Schlachtung gemästet zu werden, der ihn besonders abstieß.

Während sie unter den endlosen Baumreihen dahinritten, machte er sich Gedanken über den Ursprung dieser grauenerregenden Geschöpfe. In seinen Augen stellten sie ein Beispiel für das außerordentliche Bemühen der Natur dar, auf geraderem Wege als dem, den die Evolution auf der Außenrinde seit dem Zeitalter der Reptilien bis zu dem des Menschen zurückgelegt hatte, ein höheres Ziel zu erreichen.

Während des Marsches bekam Jason ab und zu auch Thoar und die anderen Gefangenen zu Gesicht, wenngleich er keine Gelegenheit hatte, ein paar Worte mit ihnen zu wechseln. Nach einer Zeit, die ihm wie eine Ewigkeit vorkam, trat die Kavalkade aus dem Wald ins Sonnenlicht, und er sah in der Ferne die blinkende Wasserfläche eines Binnensees. Als sie sich seinem Ufer näherten, erkannte er Massen von Horibs. Einige schwammen und lagen im Wasser herum, während andere auf dem schlammigen Ufer lümmelten oder hockten. Beim Auftauchen des Gefangenentransports bekundeten sie nur ein kaltes, reptiliengemäßes Interesse für die zurückkehrenden Krieger, einige der Frauen und Jungen allerdings auch sehr für die Gefangenen.

Die erwachsenen Weibchen unterschieden sich nur leicht von den Männchen. Neben der Tatsache, daß sie hornlos und nackt waren, konnte Jason jedoch keine auffallenden Merkmale feststellen. Nirgends war eine Spur von einem Dorf zu entdecken oder ein Hinweis auf handwerkliche oder künstlerische Betätigungen außer denjenigen, die zur Herstellung der primitiven Waffen und der einfachen, schürzenartigen Platte notwendig waren, welche die Krieger zum Schutz der weichen Haut ihrer Bäuche trugen.

Die Gefangenen wurden nun von ihren Reittieren gezerrt und von einigen Kriegern zusammengetrieben, die sie das Seeufer entlang zu einer leicht höheren Stelle brachten.

Unterwegs kamen sie an einigen Weibchen vorbei, die Eier legten. Sie betteten sie in den weichen, warmen Schlamm kurz über der Wasserlinie, deckten sie leicht mit Schlamm zu und stießen anschließend an der betreffenden Stelle einen dünnen Stock in den Boden, um das Nest zu kennzeichnen. Überall am Ufer ragten Hunderte von Stöcken aus dem Boden, und Jason sah etwas weiter entfernt mehrere winzige Horibs, die wohl gerade geschlüpft waren, sich aus dem Schlamm herauswinden. Niemand schenkte ihnen die geringste Aufmerksamkeit, als sie umherstolperten und taumelten im Versuch, den Gebrauch ihrer Gliedmaßen zu erlernen. Zuerst gingen sie auf allen vieren wie winzige, groteske Eidechsen.

An der höheren Uferstelle angelangt, hielt der Thoar bewachende Krieger, der an der Spitze ging, diesem plötzlich die Hand auf den Mund, drückte ihm mit Daumen und Zeigefinger leicht die Nase zu und tauchte ohne weitere Umstände kopfüber in den See, sein Opfer mit sich ziehend.

Jason war entsetzt, als er seinen Freund und Begleiter im schlammigen Wasser verschwinden sah, das sich nach kurzem heftigen Strudeln wieder beruhigte, so daß nur mehrere sich ständig erweiternde Kreise die Stelle bezeichneten, wo die beiden verschwunden waren. Einen Augenblick später tauchte ein anderer Horib mit Lajo unter, und die anderen zwei Korsaren teilten in schneller Folge das gleiche Schicksal.

Jason versuchte mit übermenschlicher Anstrengung, sich den Klauen seines Wächters zu entreißen, doch die kalten, feuchten Händen hielten ihn fest. Dann klappte eine davon plötzlich auf seinen Mund und die Nase, und einen Augenblick später spürte er, wie das warme Wasser des Sees über ihm zusammenschlug.

Noch immer um sich schlagend, um freizukommen, fühlte er, daß der Horib ihn schnell unter der Oberfläche dahintrug. Dann fühlte er wieder glitschigen Schlamm unter sich, über den er geschleift wurde. Seine Lungen verkrampften sich, qualvoll nach Luft gierend, ihn schwindelte, und vor ihm wurde auf einmal alles schwarz, jedoch nicht schwärzer als die ägyptische Finsternis des Loches, in das er geschleift wurde. Dann verschwand die Hand von seinem Mund und der Nase. Seine Lungen pumpten automatisch Luft, und als Jasons Bewußtsein langsam zurückkehrte, erkannte er, daß er nicht ertränkt worden war, sondern auf einem Schlammbett lag und Luft in sich sog, nicht Wasser.

Ringsum herrschte absolute Finsternis. Er spürte, wie ein feuchtkalter Körper an dem seinen scheuerte, dann noch einer und ein weiterer. Man hörte etwas patschen, Wasser sprudelte, dann herrschte Stille - Grabesstille.

Gefangene

Tarzan stand am Rande der großen Gyorebenen, umringt von bewaffneten Kreaturen, die soeben ihre Fähigkeit demonstriert hatten, eines der mächtigsten und wildesten Geschöpfe zu vernichten, das die Evolution je hervorgebracht hatte. Noch war es ihm von Herzen zuwider, die Waffen niederzulegen, wie man ihm befohlen hatte, und sich widerstandslos in ein unbekanntes Schicksal zu ergeben.

„Was gedenkt ihr, mit uns zu tun?“ fragte er den Horib, der ihm den Befehl erteilt hatte.

„Wir werden euch in unser Dorf bringen, wo ihr gut gefüttert werdet“, erwiderte der Unhold. „Entkommen könnt ihr uns nicht. Niemand entkommt den Horibs.“

Der Affenmensch zögerte. Die Rote Blume von Zoram trat näher zu ihm. „Wir wollen mit ihnen gehen“, flüsterte sie. „Jetzt können wir ihnen nicht entrinnen, sie sind zu viele. Wenn wir mit ihnen gehen, ergibt sich vielleicht später eine Gelegenheit.“

Tarzan nickte und sagte zu dem Horib: „Wir sind bereit.“

Auf den Rücken von Gorobors wurden sie, jeder vor einem Horibkrieger sitzend, über eine Ecke der Gyor Cors zu demselben düsteren Wald geführt, durch den man auch Jason und Thoar gebracht hatte. Nur kamen sie aus verschiedenen Richtungen.

Am Ostende des Thipdar-Gebirges entspringend, nimmt ein Fluß seinen Verlauf zunächst in südöstlicher Richtung und biegt dann in den düsteren Wald der Horibs, durch den er schließlich zum Rela Am oder Fluß der Dunkelheit geführt wird. Nahe dem Zusammenfluß der beiden Ströme waren die Korsaren von den Horibs angegriffen worden, und nun wurden Tarzan und Jana den oberen Flußabschnitt entlang stromabwärts zum Dorf der Eidechsenmenschen geführt.

Der See der Horibs liegt ein beträchtliches Ende, etwa fünfhundert Meilen, vom Ostausläufer des Thipdar-Gebirges entfernt, und wo es keine Zeit gibt und die Entfernungen nach Nahrungsaufnahme und Schlaf gemessen werden, spielt es kaum eine Wolle, ob Orte fünf Meilen oder fünfhundert Meilen auseinander liegen. Man kann eintausend Meilen ohne einen Unglücksfall hinter sich bringen, in einem anderen Fall jedoch bereits auf einer Meile den Tod erleiden. Dann wäre diese eine Meile in der Tat viel weiter als die tausend, da die Entfernung für denjenigen, der sie zurückgelegt hat, nun eine wahrhaft unendliche Distanz darstellt.

Als Tarzan und Jana durch den unheimlichen Wald ritten, richtete sich hundert Meilen entfernt Jason Gridley, umgeben von solch absoluter Dunkelheit, daß er sie fast greifen konnte, zu einer sitzenden Position auf. „Mein Gott!“ rief er.

„Wer ist da?“ fragte eine Stimme aus der Dunkelheit, und Jason erkannte sie als die von Thoar.

„Ich bin’s, Jason“, erwiderte Gridley.

„Wo sind wir?“ fragte eine andere Stimme. Das war Lajo.

„Zerbrich dir darüber nicht den Kopf, wir werden bald genug tot sein“, sagte eine fünfte.

„Wir sind alle hier“, sagte Jason. „Ich dachte erst, wir wären alle erledigt, als ich zusah, wie sie einen nach dem anderen von euch ins Wasser zogen.“

„Wo sind wir?“ fragte einer der Korsaren. „Welche Art Loch ist das, in das sie uns gesteckt haben?“

„In der Welt, aus der ich komme, gibt es große Reptilien, Krokodile genannt, die sich solche Nester oder Höhlen in Flußufern bauen, dicht über der Wasserlinie, deren einziger Zugang jedoch unter dem Wasser liegt. In solch eine Behausung haben sie uns geschleift.“

„Warum können wir dann nicht wieder hinausschwimmen?“ fragte Thoar.

„Vielleicht wäre das möglich, doch sie würden uns sehen und wieder zurückbringen.“

„Sollen wir also hier im Schlamm liegen und darauf warten, geschlachtet zu werden?“

„Das nicht, doch wir wollen einen vernünftigen Fluchtplan entwerfen. Übereiltes Handeln bringt gar nichts“, sagte Jason.

Die Männer saßen eine Weile schweigend, bis der Amerikaner das Wort wieder ergriff. „Glaubt ihr, daß wir hier allein sind?“ fragte er in gedämpftem Ton. „Ich habe soeben sorgfältig gelauscht, jedoch nichts anderes gehört als unser Atmen.“

„Ich auch nicht“, sagte Thoar.

„Dann kommt mal etwas näher“, sagte Jason, und die fünf Männer tasteten sich durch die Dunkelheit, hockten sich im Kreis und steckten die Köpfe zusammen. „Ich habe einen Plan“, fuhr Jason fort. „Als sie uns hierher brachten, fiel mir auf, daß der Wald an dieser Stelle dicht an den See heranreicht. Wenn wir einen Tunnel dorthin graben könnten, wäre eine Flucht möglich."

„In welcher Richtung liegt der Wald?" fragte Lajo.

„Das ist etwas, was wir nur vermuten können", erwiderte Jason. „Vielleicht irren wir uns auch, aber das Risiko müssen wir eingehen. Ich glaube jedoch, es macht Sinn, den Wald direkt gegenüber dem Eingang zu vermuten, durch den wir in dieses Loch geschleppt wurden."

„Dann wollen wir sofort mit dem Graben beginnen", rief einer der Korsaren.

„Wartet, bis ich genau weiß, wo der Eingang ist", sagte Thoar.

Er kroch auf Händen und Knien weg und tastete sich durch die Dunkelheit und den Schlamm. Bei seiner Rückkehr sagte er, er habe den Ausgang gefunden, und aus der Richtung, aus der seine Stimme kam, ersahen die anderen, wo sie mit dem Graben beginnen mußten.

Alle waren von der Idee begeistert, denn der Erfolg schien durchaus im Rahmen der Möglichkeiten zu liegen. Nur wurden sie nun mit dem Problem konfrontiert, das ausgegrabene Erdreich loszuwerden, das sie aus dem Tunnel herausförderten. Jason wies Lajo an, an dem Punkt zu bleiben, wo sie zu graben gedachten. Dann mußten die anderen nach verschiedenen Richtungen kriechen, um so die Größe des Raumes abzuschätzen, in den man sie verbracht hatte. Jeder sollte möglichst gerade in der ihm zugewiesenen Richtung kriechen und dabei zählen, wieviele Male er die Knie nachziehen mußte, ehe er zum Ende der Höhle kam.

Auf diese Weise fanden sie heraus, daß der Raum lang und schmal war, und wenn sie in den Richtungen, die sie eingeschlagen hatten, nicht fehl gingen, verlief er parallel zum Seeufer, wobei er sich zwanzig Fuß in die eine Richtung und über fünfzig in die andere erstreckte.

Schließlich wurde entschieden, das Erdreich zunächst gleichmäßig auf dem Boden des Raumes zu verteilen und es dann zum anderen Ende zu tragen und an der Wand gleichmäßig aufzuhäufen, um keine unnötige Aufmerksamkeit zu erregen, sollte einer der Horibs sie besuchen.

Mit den Händen zu graben bedeutete ein langsames und mühseliges Vorankommen, aber sie blieben ständig dabei und wechselten sich ab. Der erste Mann schob die Erde hinter sich, die anderen sammelten sie ein und verteilten sie so, daß zu keiner Zeit ein frischer

Erdhaufen die Aufmerksamkeit eines Horibs erregen konnte, sollte einer auftauchen. Das taten sie. Sie brachten zu essen, aber die Männer hörten das Plätschern ihrer Leiber im Wasser, als sie in den See tauchten, um den zur Höhle führenden Tunnel zu erreichen. Dergestalt gewarnt, hockten sie sich vor dem Eingang zum Tunnel zusammen und verbargen ihn wirksam vor fremden Blicken. Auch deutete nichts darauf hin, daß die in den Raum kommenden Horibs irgendwelchen Verdacht schöpften. Während deutlich zu erkennen war, daß sie im Dunkeln sehen konnten, trat ebenso offen zutage, daß sie die Dinge nicht klar zu unterscheiden vermochten, und so war die größte Furcht, das Unternehmen könnte vielleicht entdeckt werden, zumindest teilweise gebannt.

Nach beträchtlichen Bemühungen war es ihnen schließlich gelungen, einen im Durchmesser drei Fuß messenden und zehn Fuß langen Tunnel zu graben, als Jason, der zu dieser Zeit gerade am Werk war, eine große Muschel ausgrub. Sie erleichterte den weiteren Vortrieb beträchtlich. Nun kamen sie schneller voran, dennoch erschien es allen ein endloses Unternehmen zu sein. Auch konnten sie nie vorhersagen, zu welcher Zeit die Horibs kommen würden, um sie fürs Festmahl zu holen.

Jason wollte den Tunnel bis in den Wald vortreiben, ehe sie nach oben stießen, doch um sicher zu gehen, sagte er sich, daß sie zuerst auf Wurzeln treffen und an ihnen vorbeigraben müßten. Das würde einen Umweg und eine Verzögerung ergeben. Vorzeitig jedoch nach oben zu gehen, würde alles zunichte machen, was sie so weit schon vollbracht hatten, und aller Hoffnung auf eine Flucht ein Ende setzen.

Während die fünf Männer unterirdisch in dem dunklen Loch tätig waren, das sich langsam zu dem unheimlichen Wald der Horibs vorschob, stieg an den Nordhängen des Thipdar-Gebirges ein großes Luftschiff majestätisch hoch in die Luft.

„Sie sind niemals hier entlangmarschiert“, sagte Zuppner. „Allenfalls eine Bergziege könnte dieses Gebirge überqueren.“

„Da bin ich völlig ihrer Meinung“, sagte Hines. „Also könnten wir ebenso gut in einer anderen Richtung suchen.“

„Mein Gott, wüßte ich nur in welcher!“ rief Zuppner.

Hines schüttelte den Kopf. „Eine ist so gut wie die andere, Sir“, sagte er.

„Das glaube ich auch“, sagte Zuppner, und sofort schwenkte der

Bug des Luftschiffes, einer leichten Berührung des Steuers gehorchend, nach Backbord. Sie fuhren einen östlichen Kurs parallel zu den Thipdar-Bergen und segelten auf die Gyor Cors hinaus. Eine leichte Drehung des Rades hätte sie nach Südosten über den unheimlichen Wald gebracht, durch dessen düstere Korridore Tarzan und Jana in ihr gräßliches Schicksal befördert worden waren. Aber das wußte Kapitän Zuppner nicht, und so fuhr die O-220 weiter Ostkurs, während der Herr des Dschungels und die Rote Blume von Zoram schweigend in ihr Verhängnis ritten.

Fast von dem gleichen Augenblick an, da sie den Wald erreicht hatten, wußte Tarzan, daß sie fliehen konnten. Es wäre das Werk eines Augenblicks gewesen, sich von dem Gorobor, auf dem er saß, in die unteren Zweige des Waldes zu schwingen, von denen einige ihre Köpfe streiften, als sie darunter weg ritten, und wenn er einmal in den Bäumen war, wußte er, daß kein Horib oder Gorobor ihn einfangen konnte, aber er konnte Jana nicht verlassen. Auch konnte er sie nicht in seine Pläne einweihen, denn sie waren nie nahe genug zusammen, daß er ihr etwas zuflüstern konnte, was die Horibs nicht hörten. Aber selbst wenn er ihr alles genau hätte erläutern können, bezweifelte er ihre Fähigkeit, die Sicherheit der Bäume zu erreichen, ehe die Horibs sie wieder einfingen.

Konnte er nahe genug an sie herankommen, um sie zu packen, so war er überzeugt, eine sichere Flucht für sie beide bewirken zu können, und so ritt er schweigend weiter und hoffte gegen jede Vernunft, die gewünschte Gelegenheit würde sich letztendlich ergeben.

Sie hatten das andere Ende des Sees erreicht und ritten das Westufer entlang. Aus Bemerkungen, die die Horibs bei ihren Gesprächen machten - und die waren selten genug -, wußte der Affenmensch, daß sie ihren Bestimmungsort fast erreicht hatten, und noch schien eine Fluchtgelegenheit so fern zu liegen wie eh und je.

Siedend vor Ungeduld, war Tarzan im Begriff, einen plötzlichen Vorstoß in die Freiheit zu unternehmen, wobei er darauf vertraute, daß der Überraschungseffekt die Eidechsenmenschen für die wenigen Sekunden in Verwirrung bringen würde, die er benötigte, um sich Jana auf die Schulter zu werfen und sich mit ihr in die unteren Zweige zu schwingen, die ihm so einladend von oben zuwinkten.

Seine Muskeln und Nerven waren zu unbedingtem Gehorsam seinem Willen gegenüber trainiert. Niemals ließ er jedoch zu, daß sie seine Gefühle verrieten, wie er sich auch in Gegenwart von Fremden oder Feinden niemals anmerken ließ, was in seinem Kopf vorging. Diesmal waren sie jedoch mit einmal fast schockartig dazu getrieben, das Erstaunen zu verraten, das ihn erfüllte, als ein leichter Windstoß seiner Nase eine Witterung zutrug, von der er niemals geglaubt hatte, sie jemals wieder aufnehmen zu können.

Die Horibs zogen fast genau in die Richtung, aus der der Wind kam, so daß er wußte, daß die Verursacher der vertrauten Gerüche, die er soeben aufgenommen hatte, irgendwo vor ihnen sein mußten. Er überlegte blitzschnell, jedoch nicht ohne den Plan sorgfältig abzuwägen, der ihm in dem Augenblick in den Kopf gekommen war, als ihm die vertraute Witterung zugetragen worden war. Seine Hauptsorge galt jetzt der Sicherheit des Mädchens, doch um sie zu retten, mußte er sich selbst schützen. Ihm war klar, daß sie unmöglich beide gleichzeitig fliehen konnten, indes gab es jetzt noch eine andere Möglichkeit, die ausgezeichnete Erfolgsaussichten bot. Hinter ihm saß ein riesiger Horib auf dem Gorobor, so dicht bei ihm, daß sich ihre Körper berührten. In einer Hand hielt er eine Lanze, doch die andere war frei. Tarzan mußte sich so schnell bewegen, daß der Bursche ihn nicht mit der freien Hand festhalten konnte, bevor er außer Reichweite war. Dazu bedurfte es einer Gewandtheit fast übermenschlicher Natur, aber es gibt wenige Geschöpfe, die sich in dieser Hinsicht mit dem Affenmenschen vergleichen können. Dicht über ihm schwangen die Zweige des unheimlichen Waldes. Tarzan wartete auf die ersehnte Gelegenheit. Da sah er sie deutlich vor sich - einen dicken Zweig mit einem weit ausladenden Wipfel darüber - ein Tor zum Gipfel des dunklen Blattwerks. Er lehnte sich vor. Seine Hände ruhten leicht auf dem Nacken des Gorobor. Sie waren fast unter dem Zweig, den er für sich ausgesucht hatte, als er behend auf die Füße sprang und fast im gleichen Bewegungsablauf auf den Baum schnellte. Das Ganze ging so schnell vonstatten, daß er verschwunden war, ehe der ihn bewachende Horib es erkannt hatte. Als er es sah, war es zu spät - der Gefangene war verschwunden. Mit anderen, die die Flucht gesehen hatten, erhob er ein großes Warngeschrei für die vor ihm, doch konnten sie den Flüchtling weder mit den Augen noch nach dem Gehör lokalisieren, denn Tarzan eilte durch die oberen Wipfel davon, und alles Laub unter ihm verbarg ihn vor den Blicken der Feinde.

Jana, die ein Stück hinter Tarzan ritt, sah ihn entkommen und verlor allen Mut, denn die Gegenwart der Horibs hatte die Rote Blume von Zoram in einen Zustand von Angst versetzt, wie sie nie zuvor im Leben gespürt hatte. Die Schicksalsgemeinschaft mit Tarzan hatte ihr gewissen Trost verliehen, und nun, da er verschwunden war, fühlte sie sich sehr einsam. Sie machte ihm keine Vorwürfe, daß er geflohen war, als er die Gelegenheit dazu hatte, aber sie spürte in ihrem Inneren, daß Jason sie nicht auf diese Weise verlassen hätte.

Der Witterung als einzigem Wegweiser folgend, bewegte sich Tarzan von den Affen schnell durch die Bäume. Zuerst stieg er in die höchsten Wipfel auf, und hier fand er eine neue Welt - eine Welt voller Sonnenschein und üppiger Vegetation, bevölkert von seltsamen Vögeln mit prächtigem Gefieder, die schnell hin und her schwirrten. Fliegende Reptilien waren auch vertreten und große, protzige Motten. Schlangen lagen zusammengerollt auf so manchem Zweig, und weil er die verschiedenen Arten nicht kannte, wußte er nicht, ob sie für ihn eine Bedrohung darstellten oder nicht. Es war eine zugleich schöne und abstoßende Welt, doch das Merkmal, das ihm am meisten auffiel, war die Stille, denn ihre Bewohner schienen stumm zu sein. Die Gegenwart der Schlangen und das dichte Blattwerk machten diese Welt für jemanden, der sich schnell fortbewegen wollte, nicht besonders wünschenswert, und so begab er sich auf eine niedrigere Höhe herab. Hier war der Wald offener, die Witterung deutlicher zu erfassen.

Kein einziges Mal zweifelte er an den Verursachern, obwohl es einfach unvorstellbar war, daß er sie hier in diesem düsteren Wald von Pellucidar entdecken würde.

Er bewegte sich sehr schnell, denn er wollte sein Ziel möglichst vor den Horibs erreichen. Er hoffte, daß seine Flucht die Eidechsenmenschen aufhalten würde, und so geschah es in der Tat, denn sie hatten sofort haltgemacht, während einige von ihnen auf die Bäume geklettert waren, um nach ihm zu suchen. Ihre fast ausdruckslosen Gesichter spiegelten kaum etwas Zorn, doch die kränklich bläuliche Färbung, die ihre Schuppen überzog, bezeugte steigenden Unmut über die Leichtigkeit, mit der dieser Gilakgefangene ihnen entkommen war, und als sie ihre Suche schließlich erfolglos abbrechen mußten und den unterbrochenen Heimritt fortsetzten, waren sie in besonders übler Stimmung.

Weit vor ihnen ließ sich Tarzan von den Affen jetzt in tiefere Baumwipfel fallen. Die Witterung, der er gefolgt war, schlug jetzt intensiv in seine Nase und sagte ihm beredter als in Worten, daß er sich nur noch ein kleines Stück vorzubewegen hatte, um die Gesuchten zu finden. Einen Augenblick später ließ er sich in eine der düsteren Hallen des Waldes gleiten, und den zehn getreuen Kriegern kam es vor, als sei er vom Himmel gefallen, so verblüfft waren sie.

Einen Augenblick starrten sie ihn mit weitgeöffneten Augen verdutzt an, dann kamen sie zu ihm gestürzt, fielen um ihn herum auf die Knie, küßten ihm die Hände und vergossen Tränen des Glücks. „O Bwana, Bwana, du bist es wirklich!" sagten sie. „Mulunga ist gut zu seinen Kindern. Er hat ihnen ihren Big Bwana heil und unversehrt zurückgegeben."

„Und jetzt habe ich Arbeit für euch, meine Kinder", sagte Tarzan. „Die Schlangenleute kommen, und bei ihnen ist ein Mädchen, das sie geraubt haben. Ich danke Gott, daß ihr mit Gewehren bewaffnet seid, und hoffe, ihr habt genug Munition."

„Wir haben sie gespart, Bwana, und immer nur unsere Speere und Pfeile benutzt, wo dies möglich war."

„Gut", sagte Tarzan. „Wir werden sie jetzt brauchen. Wie weit sind wir vom Luftschiff entfernt?"

„Das weiß ich nicht", sagte Muviro.

„Du weißt es nicht?" wiederholte Tarzan.

„Nein, Bwana, wir haben uns verirrt, schon seit geraumer Zeit", erwiderte der Häuptling der Waziris.

„Was habt ihr dann getan, so allein vom Schiff entfernt?" fragte Tarzan.

„Wir wurden mit Gridley und von Horst ausgeschickt, um nach dir zu suchen, Bwana."

„Und wo sind sie jetzt?" fragte Tarzan.

„Schon vor langer Zeit, ich weiß nicht wie lange, wurden wir von Gridley getrennt und haben ihn nie wiedergesehen. Damals waren es wilde Tiere, die uns auseinanderbrachten, doch wie von Horst von uns getrennt wurde, wissen wir nicht. Wir hatten eine Höhle gefunden und waren hineingegangen, um zu schlafen, und als wir erwachten, war von Horst verschwunden. Wir haben ihn nie wiedergesehen."

„Sie kommen!" sagte Tarzan warnend.

„Ich höre sie, Bwana", erwiderte Muviro.

„Hast du sie gesehen - die Schlangenmenschen?" fragte Tarzan.

„Nein, Bwana, wir haben lange Zeit überhaupt keine Menschen gesehen, nur Tiere - gräßliche Tiere."

„Dann werdet ihr jetzt einige sehr gräßliche Menschen sehen", sagte Tarzan warnend. „Aber laßt euch durch ihr Äußeres nicht schrecken. Eure Kugeln werden sie niederstrecken."

„Wann hast du einen Waziri je verängstigt gesehen, Bwana?" fragte Muviro stolz.

Der Affenmensch lächelte. „Einer soll mir sein Gewehr überlassen, dann verteilt euch im Wald", sagte er. „Ich weiß nicht genau, wo sie vorüberkommen werden, doch sobald einer von euch mit ihnen in Berührung kommt, dann fangt an zu schießen, aber so, daß ihr tötet, wobei ihr allerdings daran denken müßt, daß das Mädchen vor einem davon sitzt. Gebt acht, daß ihr sie nicht verwundet."

Kaum hatte er zu Ende gesprochen, tauchten die ersten Horibs in ihrem Blickfeld auf. Tarzan und die Waziris trafen gar nicht erst Anstalten, sich zu verbergen, und bei ihrem Anblick stieß der vorderste Horib einen schrillen Freudenschrei aus. Da krachte ein Gewehr, und derselbe Horib krümmte sich zusammen und kippte seitlich zu Boden. Die anderen an der Spitze verließen sich auf die Geschwindigkeit ihrer Reittiere und jagten schnell auf die Waziris und den großen, weißen Hünen zu, der sie anführte, doch die Kugeln der Außenwelt waren schneller als die Gorobors. So schnell, wie Tarzan und die Waziris feuern konnten, stürzten die Horibs zu Boden. Nie zuvor hatten sie eine Niederlage erlebt. Sie färbten sich dunkelblau vor Wut, doch dieses Blau wandelte sich zu einem schmutzigen Grau, als die Kugeln ihre Herzen fanden und sie sich tot am Boden wälzten.

Die Gorobors bewegten sich so schnell, und Tarzan und die Waziris feuerten so rasch, daß das Zusammentreffen entschieden war, kaum daß es begonnen hatte. Nun entdeckten die übriggebliebenen Horibs, daß sie nicht darauf hoffen konnten, Gilaks zu besiegen und gefangenzunehmen, die mit so seltsamen Waffen ausgestattet waren, die sie geschwinder trafen, als sie ihre Lanzen werfen konnten. Sie machten kehrt und zerstreuten sich im Bemühen, den Feind zu umgehen und ihren Weg fortzusetzen.

Noch hatte Tarzan Jana nicht zu Gesicht bekommen, obwohl er wußte, daß sie irgendwo hinten bei den übriggebliebenen Horibs sein mußte. Da sah er sie, als sie in einiger Entfernung auf dem Rücken eines flüchtigen Gorobors eilends davongetragen wurde. Die einzige Chance, sie zu retten, bestand jetzt darin, das schnelle Tier niederzuschießen, auf dem sie hockte. Tarzan legte an, doch im gleichen

Augenblick stieß ihn ein reiterloser Gorobor von hinten an, so daß er lang hinschlug. Als er sich wieder aufgerafft hatte, waren Jana und ihr Entführer außer Sichtweite und hinter den Baumstämmen verschwunden.

Eine Anzahl verängstigter, reiterloser Gorobore preschten in der Nähe der Waziris hin und her. Aus dieser Gruppe war auch das Exemplar ausgebrochen, das Tarzan niedergestoßen hatte. Die Tiere schienen ohne Führung ihrer Herrn hilflos zu sein, aber als sie einen ihrer Gruppe den Horibs nachsetzen sahen, die davongesprengt waren, folgten die anderen, und in ihrer wahnwitzigen Eile stellten sie eine ebenso große Bedrohung dar wie die Horibs selbst.

Muviro und seine Krieger sprangen behend hinter die dicken Baumstämme, um ihnen auszuweichen, doch der Affenmensch hatte bei ihrem Anblick eine neue Hoffnung, da sie letztendlich das einzige Mittel darstellten, durch das er den Horib überholen konnte, der die Rote Blume von Zoram davontrug. So sprang er zum Entsetzen und zur Verwunderung der Waziris auf den Rücken einer der großen Eidechsen, als sie vor ihm vorbeihuschte. Er verklammerte seine Füße hinter ihren Ellenbogen, wie er es bei den Horibs gesehen hatte, und wurde von der Kreatur bei ihrem wilden Ritt schnell davongetragen, mit dem sie ihre Artgenossen und Herren einholen wollte. Er brauchte sie auch nicht anzuspornen, selbst wenn er gewußt hätte, was er in diesem Falle zu tun hatte, denn sie war wahrscheinlich vom Kampf noch so erschrocken und aufgeregt, daß sie mit unglaublicher Geschwindigkeit zwischen den grauen Baumstämmen davonschoß, ihre Artgenossen überholte und sie weit hinter sich ließ.

Da sah Tarzan gleich vor sich den Horib, der Jana davontrug. Er erkannte ferner, daß er ihn bald einholen würde. Sein eigenes Reittier lief indes so schnell, daß es ganz so aussah, als werde es ihn an Jana vorbeitragen, ohne daß er irgend etwas zu ihrer Rettung unternehmen konnte, und mit diesem Gedanken kam die Erkenntnis, daß er das Reittier des Horib stoppen mußte.

Zwischen Entschluß und Handeln lag nur ein Augenblick, doch in diesem Augenblick legte er das Gewehr an und feuerte. Vielleicht war es ein ausgezeichnetes Kunststück von Treffsicherheit, vielleicht aber auch nur Glück, jedenfalls schlug die Kugel dem Gorobor ins Rückgrat, und einen Augenblick später knickte es auf den Hinterbeinen ein und rollte zur Seite, wobei es Jana und den Horib schwer zu Boden warf. Im selben Augenblick huschte Tarzans Reittier vorbei.

Er riskierte einen bösen Sturz, ließ sich von dessen Rücken gleiten und prallte kopfüber gegen das tote Reittier des Horib.

Er sprang auf und sah sich dem Eidechsenmenschen gegenüber, doch in diesem Augenblick gab der Boden unter ihm nach, und er rutschte plötzlich fast bis zu den Achseln in ein Loch. Während er sich noch mühte, sich herausziehen, packte ihn etwas bei den Fußknöcheln und zog ihn nach unten - es waren kalte Hände, die ihn erbarmungslos in ein dunkles, unterirdisches Loch zerrten.

Die Flucht

Die O-220 kreuzte langsam über der Gyor Cors, scharfe Augen suchten die Erde unten ab, doch die einzigen Lebewesen, die sie sahen, waren riesige Dinosaurier. Verstört vom Motorengeräusch des Luftschiffes, trotteten die großen Tiere zornig im Kreis umher, manchmal galoppierte eines davon, welches das Luftschiff über sich gesehen hatte, zornig ihm nach bellend, ein anderes griff den elliptischen Schatten an, der sich direkt unter der O-220 über den Boden bewegte.

„Reizende kleine Burschen", bemerkte Leutnant Hines, der sie aus einer Bordluke in der Messe beobachtet hatte.

„Stimmt, bloß - was sin' das für böse Träume, Leutnant?" fragte Robert Jones.

„Triceratops", erwiderte der Offizier.

„Also, ich probier' ja gern mal was aus, Sir, aww'r nich' die lieb'n Klein'n da", erwiderte Robert.

Ohne daß der verwirrte Navigationsoffizier eine Ahnung hatte, fuhr das Schiff Südostkurs. Weit weg von ihnen ragte an Backbord eine Bergkette auf, die in der nach oben ansteigenden Ferne verschwommen zu erkennen war. Dann durchschnitt ein Fluß die Ebene, er kam von den fernen Bergen herab. Sie folgten ihm in der Erkenntnis, daß Menschen, die sich in einem fremden Land verirrt haben, stets geneigt sind, Flußläufen zu folgen, sofern sie das Glück haben, auf einen zu stoßen.

Sie waren dem Fluß ein ganzes Stück nachgeflogen, als Leutnant Dorf aus der Beobachtungskabine nach unten telefonierte: „Voraus liegt eine beträchtliche Wasserfläche, Sir", meldete er Kapitän Zuppner. „Wie es ausschaut, würde ich sagen, wir nähern uns der Küste eines großen Ozeans."

Alle Augen waren nun nach vorn gerichtet, und gleich darauf sahen alle Wasser vor sich. Das Luftschiff kreuzte langsam ein kurzes Stück die Küste entlang, und da einige Zeit verstrichen war, seit sie Wasser und frisches Fleisch gehabt hatten, beschloß Zuppner, zu landen und ein Lager aufzuschlagen. Er wählte dazu eine Stelle gleich nördlich des Flusses, dem sie gefolgt waren, an seiner Einmündung in die See. Als das große Luftschiff sich langsam auf einer leicht gewellten Grasfläche niederließ, trug Robert in sein kleines schwarzes Tagebuch etwas ein.

„Hier zu Mittag angekommen."

Während das große Schiff an der Küste des schweigenden Pellucidar-Meeres niederging, trieben Jason Gridley und seine Gefährten hundert Meilen westlich ihren Tunnel nach oben zur Erdoberfläche. Jason arbeitete an der Spitze und schob das Erdreich jeweils handvollweise denen hinter ihm zu. Sie arbeiteten jetzt mit großem Eifer, weil die Tunnellänge bereits so groß war, daß sie nur unter Schwierigkeiten rechtzeitig in die Höhle zurückkehren konnten, um einer Entdeckung zuvorzukommen, wenn sie die Horibs sich nähern hörten.

Als Jason die Erde über sich wegkratzte, drang plötzlich ein Geräusch an seine Ohren, das wie gedämpftes Krachen von Gewehrschüssen klang. Er konnte nicht glauben, daß es welche waren, aber was sonst konnte es sein? Sie waren so lange von ihren Gefährten getrennt gewesen, daß der Glaube unmöglich erschien, irgendeine Laune von Umständen habe sie in diese düstere Ecke von Pellucidar verschlagen, und obwohl er sich große Hoffnungen machte, verwarf er diese Vorstellung und ersetzte sie durch eine natürlichere Schlußfolgerung: Die Schüsse stammten aus den Hakenbüchsen der Korsaren, die von dem Schiff hergekommen waren, das nach Lajos Worten irgendwo unten in der Rela Am vor Anker gegangen war. Der Kapitän hatte zweifellos eine Expedition zur Suche nach den vermißten Mannschaftsmitgliedern ausgesandt, doch selbst die Aussicht, den wilden Korsaren wieder in die Hände zu fallen, erschien ihm himmlisch, verglichen mit dem Schicksal, mit dem sie jetzt konfrontiert waren.

Jason verdoppelte nun seine Bemühungen und arbeitete wild daran, den schmalen Schacht zur Erdoberfläche hochzutreiben. Das Krachen der Schüsse, das nur wenige Minuten gedauert hatte, wich dem nahenden Donner vieler Füße, als galoppierten schwere Tiere in seine Richtung. Er hörte sie fast direkt über seinem Kopf vorübersprengen, und sie schienen so nahe zu sein, daß er überzeugt war, schon unmittelbar unter der Erdoberfläche zu sein. Ein weiterer Schuß krachte direkt über ihm. Er hörte den Aufschlag eines schweren Körpers, und der Boden um ihn herum erzitterte unter der Wucht. Jasons Aufmerksamkeit war aufs höchste gespannt, als die Erde über ihm plötzlich nachgab und etwas in den Schacht rutschte.

Da ihn die ganze Zeit nur die Furcht beseelt hatte, die Horibs könnten den Fluchtplan entdecken, reagierte er dem Selbsterhaltungstrieb folgend instinktiv. Danach erschien es ihm als das beste, den Entdecker ihres Geheimnisses so schnell wie möglich aus dem Blickfeld der anderen zu ziehen. Zu diesem Zweck wich er rasch in den Tunnel zurück, wobei er den Eindringling mit sich zog, und dies war auch bis zu einem gewissen Punkt nicht schwer. Nur klammerte sich Tarzan an sein Gewehr. Es war flach auf den Boden gefallen, als er in das Loch gezogen wurde, und lag quer darüber, so daß es die Öffnung regelrecht versperrte. Tarzan hielt sich daran fest, als Jason mit aller Kraft an seinen Beinen zog. Dann spannten sich die stählernen Sehnen des Dschungelherrn, und als er sich nach oben zog, nahm er Jason Gridley mit. Dieser konnte sich sträuben und dagegenstemmen, so viel er wollte - er konnte dem steten Zug der hünenhaften Muskeln nichts entgegensetzen. Langsam und unwiderstehlich wurde er den Schacht hinauf zur Erdoberfläche gezogen.

Inzwischen hatte er natürlich erkannt, daß das Wesen, an das er sich klammerte, kein Horib war, denn seine Hände umschlossen die glatte Haut eines menschlichen Wesens, nicht die schuppige eines Eidechsenmenschen. Dennoch spürte er, daß er diesen Burschen nicht entkommen lassen dürfe.

Der Horib hatte Tarzans Angriff erwartet und ihn auf rätselhafte Weise im Boden verschwinden sehen. Er hielt sich auch nicht damit auf, dieses Wunder zu ergründen, sondern packte Jana beim Handgelenk, eilte seinen Genossen nach und zog das widerstrebende Mädchen mit.

Die beiden verschwanden gerade zwischen den hohen Stämmen des düsteren Waldes, und Tarzan konnte sie gerade noch davonstürmen sehen, als er aus dem Schacht auftauchte. Der Laut, der ihm über die Lippen kam, glich fast dem Knurren eines ergrimmten Tieres, als er erkannte, daß dieses letzte Mißgeschick die Rettung des Mädchens womöglich definitiv zunichtegemacht hatte. Wütend über das Hemmnis der verzweifelt seine Füße umklammernden Hände trat er heftig nach unten in dem Bemühen, sie abzuschütteln, und mit solchem Erfolg, daß er Jason in den Tunnel zurückschleuderte, während er auf festen Boden und in die Freiheit sprang, um die Verfolgung des Horib und der Roten Blume von Zoram wieder aufzunehmen.

Jason rief seinen Gefährten zu, sie sollten ihm schnell folgen, kletterte rasch zur Erdoberfläche, gerade noch rechtzeitig, um einen halbnackten, dunkelbraunen Hünen hinter einem dicken Baumstamm verschwinden zu sehen, aber dieser kurze Blick weckte vertraute Erinnerungen, und sein Herz hüpfte vor Freude bei der Erkenntnis, die ihm dämmerte. Aber wie war das möglich? Hatte Thoar nicht gesehen, wie der Herr des Dschungels von dem gewaltigen Vogel in den Untergang getragen wurde? Ob der Mann Tarzan war oder nicht, zählte jetzt weniger als die Ursache für seine Eile. Entrann er einer Verfolgung, oder verfolgte er selbst? Jedenfalls sagte ihm eine innere Stimme, er täte gut daran, ihn nicht aus dem Auge zu verlieren. Zumindest war er kein Horib, und wenn dem so war, mußte er ein Feind der Eidechsenmenschen sein. Alles hatte sich dermaßen schnell abgespielt, daß Jason etwas verwirrt war und nicht recht wußte, was er tun sollte. Doch etwas schien ihn zu drängen, den Fremden nicht aus dem Blickfeld zu verlieren. Diesem Impuls folgend, setzte er ihm in schnellem Tempo nach.

Tarzan von den Affen rannte durch den dunklen Wald und ließ sich nur von dem feinen, kaum spürbaren Duft leiten, der die Witterung der Roten Blume von Zoram darstellte und die kein anderes menschliches Wesen außer ihm hätte erfassen können. Dazu schlug ihm allerdings noch der widerliche Geruch der Horibs in die Nase, und um nicht unerwartet auf eine Überzahl von ihnen zu stoßen, schwang er sich behend in die Bäume und jagte mit unverminderter Geschwindigkeit in der Richtung der Gesuchten weiter. Es dauerte auch nicht lange, da sah er sie unter sich - einen einzelnen Horib, der die noch immer Widerstand leistende Jana mit sich zog.

Er zögerte keine Sekunde, verminderte auch nicht seine Geschwindigkeit, als er wie ein lebendiges Geschoß dem Horib geradewegs auf den widerlichen Rücken sprang. Er landete mit solcher Wucht, daß der Unhold durch den Aufprall auf dem Erdboden halb benommen war. Ein sehniger Arm umklammerte seinen Hals, als Tarzan aufstand und den Unhold mit sich zog. Sich schnell umwendend und vorwärts beugend, schleuderte er den Körper über seinen Kopf heftig zu Boden, während er ihn noch immer am Genick gepackt hielt. Immer wieder schnellte er den mächtigen Leib über seinen Kopf auf die graue Erde, während das Mädchen mit weit geöffneten Augen diese Darbietung herkulischer Stärke staunend mit ansah.

Schließlich ließ Tarzan das Untier fallen, überzeugt, daß es tot oder betäubt war. Schnell eignete er sich dessen Steinmesser an und hob die zu Boden gefallene Lanze auf. Dann sagte er zu Jana: „Komm, es gibt hier nur einen sicheren Ort für uns." Damit legte er sie sich über die Schulter und sprang zu dem tiefhängenden Zweig eines nahestehenden Baumes hinauf. „Hier bist du zumindest vor den Horibs sicher, denn ich bezweifle, ob ein Gorobor uns hierher folgen kann."

„Ich habe bisher immer geglaubt, es gebe nirgends solche Krieger wie die von Zoram, aber das war, ehe ich dich und Jason kennengelernt habe", sagte Jana. Tarzan war klar, daß sie ihre aufrichtige Bewunderung für das, was er für sie getan hatte, kaum in anderer Weise ausdrücken konnte, denn für die primitive Frau gab es keine ihren eigenen Stammesangehörigen gleichen Männer. „Ich wünschte, Jason lebte noch", fuhr sie nach einer Weile bekümmert fort. „Er war ein großer Mann und mächtiger Krieger, vor allem aber war er freundlich zu mir. Die Männer von Zoram sind nie grausam zu ihren Frauen, doch sie sind nicht immer so aufmerksam und rücksichtsvoll. Jason scheint stets in erster Linie um mein Wohl bedacht zu sein, und natürlich um meine Sicherheit."

„Du hast ihn sehr gemocht, nicht wahr?" fragte Tarzan.

Die Rote Blume von Zoram antwortete nicht. Sie hatte Tränen in den Augen, und etwas steckte in ihrer Kehle, so daß sie nur nicken konnte.

Auf dem Baum angelangt, stellte Tarzan sie auf die Füße. Er bemerkte, daß sie sich hier ohne Hilfe fortbewegen konnte, eben wie jemand, der an den schwindelerregenden Hängen der Gipfel des Thipdar-Gebirges leichtfüßig von Klippe zu Klippe springen konnte. Sie kehrten ohne Hast zu dem Punkt zurück, wo sie Muviro und die Wazirikrieger zuletzt gesehen hatte, aber da sie sich mit dem Wind fortbewegten, konnte Tarzan nicht darauf hoffen, die Witterung seiner Anhänger aufzunehmen, deshalb lauschte er ständig höchst angespannt auf das geringste Geräusch, das ihren Standort hätte verraten können. Da hörte er auch schon Schritte, die durch den Wald auf sie zu eilten.

Der Affenmensch zog das Mädchen hinter einen dicken Baumstamm und wartete reglos und still, denn nicht alle Schritte sind die von Freunden.

Sie brauchte nur einen Augenblick zu warten, da tauchte auf dem Boden unter ihnen ein fast nackter Mann auf, gekleidet in ein Stück schmutziges Ziegenfell, das unter einer Schicht von Schlamm fast kaum als solches zu erkennen war, zumal die eigentliche Hautfarbe unter einer gleichen Kruste verborgen war. Ein mächtiger Schopf zerzausten schwarzen Haares krönte sein Haupt. Er stellte das schmutzigste Geschöpf dar, das Tarzan je vor Augen gehabt hatte, doch er war ganz offensichtlich kein Horib und unbewaffnet dazu. Was er hier allein in dem grimmigen Wald suchte, konnte sich der Affenmensch nicht vorstellen. Also ließ er sich direkt vor dem überraschten Wanderer zu Boden fallen.

Bei seinem Anblick blieb dieser stehen, und seine Augen weiteten sich vor Staunen und Unglauben. „Tarzan!" rief er. „Mein Gott, Sie sind es wirklich. Sie sind nicht tot. Gott sei Dank, daß Sie nicht tot sind."

Es dauerte einen Augenblick, ehe der Affenmensch den Sprecher erkannte, jedoch nicht so das Mädchen auf dem Baum. In dem Augenblick, als sie die Stimme hörte, erkannte sie ihn.

Ein bedächtiges Lächeln breitete sich über die Miene des Herrn des Dschungels. „Gridley!" rief er. „Jason Gridley! Jana sagte mir, Sie seien tot."

„Jana?" rief Jason. „Sie kennen sie? Sie haben sie gesehen? Wo ist sie?"

„Hier bei mir", antwortete Tarzan.

Die Rote Blume von Zoram war auf der anderen Seite des Baumes zu Boden geglitten und trat nun dahinter hervor.

„Jana!" rief Jason und trat begierig auf sie zu.

Sie richtete sich zu voller Größe auf und kehrte ihm eine Schulter zu. „Jalok!" sagte sie geringschätzig. „Muß ich dir wieder sagen, daß du der Roten Blume von Zoram fernbleiben sollst?"

Jason blieb auf der Stelle stehen, seine Arme hingen hilflos herab, seine ganze Haltung bekundete Niedergeschlagenheit.

Tarzan schaute schweigend zu, und die gerunzelten Brauen bezeugten seine Verwirrung. Aber es war nicht seine Art, sich in Dinge einzumischen, die andere angingen. „Kommt, wir müssen die Waziris finden", sagte er.

Da kündigten laute Stimmen gleich vor ihnen die Anwesenheit anderer Menschen an, und in dem wahren Babylon aufgeregter Rede erkannte Tarzan die Sprache seiner Waziris. Die drei eilten vorwärts und wurden Zeugen einer Szene, die einen kurzen Moment grotesk war, sich aber schnell in eine Tragödie hätten entwickeln können, wären sie nicht rechtzeitig eingetroffen.

Zehn mit Gewehren bewaffnete Wazirikrieger hatten Thoar und die drei Korsaren umzingelt, und jede Gruppe schnatterte mächtig in einer Sprache, die die andere nicht kannte.

Die Pellucidarier hatten nie zuvor menschliche Wesen von der tiefschwarzen Hautfarbe der Waziris gesehen, glaubten, daß alle Fremden Feinde seien, erwarteten nur das Schlimmste und waren im Begriff, durch vereinte Anstrengungen ihren Wächtern zu entrinnen, während Muviro, fest überzeugt, diese Männer könnten in unheilvoller Weise mit dem Verschwinden seines Herrn zu tun haben, entschlossen war, sie festzuhalten und zu verhören. Er hätte auch nicht gezögert, sie zu töten, hätten sie Widerstand geleistet. Demzufolge war es für beide Parteien eine Erleichterung, als Tarzan, Jason und Jana auftauchten und die Waziris ihren Big Bwana einen ihrer Gefangenen mit allen Anzeichen der Freundschaft begrüßen sahen.

Thoar war noch mehr überrascht, Tarzan lebend vor sich zu sehen, als Jason gewesen war, und beim Anblick von Jana trat die natürliche Zurückhaltung, die sein Auftreten gewöhnlich kennzeichnete, hinter der Freude und Erleichterung zurück, da er sie unversehrt und wohlbehalten vorfand. Jana war nicht minder überrascht und glücklich, als sie vorstürzte und sich in ihres Bruders Arme warf.

Jason Gridley stand etwas entfernt, die Brust erfüllt von einem Empfinden, wie er es nie zuvor erfahren hatte, ein stummer Zeuge dieser liebevollen Wiedervereinigung. Dann dämmerte ihm wahrscheinlich zum ersten Mal die klare Erkenntnis, daß das Gefühl, das er dieser kleinen Barbarin entgegenbrachte, nichts geringeres als Liebe war.

Schon sich dies einzugestehen verdroß ihn, und er spürte, daß es erbärmlich war, Thoar gegenüber eifersüchtig zu sein, nicht nur, weil dieser sein Freund war, sondern weil er ja nur ein primitiver Wilder war, er, Jason Gridley, hingegen das Produkt jahrtausendealter Kultur und Zivilisation war.

Thoar, Lajo und die anderen zwei Korsaren waren natürlich hocherfreut, als sie entdeckten, daß die fremden Krieger, die sie als Feinde betrachtet hatten, plötzlich zu Freunden und Verbündeten wurden, und als sie die Geschichte des Kampfes mit den Horibs hörten, wußten sie, daß die größte Gefahr, die ihnen gedroht hatte, angesichts der Anwesenheit der mit todbringenden Waffen ausgestatteten Männer gewaltig verringert wurde. Damit verglichen wirkten die uralten Hakenbüchsen der Korsaren ebenso unangemessen wie Schleudern. Aus diesem entsetzlichen Land zu entkommen war so gut wie gesichert.

Man ruhte sich nach den Anstrengungen der letzten Tage aus, und jede Gruppe berichtete kurz über die Abenteuer, die sie zu bestehen gehabt hatte. Auch wurde versucht, Pläne für die Zukunft zu schmieden, doch hier traten Schwierigkeiten auf. Thoar wollte mit Jana nach Zoram zurückkehren. Tarzan, Jason und die Waziris hatten nur den einen Wunsch, die anderen Mitglieder ihrer Expedition wiederzufinden, während Lajo und seinen zwei Gefährten vor allem daran gelegen war, auf ihr Schiff zurückzukommen.

Tarzan und Jason erkannten, daß es nicht günstig war, die Korsaren über das wahre Ziel ihres Aufenthaltes in Pellucidar in Kenntnis zu setzen, und als sie herausfanden, daß die Männer die Geschichte von Tanar kannten, ließen sie sie in dem Glauben, sie suchten nur nach Sari, um Tanar und seinem Volk einen Freundschaftsbesuch abzustatten.

„Sari ist weit von hier entfernt", sagte Lajo. „Wer dorthin will, muß unterwegs über einhundertmal schlafen. Der Weg führt ihn über das Korsar Az und dann durch seltsame Länder voller Feinde bis zum Land des Schrecklichen Schattens. Vielleicht erreicht man es nie."

„Gibt es keinen Landweg dorthin?" fragte Tarzan.

„Das wohl, und wenn wir in Korsar wären, könnte ich euch den Weg weisen, aber das wäre ein entsetzlicher Marsch, denn niemand weiß, welche wilden Stämme und Tiere einem auf der langen Strecke auflauern, die zwischen Korsar und Sari liegen muß."

„Und wenn wir nach Korsar gingen, könnten wir nicht darauf hoffen, als Freunde aufgenommen zu werden. Stimmt's, Lajo?"

Der Korsar nickte. „Ganz recht, man würde euch nicht als Freunde aufnehmen", sagte er.

„Dennoch glaube ich, daß unsere größte Chance, die O-220 wiederzufinden, darin liegt, in der Umgebung von Korsar nach ihr zu suchen", sagte Tarzan zu Jason.

Jason nickte beifällig. „Nur stimmt das nicht mit Thoars Plänen überein, denn wenn ich es richtig sehe, befinden wir uns jetzt viel näher bei Zoram als bei Korsar, und wenn wir nach Korsar wollen, wird unsere Route von Zoram wegführen. Sollten wir die beiden jedoch nicht mit den Waziris begleiten, so bezweifle ich, daß Thoar und Jana lebendig in Zoram ankommen, sofern sie den Weg einschlagen, dem er und ich gefolgt sind, seit wir das Thipdar-Gebirge verlassen haben."

Tarzan wandte sich an Thoar. „Wenn du mit uns kommst, können wir sehr schnell nach Zoram zurückkehren, sobald wir unser Luftschiff finden. Gelingt dies nicht in vernünftiger Zeit, bringen wir euch nach Zoram. In jedem Fall hättet ihr wesentlich bessere Chancen, euer Heimatland zu erreichen, als wenn du mit Jana allein von hier aus aufbrichst."

„Also werden wir euch begleiten", sagte Thoar. Aber dann umwölkte sich seine Stirn, als sei ihm plötzlich ein Gedanke gekommen. Er blickte Jason einen Augenblick lang an und sagte dann zu Jana: „Eins habe ich ja ganz vergessen. Ehe wir mit diesen Leuten als Freunde aufbrechen können, muß ich wissen, ob dieser Mann dir irgendein Leid oder Schmerz zugefügt hat, während du mit ihm zusammen warst. Wenn ja, muß ich ihn töten."

Jana blickte Jason nicht an, als sie antwortete: „Du muß ihn nicht töten. Wäre dies nötig gewesen, so hätte die Rote Blume von Zoram es selbst getan."

„Sehr schön", sagte Thoar. „Ich bin froh darüber, weil er mein Freund ist. Nun können wir alle zusammen losziehen."

„Unser Boot liegt wahrscheinlich am Fluß, wo die Horibs es verließen, nachdem sie uns gefangen nahmen", erklärte Lajo. „Wenn das der Fall ist, können wir unser Schiff schnell erreichen. Es ankert in den unteren Gewässern des Rela Am."

„Damit wir dann von deinen Leuten gefangengenommen werden?" sagte Jason. „Nein, Lajo, das Blatt hat sich jetzt gewendet, und wenn du mit uns kommst, dann seid ihr die Gefangenen."

Der Korsar zuckte die Schultern. „Mir macht's nichts aus", sagte er. „Wir werden zweifellos jeder einhundert Peitschenhiebe verabreicht bekommen, wenn der Kapitän herausfindet, daß wir keinen Erfolg hatten, nichts zurückbringen, und daß er einen Offizier und viele Leute seiner Mannschaft verloren hat."

Schließlich wurde beschlossen, zum Rela Am zurückzukehren und nach dem Beiboot der Korsaren zu schauen. Fanden sie es, so würden sie stromab zu ihrem Schiff fahren, wo sie zumindest den Versuch unternehmen konnten, den Kapitän zu überreden, daß er sie als Freunde aufnahm und sie in die Nähe von Korsar brachte.

Auf dem Rückmarsch zum Rela Am wurden sie nicht mehr von den Horibs belästigt, denen offensichtlich klargeworden war, daß sie in den Waziris ihre Meister gefunden hatten. Auf dem Marsch legte es Jason darauf an, sich von Jana so fern wie möglich zu halten. Allein ihr Anblick erinnerte ihn an seine aussichtlose und erniedrigende Verblendung. In ihrer Nähe zu sein stellte eine Art verfeinerter Qualen dar, die er nicht ertragen konnte. Ihre Verachtung, aus der sie ihm gegenüber keinen Hehl machte, verdroß ihn bitter, obwohl sie nicht größer war als die, die er selbst für sich empfand, wenn er sich vor Augen hielt, daß er sie noch immer liebte, da er doch jede Veranlassung hatte, sie zu verabscheuen - er liebte sie mehr, als er je einer Frau gegenüber für möglich gehalten hätte.

So war er von Herzen froh, als ein Blick auf die breite Wasserfläche des Rela Am vor ihnen das Ende dieses Abschnitts ihrer Reise kennzeichnete, die für ihn bei seiner unglücklichen Verfassung im Verein mit dem bedrückenden Einfluß des düsteren Waldes zu einem der traurigsten Phasen seines Lebens geworden war.

Zu aller Erleichterung war das Boot noch immer dort vertäut, wo die Horibs es gelassen hatten. Sie brauchten auch nicht lange, an Bord zu gehen und es auf die Wasserfläche des Flusses der Dunkelheit zu stoßen.

Dieser verbreiterte sich, während sie Richtung See trieben, bis es möglich wurde, einen Mast aufzustellen und Segel zu setzen. Nun kamen sie noch schneller voran. Obwohl auf ihrem Weg oft Gefahren in Gestalt von zornigen und gefräßigen Sauriern lauerten, erwiesen sich die Gewehre der Waziris doch als ausreichender Schutz, wenn andere Verteidigungsmittel fehlschlugen.

Der Fluß wurde sehr breit, so daß sie ihn, wäre die Strömung nicht gewesen, für einen Arm des Meeres hätten halten können. Auf Lajos Anweisung hielten sie sich dicht am linken Ufer, in dessen Nähe nach seinen Worten das Schiff ankerte. In der Ferne sah man verschwommen die gegenüberliegende Küste, doch nur unklar, weil die Oberfläche von Pellucidar anstieg. Auf der Außenrinde wäre sie bei gleicher Entfernung durch die Erdkrümmung verborgen gewesen.

Als sie sich dem Meer näherten, machten sich Lajo und die anderen zwei Korsaren große Sorgen, weil sie das Schiff nicht sichteten.

„Wir sind längst am Ankerplatz vorbei“, sagte Lajo schließlich. „Der bewaldete Berg, den wir soeben passiert haben, lag genau gegenüber dem Platz, wo das Schiff ankerte. Ein Irrtum ist ausgeschlossen, weil ich ihn mir besonders eingeprägt habe. Ich habe ihn auch als Landzeichen in Erinnerung behalten für den Zeitpunkt, an dem wir von unserer Expedition stromauf zurückkehren würden.“

„Er ist weggesegelt und hat uns im Stich gelassen“, brummte einer der Korsaren und bedachte den Kapitän des verschwundenen Schiffes mit einem üblen Ausdruck.

Als sie weiter stromab zum Ozean fuhren, sichteten sie eine große Insel direkt in der Flußmündung, die ihnen nach Lajos Worten eine gute Gelegenheit zum Jagen und eine Fülle von Süßwasser bieten würde, und da es ihnen an Fleisch mangelte, landeten sie und schlugen ein Lager auf. Es war eine ideale Stelle, da dieser Teil der Insel, wo sie anlandeten, besonders frei von den gefährlicheren Arten räuberischer Säugetiere und Reptilien zu sein schien. Auch konnten sie keine Anzeichen für die Anwesenheit von Menschen erkennen. Demzufolge gab es viel Wild.

Sie erörterten ihre Zukunftspläne und gelangten schließlich zu dem Entschluß, im Beiboot weiter nach Korsar zu fahren, denn Lajo versicherte ihnen, es liege an der Küste derselben Landmasse, die sie von ihrem Zufluchtsort auf der Insel deutlich sehen konnten. „Was in dieser Richtung liegt, weiß ich nicht", sagte er und zeigte nach Süden. „Aber dort liegt Korsar, an eben dieser Küste."
Er wies in nordöstlicher Richtung. „Sonst kenne ich mich auf dieser See hier oder überhaupt in diesem Teil von Pellucidar nicht aus, da keine Expedition zuvor bis zur Rela Am gekommen ist."

In Vorbereitung der langen Fahrt nach Korsar wurden große Mengen Fleisch in Streifen geschnitten, entweder in der Sonne gedörrt oder über langsamen Feuern geräuchert und danach in Blasen verpackt, die vorher sorgfältig gereinigt und getrocknet worden waren. Man verstaute sie zusammen mit anderen Blasen voller Süßwasser im Boot, denn wenn sie sich auf ihrem Weg nach Korsar auch dicht an der Küste halten wollten, bot sich vielleicht nicht immer eine günstige Gelegenheit, wegen Wasser oder Nahrung zu landen. Außerdem bestand stets die Möglichkeit, daß ein Sturm ausbrach und sie auf See hinaus trieb.

Als alle Vorbereitungen schließlich erledigt waren, brach die so seltsam gemischte Gesellschaft zu ihrer gewagten Fahrt ins ferne Korsar auf.

Jana hatte gleich den anderen bei der Vorbereitung der Nahrungsmittel und ihrem Verstauen mitgewirkt, und obwohl sie dabei mehrmals Seite an Seite mit Jason hatte arbeiten müssen, war sie ihm dennoch nie freundlicher begegnet. Man hätte glauben können, sie sah gar nicht, daß er neben ihr stand.

„Können wir nicht Freunde sein, Jana?" fragte er einmal. „Ich denke, wir würden beide viel glücklicher sein, wenn wir es wären."

„Ich bin so glücklich, wie ich nur sein kann, bis Thoar mich nach Zoram zurückbringt", antwortete sie leichthin.

Wieder vereint

Während günstige Winde das Beiboot und seine Mannschaft auf die sonnenüberstrahlte See hinaustrugen, folgte die O-220 derselben Route, wobei sie auf der, wie Zuppner inzwischen glaubte, nahezu aussichtslosen Suche nach den vermißten Expeditionsmitgliedern gelegentlich weite Kreise ins Land hinein zog. Auch in anderer Hinsicht hatte er jede Hoffnung verloren. So teilte er die nur noch nicht laut geäußerten Zweifel des Rests der Mannschaft, die Polaröffnung jemals wiederzufinden und in die Außenwelt zurückzukehren. Mit ihnen war er sich darüber im klaren, daß selbst ihre riesigen Treibstoff- und Ölvorräte nicht endlos reichen würden, und wenn sie die Polaröffnung nicht fanden, solange sie noch genug übrig behielten, um damit in die Zivilisation zurückzukehren, mußten sie sich in das Schicksal fügen, für den Rest ihres Lebens in Pellucidar zu bleiben.

Leutnant Hines schnitt dieses Thema schließlich an, und die zwei Offiziere entschieden, nachdem sie Leutnant Dorf zu ihrer Beratung hinzugezogen hatten, vor dem Verbrauch der letzten Treibstoffreserven besser ein Gebiet zu suchen, in dem sie vor dem Angriff wilder Stämme oder der noch gefährlicheren Bedrohung durch die riesigen Raubtiere Pellucidars einigermaßen sicher waren.

Während die restlichen Offiziere der O-220 über die ernsten Probleme nachdachten, denen sie sich gegenübersahen, zog das große Luftschiff majestätisch durch den warmen Sonnenschein von Pellucidar, gingen die Mitglieder der Mannschaft ruhig und tatkräftig ihren verschiedenen Pflichten nach.

Robert Jones aus Alabama war jedoch äußerst bekümmert. Es schien einfach seine Kräfte zu übersteigen, sich je an die veränderten Bedingungen von Pellucidar zu gewöhnen. Oft brummelte er etwas vor sich hin, schüttelte heftig den Kopf, und häufig zog er einen arg zerbeulten Wecker auf oder nahm ihn von dem Haken, an dem er hing, und hielt ihn ans Ohr.

Unter dem Luftschiff entfaltete sich das Panorama einer reizvollen Küstenlandschaft mit vielen schönen Buchten und Meerengen. Sie sahen leichte Erhebungen, Ebenen, Wälder und gewundene Flüsse von türkisblauer Färbung. Es war ein Anblick, der selbst das einfachste Gemüt zu erhabenen Empfindungen bewegen konnte, und keineswegs ohne Wirkung auf die Mitglieder der Schiffsbesatzung, zu denen viele abenteuerlustige Gesellen zählten, die nichts dagegen haben würden, sollte es sich ergeben, daß sie für immer in diesem gelobten Land, wie sie es sahen, bleiben mußten. Es gab jedoch andere, die ihre Lieben daheim hatten und bereits anfingen, die Möglichkeiten und Wahrscheinlichkeiten der Zukunft zu erörtern. Mit wenigen Ausnahmen handelte es sich dabei um mutige und kluge Männer, die die mißliche Lage der O-220 und ein mögliches Scheitern ihres Unternehmens ebenso in Betracht zogen wie ihr Kommandant, doch sie waren sorgfältig ausgewählt worden, und es gab keinen, der es auch nur eine Sekunde an der Loyalität gegenüber Zuppner fehlen ließ, denn sie wußten sehr gut: Was immer ihr Schicksal sein würde, er würde es mit ihnen teilen. Außerdem war ihnen eines völlig klar: Sollte es überhaupt jemandem gelingen, sie aus ihrer Bedrängnis herauszuführen, dann war er es. So zog das große Luftschiff majestätisch seine Bahn zwischen der Sonne und der Erde, und jedes Teil davon, ob mechanisch oder menschlich, funktionierte perfekt.

Der Kapitän und sein Leutnant hatten gerade die Zukunftsaussichten erörtert, als sich Robert Jones mühsam den Schacht zu dem Gang auf dem Rücken des Schiffes hinaufarbeitete, einhundertfünfzig Fuß über seiner Kombüse. Er kam nicht völlig aus dem Schacht heraus, sondern blickte nur über den blauen Himmel, und als er den Blick hatte in die Runde schweifen lassen, zögerte er zunächst einen Moment und sah dann genau dorthin, wo direkt über ihm die ewige Mittagssonne von Pellucidar strahlte.

Robert Jones blinzelte, zog sich in den Schacht zurück und schloß die Luke hinter sich. Vor sich hin murmelnd, stieg er vorsichtig in die Kombüse hinab, durchquerte sie, nahm den Wecker vom Haken, trat an ein offenes Bullauge und warf ihn über Bord.

Für die Insassen des über die blauen Wellen tanzenden Beiboots, die ohnedies keine Möglichkeit hatten, die Zeit oder Entfernung zu bestimmen, verringerten die ständige Erwartung des Endes ihrer Fahrt wie auch die wiederholten Angriffe der gräßlichen Bewohner dieser See des Mesozoikum die Monotonie. Bei dem hochzivilisierten Amerikaner erzeugte die absolute Zeitlosigkeit des Daseins in Pellucidar eine ausgeprägtere Nervenreaktion als bei den anderen. Tarzan spürte sie in geringerem Maße, während die Waziris sich dieser anomalen Bedingungen nur wenig bewußt waren. Die

Pellucidarier waren ohnedies nichts anderes gewöhnt und zeigten keine Wirkung. Als Tarzan und Jason die Angelegenheit mit ihnen erörterten, trat klar zutage, daß der Begriff Zeit für sie praktisch nicht existierte.

Doch die verstrich, Quadratmeilen von Ozean glitten unter ihnen weg, und die Bedingungen veränderten sich.

Während sie die Küste entlang fuhren, wechselten sie den Kurs, obwohl sie ohne die Instrumente oder die Himmelskörper als Orientierungsmittel keine Ahnung davon hatten. Zunächst waren sie eine Weile nach Nordosten gefahren, dann eine lange Strecke nach Osten. Dort bog die Küstenlinie allmählich ab, bis sie genau nach Norden steuerten.

Der Instinkt sagte den Korsaren, daß sie etwa drei Viertel der Entfernung von der Insel zurückgelegt haben mußten, von der aus sie zu ihrem Zielort aufgebrochen waren. Bei einer steifen Brise vom Land machten sie gute Fahrt die Küste hinauf. Lajo stand aufrecht im Bug und schien die Luft zu schnüffeln wie ein Jagdhund, der einer Witterung folgt. Da wandte er sich an Tarzan.

„Wir fahren besser unter der Küste, uns steht ein steifer Wind bevor“, sagte er. Aber es war zu spät, Wind und Seegang nahmen solche Ausmaße an, daß sie schließlich jeden solchen Versuch aufgeben und lieber wenden und vor dem Sturm davonfahren mußten. Regen oder Blitze blieben aus, denn es gab keine Wolken - nur einen furchtbaren Wind, der Orkanstärke annahm, und ein ungeheurer Seegang, der sie jeden Moment zu verschlingen drohte.

Die Waziris waren eindeutig verängstigt, denn die See war nicht ihr Element. Das Gebirgsmädchen und ihr Bruder schienen vor Ehrfurcht wie gelähmt zu sein, doch wenn sie sich fürchteten, ließen sie es sich nicht anmerken. Tarzan und Jason waren überzeugt, daß das Boot nicht überleben würde, deshalb ging letzterer zu Jana, die zusammengehockt auf der Ruderbank saß. Das Heulen des Windes machte eine Verständigung fast unmöglich, aber er beugte sich tief herab und hielt die Lippen dicht an ihr Ohr.

„Jana, dieses kleine Boot kann unmöglich solch einen Sturm überstehen“, sagte er. „Wir werden sterben, doch ehe es dazu kommt, will ich dir sagen, daß ich dich liebe, ganz gleich, ob du mich haßt oder nicht.“ Ehe sie antworten oder ihn noch weiter demütigen konnte, wandte er sich ab und ging wieder nach vorn, wo er zuvor schon gewesen war.

Er wußte, daß er unrecht getan hatte. Er wußte, er hatte kein Recht, Thoars Geliebter zu sagen, daß er sie liebte. Es war ein Akt der Illoyalität gewesen, doch eine Kraft, die stärker war als Loyalität, stärker als Stolz, hatte ihn gezwungen, diese Worte zu sagen - er konnte nicht sterben, ohne sie ausgesprochen zu haben. Vielleicht war es auch ein wenig leichter gewesen, weil ihm das anscheinend platonische Verhältnis zwischen Thoar und Jana nicht entgangen war, und da er sich für Jana kein platonisches Liebesverhältnis vorstellen konnte, neigte er zu der Annahme, Thoar schätze sie doch nicht. Er war stets freundlich zu ihr und immer zuvorkommend, jedoch nie so aufmerksam, wie er nach Jasons Ansicht hätte seine sollen. Er spürte, daß dies vielleicht eine der Unerbittlichkeiten des Charakters der Pellucidarier war, aber es war schwierig, beide zu kennen und dies zu glauben, denn sie waren offensichtlich ebensolche normalen menschlichen Wesen wie er, wenngleich sie viel von der natürlichen primitiven Zurückhaltung und Würde besaßen, die der zivilisierte Mensch jetzt lediglich vortäuscht. Dennoch war es unwahrscheinlich, daß sich beide so lange Zeit in engem Kontakt miteinander befanden, ohne ihre Zuneigung zumindest unbewußt zu erkennen zu geben. Wenn man sie so sieht, könnten man sie wahrhaftig für Bruder und Schwester halten und nichts weiter, dachte er bei sich.

Durch eine wundersame Schicksalsfügung kam das Boot durch den Sturm, aber als der Wind nachließ und die See sich beruhigte, war ringsum nur noch tosendes Wasser zu sehen und kein Land in Sicht.

„Wie wollen wir jetzt, da wir die Küste verloren haben, den richtigen Kurs nach Korsar steuern, Lajo?“ fragte Tarzan.

„Das wird nicht leicht werden“, erwiderte dieser. „Das einzige Orientierungsmittel, das wir haben, ist der Wind. Wir befinden uns weit draußen auf dem Korsar Az, und ich weiß, aus welcher Richtung der Wind gewöhnlich weht. Wenn wir stets denselben Kurs fahren, erreichen wir schließlich Land, wahrscheinlich nicht weit von Korsar entfernt.“

„Was ist das?“ fragte Jana, und alle Augen wandten sich in die Richtung, in die sie wies.

„Das ist ein Segel“, sagte Lajo sofort. „Wir sind gerettet.“

„Aber angenommen, das Schiff ist mit feindseligen Leuten bemannt?“ fragte Jason.

„Das ist es nicht“, sagte Lajo. „Es ist mit Korsaren bemannt, denn nur ihre Schiffe befahren das Korsar Az.“

„Dort ist noch ein anderes“, rief Jana. „Da sind viele von ihnen.“

„Dann wollen wir uns anstrengen, ihnen zu entwischen“, sagte Tarzan. „Vielleicht haben sie uns noch nicht gesichtet.“

„Warum sollten wir versuchen, ihnen zu entkommen?“ fragte Lajo.

„Weil wir nicht genug Männer haben, sie abzuwehren“, erwiderte Tarzan. „Möglich, daß es deine Feinde nicht sind, aber dann sind es vielleicht unsere.“

Lajo tat, wie ihm geheißen. Er hatte auch keine andere Möglichkeit, da die Korsaren an Bord die einzigen unbewaffneten Leute waren, während die zehn Waziris Gewehre besaßen.

Alle beobachteten die Segel in der Ferne, und nun wurde bald offensichtlich, daß sie näher kamen, denn das Beiboot war mit seinem kleinen Segel alles andere als schnell. Allmählich verringerte sich die Entfernung zwischen ihnen und den Schiffen immer mehr, bis offenkundig war, daß ihnen eine ansehnliche Flotte nachsetzte.

„Das sind keine Korsaren“, sagte Lajo. „Ich habe solche Schiffe noch nie zuvor gesehen.“

Das Beiboot wälzte sich durch die See und machte soviel Fahrt, wie es nur konnte, doch die verfolgenden Schiffe, die sich jetzt ausbreiteten, so weit das Auge reichte, bis ihre Anzahl den Eindruck einer riesigen Armada machte, begannen sehr schnell aufzuschließen.

Das Schiff an der Spitze kam nun so rasch heran, daß die Insassen des Beiboots es ausgezeichnet sehen konnten. Es war kurz und breit und hatte einen ziemlich hohen Bug. Neben den zwei Segeln wurde es noch durch Ruder vorwärtsgetrieben, die aus den Bordluken auf jeder Seite ragten, etwa fünfzig Ruder insgesamt. Über der Ruderlinie hingen zu beiden Seiten die Schilde von Kriegern über die Bordwände.

„Mein Gott!“ sagte Jason zu Tarzan. „Pellucidar kann sich nicht nur spanischer Piraten rühmen, sondern auch der Wikinger, denn wenn dies keine Wikingerschiffe sind, dann ganz gewiß eine genaue Nachbildung davon.“

„Jedoch leicht modernisiert“, bemerkte der Herr des Dschungels. „Vorn auf dem kleinen Deck, das in den Bug gebaut wurde, ist eine Kanone montiert.“

„Genau so ist es, und ich denke, wir sollten besser beidrehen. Der Bursche da drüben richtet sie jetzt gerade auf uns.“

Da tauchte noch ein anderer Mann auf dem Bugdeck des Feindes auf.

„Dreht bei, oder ich puste euch aus dem Wasser", rief er.

„Wer seid ihr?"

„Ich bin Ja von Anoroc, und dies hier ist die Flotte Davids I., des Kaisers von Pellucidar", erwiderte der Mann.

„Dreh bei", sagte Tarzan zu Lajo.

„Jemand in diesem Boot muß als Sonntagskind geboren worden sein", rief Jason. „Ich hätte nie gedacht, daß man in der Welt soviel Glück haben kann."

„Wer seid ihr?" fragte Ja, als das Beiboot langsam beidrehte.

„Wir sind Freunde", erwiderte Tarzan.

„Der Kaiser von Pellucidar kann auf dem Korsar Az keine Freunde haben", erwiderte Ja.

„Wenn Abner Perry bei euch ist, können wir beweisen, daß du dich irrst", erwiderte Jason.

„Abner Perry ist nicht bei uns", sagte Ja. „Aber was weißt du von ihm?"

Inzwischen waren die zwei Boote längsseits gegangen, und die dunkelbraunen Mezop-Krieger von Jas Mannschaft musterten die Insassen des Beibootes neugierig.

„Dies ist Jason Gridley", sagte Tarzan zu Ja und wies auf den Amerikaner. „Vielleicht hast du Abner Perry von ihm reden hören. Er hat in der äußeren Welt eine Expedition organisiert, um David Innes aus dem Kerker der Korsaren zu retten."

Die drei Korsaren des Beiboots weckten Jas Argwohn, aber nachdem er eine vollständige Erklärung erhalten und ganz besonders die Gewehre der Waziris untersucht hatte, war er von der Wahrheit ihrer Darlegungen überzeugt und hieß sie herzlich an Bord seines Schiffes willkommen, um das sich nun eine beträchtliche Zahl der Armada versammelt hatte. Als die Kunde umlief, zwei der Fremden seien Freunde aus der Außenwelt, die hergekommen seien, um bei der Rettung von David Innes mitzuwirken, kamen mehrere Kapitäne der anderen Schiffe an Bord von Jas Flaggschiff, um Tarzan und Jason zu begrüßen. Darunter war Dacor, die Starke Eins, Bruder von Dian der Schönen, Kaiserin von Pellucidar; Kolk, Sohn des Goork, der Häuptling der Thurianer war, sowie Tanar, Sohn des Ghak, des Behaarten, König von Sari.

Von ihnen erfuhren Tarzan und Jason, daß sich die Flotte auf dem

Weg zur Rettung von David befand. Sie hatten lange Zeit daran gebaut, so lange, daß sie vergessen hatten, wie oft sie gegessen und geschlafen hatten, seitdem das erste Schiff auf Kiel gelegt worden war. Danach mußten sie noch einen Weg aus dem Lural Az, wo die Schiffe auf der Insel Anoroc gebaut worden waren, zum Korsar Az finden.

„Weit unten im Sojar Az, hinter dem Land des Schrecklichen Schattens, fanden wir eine Durchfahrt zum Korsar Az. Die Thurianer hatten davon gehört, und als die Flotte gebaut wurde, sandten sie Krieger aus, um zu sehen, ob es stimmte. Sie fanden die Durchfahrt auch, deshalb werden wir bald vor der Stadt Korsar sein."

„Wie gedachtest du, David zu retten, mit gerade mal einem Dutzend Leute?" fragte Tanar.

„Das hier sind nicht alle", sagte Tarzan. „Wir wurden von unseren Gefährten getrennt und haben sie nicht wiedergefunden. Dennoch waren nicht sehr viele Männer in unserer Expedition. Wir verließen uns auf andere Mittel als Manneskraft, um die Rettung eures Kaiser durchzuführen."

In diesem Augenblick erhob sich auf einem der Schiffe ein großes Geschrei. Die Aufregung wuchs und verbreitete sich. Alle Krieger starrten in die Luft und zeigten auf etwas. Schon richteten einige von ihnen die Mündungen ihrer Kanonen nach oben, und alle rüstete sich zum Schießen. Als Tarzan und Jason hinaufblickten, sahen sie die O-220 hoch oben über sich.

Das Luftschiff hatte die Flotte offensichtlich entdeckt und kam in einer weiten Spirale herabgeschwebt.

„Jetzt weiß ich, daß jemand ein Sonntagskind ist", sagte Jason. „Das ist unser Luftschiff mit unseren Freunden", fügte er, an Ja gewandt, hinzu.

Alles, was an Bord des Flaggschiffs vor sich ging, wurde schnell von Schiff zu Schiff weitergegeben, bis jedes Mitglied der Armada Bescheid wußte, das große Ding, das da über ihnen schwebte, sei kein gigantisches fliegendes Reptil, sondern ein Luftschiff, in dem sich Freunde von Abner Perry und ihrem geliebten Kaiser, David I., befanden.

Langsam senkte sich das große Schiff zur Wasseroberfläche herab, und während dies geschah, ließ sich Jason Gridley von einem der Krieger einen Speer geben und band Lajos Kopftuch an die Spitze. Mit dieser improvisierten Flagge signalisierte er: „O-220 ahoi! Dies ist die Kriegsflotte von David I., Kaiser von Pellucidar, unter dem Befehl von Ja von Anoroc. An Bord befinden sich Lord Greystoke, zehn Waziris und Jason Gridley."

Einen Augenblick später krachte ein Kanonenschuß aus dem hinteren Turm der O-220 und kennzeichnete den Anfang des ersten internationalen Salutes von einundzwanzig Kanonenschüssen, die jemals unter der ewigen Sonne von Pellucidar zu hören gewesen waren, und als man Ja die Bedeutung erläutert hatte, erwiderte er den Salut mit dem Buggeschütz seines Flaggschiffes.

Das Luftschiff sank noch tiefer, bis es in Hörweite des Flaggschiffs war.

„Sind alle wohlauf an Bord?" fragte Tarzan.

„Jawohl" lautete die tröstliche Antwort in Zuppners dröhnender Stimme.

„Ist von Horst bei euch?" fragte Jason.

„Nein", erwiderte Zuppner.

„Dann ist nur er vermißt", sagte Jason traurig.

„Könnt ihr eine Schlinge herablassen und uns an Bord nehmen?" fragte Tarzan.

Zuppner manövrierte das Luftschiff auf eine Höhe von fünfzig Fuß über dem Decke von Jas Flaggschiff. Eine Schlinge wurde herabgelassen und die Mitglieder der Gruppe einer nach dem anderen an Bord der O-220 gehievt, zuerst die Waziris, dann Jana und Thoar, gefolgt von Jason und Tarzan. Die drei Korsaren wurden als Gefangene bei Ja gelassen mit der Absprache, daß sie menschlich behandelt wurden.

Ehe Tarzan das Deck des Flaggschiffs verließ, sagte er Ja, auf der Fahrt nach Korsar werde das Luftschiff mit ihm in Verbindung bleiben. In der Zwischenzeit würden sie die Pläne zur Rettung von David Innes vervollkommnen.

Als Thoar und Jana an Bord der O-220 gehievt wurden, kannte ihre Verwunderung keine Grenzen. Für sie war die Konstruktion eines derart riesigen Luftschiffes einfach nicht zu begreifen. Jana drückte es später so aus: „Ich wußte, daß ich träumte, doch gleichzeitig wußte ich, daß ich solch ein Ding wie dieses hier nicht träumen konnte, weil es solch ein Ding nicht gab."

Jason stellte Jana und Thoar Zuppner und Hines vor, doch Leutnant Dorf kam erst in die Kabine, nachdem Tarzan an Bord gekommen war. Dieser stellte sie nun Dorf vor.

Zuerst machte er Leutnant Dorf mit Jana bekannt, dann wies er auf Thoar und sagte: „Dies ist Thoar, der Bruder der Roten Blume von Zoram."

Als Jason Gridley diese Worte zu Ohren kamen, reagierte er fast wie auf den Schock eines physischen Schlages. Er war heilfroh, daß ihn in diesem Moment zufällig niemand ansah, gewann auch sofort seine Haltung wieder, fühlte sich dennoch eindeutig ein wenig verletzt. Sie alle hatten es gewußt, und keiner von ihnen hatte es ihm gesagt. Er war fast verärgert über sie, bis ihm einfiel, daß sie wahrscheinlich alle angenommen hatten, er wisse es auch. Dennoch, so sehr er sich bemühte, er konnte es Jana nicht ganz vergeben. Doch was machte es im übrigen auch schon aus, ob sie die Schwester oder Gefährtin von Thoar oder einem anderen war. Er wußte, daß die Rote Blume von Zoram nicht für ihn bestimmt war. Sie hatte dies durch ihre Haltung ihm gegenüber klar zum Ausdruck gebracht, und das hatte ihn sogar noch mehr überzeugt als ihre bitteren Worte.

Die wieder vereinten Offiziere der Expedition hatten viel zu erörtern und manche Erinnerungen zu berichten, während die O-220 über der langsam fahrenden Flotte folgte. Es war eine glückliche Wiedervereinigung, die nur durch das Fehlen von Horsts getrübt wurde.

Während das Luftschiff langsam über der Wasserfläche des Korsar Az dahinglitt, ging Zuppner ab und zu in Hörweite von Ja von Anoroc hinab, und als die ferne Küste von Korsar in Sicht kam, wurde eine Schlinge herabgelassen und Ja an Bord der O-220 geholt, wo Pläne zur Rettung Davids diskutiert wurden. Als alles abgesprochen worden war, kehrte Ja auf sein Schiff zurück, und Lajo sowie die zwei anderen Korsaren wurden an Bord des Luftschiffs genommen.

Die drei Gefangenen waren voller Ehrfurcht und Verwirrung, als Jason und Tarzan sie persönlich durch das riesige Fahrzeug führten. Man zeigte ihnen die Bewaffnung, die ihnen genauestens erklärt wurde, wobei die Zerstörungskraft der Bomben, die die O-220 mit sich führte, besonders hervorgehoben wurde.

„Eine davon würde Cids Palast eintausend Fuß in die Luft jagen, und wie ihr seht, haben wir viele davon", sagte Jason zu Lajo. „Wir könnten ganz Korsar und alle seine Schiffe zerstören."

Während Jas Flotte noch ein beträchtliches Stücke von der Küste entfernt war, jagte die O-220 mit voller Geschwindigkeit auf Korsar zu, denn der Plan, den sie entwickelt hatten, sah vor, Davids Befreiung möglichst ohne Blutvergießen durchzuführen - ein Plan, der besonders wünschenswert war, da das Leben des Kaisers, sollte der Angriff entweder von See oder aus der Luft erfolgen, durch die Bomben und Kanonen seiner Freunde sowie durch Rachegelüste, die den Cid womöglich beseelten, aufs Spiel gesetzt wurde.

Als das Luftschiff fast lautlos über der Stadt Korsar auftauchte, waren Straßen und Höfe voller Menschen, die alle voller Ehrfurcht und Staunen nach oben blickten.

Dreitausend Fuß über der Stadt stoppte das Schiff, und Tarzan ließ die drei korsarischen Gefangenen kommen.

„Wie ihr wißt, sind wir in einer Position, um Korsar zu zerstören", sagte er zu ihnen. „Ihr habt die große Flotte gesehen, die zur Rettung des Kaisers von Pellucidar herbeieilt. Ihr wißt, daß jeder Krieger, mit denen diese Schiffe bemannt sind, eine Waffe mit sich führt, die weitaus wirksamer als eure beste ist. Allein mit ihren Messern, Speeren und Bogen und Pfeilen können sie Korsar einnehmen, da bedürfen sie der Gewehre nicht einmal. Aber die haben sie ebenfalls, dazu bessere Munition als eure, und auf jedem Schiff der Flotte sind Kanonen montiert. Allein die Flotte könnte Korsar vernichten, dazu kommt nun noch dieses Luftschiff. Eure Schüsse könnten es nie erreichen, während es über Korsar hin und her fährt und Bomben auf die Stadt wirft. Glaubst du, daß wir Korsar einnehmen können, Lajo?"

„Ich weiß es", erwiderte der Korsar.

„Sehr gut", sagte Tarzan. „Ich werde euch nun mit einer Botschaft zum Cid schicken. Werdet ihr ihm die Wahrheit erzählen?"

„Auf jeden Fall", erwiderte Lajo.

„Die Botschaft ist ganz einfach", fuhr Tarzan fort. „Ihr sollt ihm sagen, daß wir gekommen sind, um die Befreiung des Kaisers von Pellucidar herbeizuführen. Ihr sollt ihm die Mittel erläutern, die uns zur Durchsetzung unserer Forderungen zur Verfügung stehen, und dann könnt ihr ihm sagen: Sollte er den Kaiser auf ein Schiff bringen, ihn zu unserer Flotte fahren und heil und unversehrt an Ja von Anoroc übergeben, werden wir nach Sari zurückkehren, ohne einen Schuß abzufeuern. Verstehst du?"

„Jawohl", sagte Lajo.

„Sehr gut", sagte Tarzan. Dann wandte er sich an Dorf. „Leutnant, übernehmen Sie ihn jetzt?" fragte er.

Dorf kam mit einem Bündel in seiner Hand. „Schlüpfe hier hinein", sagte er.

„Was ist das?" fragte Lajo.

„Ein Fallschirm", antwortete Dorf.

„Und was ist ein Fallschirm?" fragte Lajo.

„Steck deine Arme hier durch", sagte Dorf. Einen Augenblick später hatte er dem Korsaren den Fallschirm umgeschnallt.

„Nun wird dir eine große Auszeichnung zuteil werden", sagte Jason. „Du wirst den ersten Fallschirmabsprung durchführen, den man in Pellucidar je erlebt hat."

„Ich verstehe nicht, was du meinst", sagte Lajo.

„Das wird dir sofort klar werden", erklärte Jason. „Du sollst dem Cid Lord Greystokes Botschaft überbringen."

„Aber dann mußt du das Schiff erst zur Erde hinabbringen, ehe ich das kann", wandte Lajo ein.

„Im Gegenteil, wir bleiben genau hier, wo wir sind", sagte Jason. „Du wirst über Bord springen."

„Was?" rief Lajo. „Wollt ihr mich umbringen?"

„Nein", sagte Jason lachend. „Höre gut zu, was ich dir sage, dann wirst du sicher landen. Du hast einige wundervolle Dinge an Bord dieses Schiffes gesehen, also mußt du doch eine Vorstellung von dem haben, was wir aus der Außenwelt tun können. Nun wirst du die Demonstration einer weiteren sehr erstaunlichen Erfindung erleben, und du hast mein Wort, daß du keinen Schaden nehmen wirst, wenn du genau machst, was ich dir sage. Hier ist ein eiserner Ring." Er tippte auf den Ring links an Lajos Brust. „Den pack mit deiner rechten Hand. Wenn du von dem Schiff abgesprungen bist, zieh daran. Es gibt einen mächtigen Ruck, und dann schwebst du leicht wie eine Feder zu Boden."

„Ich werde tot sein", wandte Lajo ein.

„Wenn du zu feige dazu bist, findet sich vielleicht ein Tapferer unter diesen anderen Männern. Ich sagte dir, dir wird kein Haar gekrümmt."

„Ich fürchte mich nicht", sagte Lajo. „Ich springe."

„Sag dem Cid, wenn wir nicht sofort ein einzelnes Schiff der Flotte entgegensegeln sehen, werden wir mit dem Bombenabwurf auf die Stadt beginnen."

Dorf führte Lajo zu einer Tür in der Kabine und stieß sie auf. Der Mann zögerte.

„Vergiß nicht, den Ring zu ziehen", sagte Dorf und gab Lajo gleichzeitig einen heftigen Stoß, der ihn kopfüber durch die Tür sandte. Einen Augenblick später sahen die Zuschauer in der Kabine die weißen Falten des Fallschirms durch die Luft rieseln. Sie sahen, wie er sich öffnete, und sie wußten, daß Tarzans Botschaft dem Cid überliefert werden würde.

Was unten in der Stadt vor sich ging, können wir nicht wissen, aber man sah bald eine große Menschenmenge vom Palast hinunter zum Fluß strömen, wo die Schiffe vor Anker lagen. Etwas später lichtete eines davon den Anker, und während es langsam mit der Strömung dahintrieb, setzte es Segel, und kurz darauf steuerte es hinaus auf See, der Flotte von Sari entgegen.

Die O-220 folgte über ihm, und Jas Flaggschiff fuhr voraus, um ihm zu begegnen, und so wurde David Innes, Kaiser von Pellucidar, seinem Volk zurückgegeben.

Als das Korsarenschiff zum Hafen zurückkehrte, senkte sich das Luftschiff tief über das Flaggschiff der sarianischen Flotte herab, und zwischen David und seinen Rettern, Menschen aus einer anderen Welt, die er niemals gesehen hatte, wurden Grüße ausgetauscht.

Der Kaiser war halb verhungert und sehr mager und schwach von seiner langen Einkerkerung, ansonsten aber hatte man ihm nichts zuleide getan, und groß war der Jubel an Bord der Schiffe von Sari, als sie wendeten, um das Korsar Az mit Kurs auf die Heimat zu überqueren.

Tarzan hielt es für besser, die Flotte nicht nach Sari zurückzubegleiten aus Angst, ihre schnell abnehmenden Treibstoffvorräte würden später nicht ausreichen, die Reise zu beenden und sie in die Außenwelt zurückzubringen. Er folgte der Flotte nur lange genug, um sich von David genaue Hinweise für das Ansteuern der Polaröffnung von der Stadt Korsar aus geben zu lassen.

„Wir müssen erst noch einen anderen Auftrag ausführen, nämlich, Thoar und Jana nach Zoram zurückbringen", sagte Jason zu Tarzan.

„Stimmt", sagte der Affenmensch. „Außerdem müssen wir diese zwei Korsaren in der Nähe ihrer Stadt absetzen. Ich habe an alles gedacht, und wir haben genug Treibstoff für diese Vorhaben."

„Ich möchte nicht mit euch zurückkehren", sagte Jason. „Ich möchte an Bord von Jas Flaggschiff bleiben."

„Was?" rief Tarzan erstaunt. „Sie wollen hierbleiben?"

„Diese Expedition wurde auf meinen Vorschlag hin organisiert. Ich fühle mich für das Leben und die Sicherheit eines jeden Mannes verantwortlich und werde nicht in die Außenwelt zurückkehren, solange das Schicksal des Leutnants von Horst nicht aufgeklärt ist."

„Aber wie wollen Sie von Horst finden, wenn Sie mit der Flotte nach Sari zurückkehren?" fragte Tarzan.

„Ich werde David Innes bitten, eine Expedition auszurüsten, die nach ihm sucht", erwiderte Jason. Mit einer solchen aus Eingeborenen von Pellucidar bestehenden Gruppe habe ich eine viel bessere Chance, ihn zu finden, als wenn wir mit der O-220 fahren würden."

„Da muß ich Ihnen zustimmen, und wenn Sie fest entschlossen sind, Ihr Vorhaben auszuführen, werden wir Sie unverzüglich auf Jas Schiff absetzen", sagte Tarzan.

Während die O-220 zu Jas Flaggschiff hinunterging und signalisierte, es solle beidrehen, sammelte Jason alle Habseligkeiten, die er mitzunehmen wünschte, einschließlich der Gewehre, Revolver und ausreichend Munition. Diese wurden zuerst zu Jas Schiff hinabgelassen, während Jason sich von seinen Gefährten in der Expedition verabschiedete.

„Leb wohl, Jana", sagte er, nachdem er den anderen die Hände geschüttelt hatte.

Das Mädchen antwortete nicht, sondern wandte sich an ihren Bruder.

„Leb wohl, Thoar", sagte sie.

„Leb wohl? Was meinst du damit?" fragte er.

„Ich gehe mit dem Mann, den ich liebe, nach Sari", erwiderte die Rote Blume von Zoram.

Inhaltsverzeichnis

Die **TARZAN**-Romane von Edgar Rice Burroughs

TARZAN bei den Affen ★
TARZANs Rückkehr ★
TARZANs Tiere ★
TARZANs Sohn ★
TARZAN und der Schatz von Opar ★
TARZANs Dschungelgeschichten ★
TARZAN der Ungezähmte ★
TARZAN der Schreckliche ★
TARZAN und der goldene Löwe ★
TARZAN und die Ameisenmenschen ★
TARZAN, Herr des Dschungels* ★
TARZAN und das verschollene Reich* ★
TARZAN am Mittelpunkt der Erde* ★
TARZAN der Unbesiegbare ★
TARZAN triumphiert* ★
TARZAN und die goldene Stadt
TARZAN und der Löwenmensch
TARZAN und die Leopardenmenschen
TARZANs Suche
TARZAN und die verbotene Stadt*
TARZAN der Prächtige
TARZAN und die Fremdenlegion*
TARZAN und der Irre*
TARZAN und die Schiffbrüchigen*

★ Bereits erschienen
* Deutsche Erstveröffentlichungen

Alle Bände neu übersetzt, wobei die einzig autorisierte Ausgabe - komplett und ungekürzt - von Ballantine Books New York zugrunde gelegt wurde.